MIGRATION

迁 徙

W.S.MERWIN

默温自选诗集 上卷

〔美〕W.S.默温 著　伽禾 译

人民文学出版社
PEOPLE'S LITERATURE PUBLISHING HOUSE

著作权合同登记号　图字 01-2019-1730

MIGRATION

Copyright © 2005, W. S. Merwin
All rights reserved

图书在版编目(CIP)数据

迁徙:默温自选诗集:全 2 卷/(美)W. S.默温著;伽禾译.
—北京:人民文学出版社,2020
ISBN 978-7-02-015298-8

Ⅰ.①迁… Ⅱ.①W…伽… Ⅲ.①诗集-美国-现代 Ⅳ.①I712.25

中国版本图书馆 CIP 数据核字(2019)第 103023 号

责任编辑　甘　慧　何炜宏
装帧设计　高静芳

出版发行　人民文学出版社
社　　址　北京市朝内大街 166 号
邮　　编　100705
网　　址　http://www.rw-cn.com

印　　刷　上海利丰雅高印刷有限公司
经　　销　全国新华书店等

字　　数　250 千字
开　　本　889×1194 毫米　1/32
印　　张　26
版　　次　2020 年 1 月北京第 1 版
印　　次　2020 年 1 月第 1 次印刷

书　　号　978-7-02-015298-8
定　　价　158.00 元

如有印装质量问题,请与本社图书销售中心调换。电话:010－65233595

致保拉

目录

两面神的面具（1952）
声明：大洪水的假面剧 ······ 003

起舞的熊（1954）
太阳以东月亮以西 ······ 009
有关诗歌 ······ 028

野兽遍地（1956）
利维坦 ······ 033
游泳的人 ······ 035
荒野 ······ 036
苏醒 ······ 037
山 ······ 038
圣人塞巴斯蒂安 ······ 042
站 ······ 043
大师 ······ 046
焚猫 ······ 048
忆河声 ······ 050
学习一门死去的语言 ······ 051
低处的田野与光 ······ 053
阿尔弗雷德·沃里斯的两幅画 ······ 055
船骸 ······ 057
溺水者的眼睛望着船驶过 ······ 059

火窑里的醉汉（1960）
奥德修斯 ······ 063

冰山	064
雾角	065
欺骗岛	066
波特兰号启程	068
寓言	070
老辰光	071
没有人	072
群手	073
卡图卢斯十一	075
夏	077
冬天的麻雀	078
为困兽恳求	081
荣誉的选择	082
盲女	084
独眼	086
小妇人在快被吞没的街上	088
拾落穗的人	089
狮子俱乐部的弹子房	091
约翰·奥图	092
养老院的祖父	093
窗边的祖母	094
临近终点的祖母	095
原住民	098
燃烧的山	101
客栈主人	103
火窑里的醉汉	106

移动靶（1963）

回家过感恩节	111
格西的信	113

利慕伊勒王的祈福	115
分离	118
挪亚的渡鸦	119
物	120
萨伏那洛拉	121
死手	122
高地圣人	123
父亲	125
终于	127
致我的哥哥汉森	128
夜晚的田野	130
又一年	132
十月	133
爱慕离开的姑娘	134
乞灵	136
诗	137
歌手	138
职业	140
空气	141
面包和黄油	142
世界的十字路口及其他	143
在那之前	148
致繁荣之墓	150
我的朋友	151
写蚂蚁的男人	153
下一个	155
正义的学生	158
春	160

虱 (1967)

- 动物 ········· 165
- 那就是你吗 ········· 166
- 许德拉 ········· 167
- 若干终极问题 ········· 169
- 最后一个 ········· 170
- 这是三月 ········· 173
- 凯撒 ········· 174
- 刺杀的新闻 ········· 175
- 四月 ········· 176
- 众神 ········· 177
- 蜜蜂河 ········· 179
- 寡妇 ········· 181
- 孩童 ········· 183
- 债 ········· 185
- 灰浆 ········· 187
- 秋天 ········· 189
- 十二月夜 ········· 190
- 消失者中间的十二月 ········· 191
- 冰之一闪 ········· 192
- 月出前的寒冷 ········· 193
- 房间 ········· 194
- 冬日暮色 ········· 195
- 再次梦见 ········· 196
- 我们如何四散 ········· 197
- 蜻蜓 ········· 198
- 给养 ········· 199
- 牧群 ········· 200
- 哀悼者 ········· 201
- 写给忌日 ········· 202

砌石匠	203
三十八岁的冬天	204
当你离开	205
濒死的亚洲人	206
当战争结束	207
农民	208
灭绝将至	211
林间空地	213
避开河边消息	214
飞	215
归来	216
观望者	217
日出寻找蘑菇	218

扛梯人（1970）

老师	221
图腾动物的话	222
帕里斯的评判	228
爱多亚	232
吹笛手	234
达比涅的使者	236
井	239
云雀	240
黑色高原	241
道路	244
火车轮	246
拉克万纳	247
来河边的其他旅人	249
进入堪萨斯的路线	250
西部	252

祖尼人的花园	253
故土	254
采浆果的女人	255
小马	257
总统	258
迁离	259
老宅	262
衬衫的夜	264
雪落	265
故事	266
仿佛我在等待	267
攀登	269
第二赞美诗:信号	270
爪子	273
线	276
护佑	277
开始	279

写给未结束的伴奏(1973)

初夏	283
削箭头的男人的歌	284
旧时特点	285
他们的一周	286
老旗	287
流	288
我尚未完成的	289
工具	290
面包	291
习惯种种	292
门	293

激浪投钓·················· 295

码头·················· 297

乞丐与国王·················· 298

未被写下的·················· 299

区分·················· 301

灰·················· 303

西比尔·················· 304

黑叶之下·················· 305

马·················· 306

词语·················· 307

山顶·················· 308

致手·················· 309

民间艺术·················· 310

练习·················· 311

一只携带话语的跳蚤·················· 313

狗·················· 314

战争·················· 315

洞·················· 316

求教·················· 317

谚语的谣曲·················· 318

致雨·················· 320

做梦的人·················· 321

九月·················· 323

苍蝇·················· 324

寻找·················· 325

馈赠·················· 326

罗盘花（1977）

心·················· 331

开车回家·················· 333

下一次月亮	334
雪	335
抵达	336
苹果	337
清晨的营地	338
迁徙	339
同代人	340
命运	341
河口	342
岩石	343
计数的房子	345
舵手	346
标了号的公寓	348
圣文森特医院	351
荒石地上的夏夜	355
九月耕犁	356
十月的爱	357
秋夜	358
流逝	359
飞行	360

张开手（1983）

草莓	363
太阳和雨	364
房舍	365
幽灵	370
小鸟	373
昨天	376
涨潮的湖	378
向在菠萝地边停下的游客提问	379

夜晚的奇迹	383
谢里丹	385
田野	389
詹姆斯	390
贝里曼	391
移民	393
摩登是什么	396
黑色珠宝	399

林中雨（1988）

春末	403
西墙	404
第一年	405
原生树	406
触摸树	407
街上的夜	408
历史	410
放学后	412
空荡荡的水	415
夜雨	417
被雨唤醒	419
八二年夏	420
我们面前	422
光的声音	425
登岛纪念	426
白日重临	427
言说	428
谢谢	429
致昆虫	431
字母表后	432

雪	433
致继子离开	434
鸭子	435
听到峡谷的名字	436
地点	438
见证	439
和弦	440
丧失一种语言	441
玫瑰金龟子	443

旅行（1993）

开头的话	447
安汶的盲先知	450
马尼尼	453
兰波的钢琴	457
搜寻队	463
遗产	465
时日本身	470
艺术家的生命	475
新泽西的战争	486
绿色瞬间	488
手掌	496
马努埃尔·科尔多瓦的真实世界	498
另一个地方	520
故事	533
游雨	535
登机牌背面	536
来时路	537
敞开	538
更替	539

夏夜······540

春天过后······541

雌狐（1996）

眠狐······545

橡树时间······549

门······550

门槛······551

西窗······552

权威······553

行路的人······554

网······556

花园······557

纪念物······559

白色早晨······560

色彩商人······561

被遗忘的溪流······562

礼物······563

路过······565

鸟······566

季节归来······567

弗朗索瓦·德·梅纳德1582—1646······568

河边的荷尔德林······570

门口······571

一次生命······572

夜歌······574

不可触摸······576

罗马式建筑······577

蛇······578

浮现······579

光的速度	580
佩雷尔·维达尔	582
古墙	584
财产	585
红	587
完成	589
经过	590
物质	591
最短的夜	592
蓄水箱	594
祖先的声音	595
古老的声音	596
绿野	597
遥远的早餐	599
雌狐	600
被给予的一天	601

河声（1999）

路人	605
合唱	609
晚香	610
忆	611
另一条河	612
有回声的光	613
黑暗中返回	614
韦弗利广场227号	616
走上六楼	618
堤道	619
中国山狐	621
诗人的挽歌	626

遗言	636
那种音乐	708
鹡鸰	709
正想看见	710
拟鹂	711
羊群经过	712
海岸的鸟	713
八月的浪	714
夜里西行	715
这次	716
音符	718
弦	719

瞳孔（2001）

预言	723
彗星博物馆	724
十四行	725
阴影的时间	726
黑暗的时辰	728
马尔法怪光	731
露天	734
泛音	737
任何时候	738
来客	739
术语	740
洪水之前	741
呼唤	743
路过时照亮	744
春前的夜	746
陌生的鸟	747

天光	749
顺流	750
五月节前	752
某年春天	754
夜歌	755
初景	756
六月一日	757
看不见的触摸	758
夏	759
黑圣母	760
一天	761
西蒙的视野	762
翅膀	763
秋晨	764
夜晚的李子	766
致总说自己失忆的朋友	767
致泰德·休斯的挽歌	769
沙漠里的死亡	770
迟来的呼唤	771
眠者	772
及时	773
透过玻璃	774
更早	775
备忘	776
致回声	778
荒野	780
经过	781
冻原之家	783
空气的名字	784
一年将尽致毛里	785

新诗（2004）

致我的牙齿 …………………………… 789

致灵魂 ………………………………… 790

致年纪 ………………………………… 791

致哲学的慰藉 ………………………… 793

致语词 ………………………………… 795

致秋草 ………………………………… 797

致灰烬 ………………………………… 799

致急躁 ………………………………… 801

译后记 ……………………………… 803

两面神的面具

(1952)

致多萝西

习惯是恶的——一切习惯,包括言语;诺言预示着违背诺言。

——约翰·威尔怀特

……她贴上我的脸……

——佩德罗·萨利纳

声明：大洪水的假面剧
致蒂朵

安静之前会有咳嗽，接着是
期盼；安静的征兆
往往由一段时断时续的音乐相迎
口齿不清断断续续；
影子变长摇曳，
自在随意
增长会被修剪，放松的视域
对擅闯的意外习以为常，
一个人戴着无知的面具即将登场
对着陡然酝酿的风默思。

另一个会从南边上来
故作慌张，说着灾难，
膨胀海洋的故事，沉没的
大陆，淹溺的世界，和镜子里的
溺水；在这预兆上
让他们补充更多越来越多，
以越发黑暗的音节，讲述影子，仿佛
他们在麇集的黑暗下站立
不安地做交换，直到他们的
身影像一阵言语散在风中。

就这样，像一阵絮雨，以交谈开始，
天将陡然变色，人造世界将会猛冲
失去控制。要有一艘船。

要有搜寻，坐立不安求拯救
直到登上那舞台还有暴力，在
暴风雨的帘幕和动荡的大海之间，
有盖子的篮子，里面也许有婴孩，
覆盖蒿柳在影子上浮着，
随波滑行，不可能的航行
如莲花承载一头公牛。

一连串的话要低吟浅唱
山会被忘记；猛兽要来了；
它们来了，方舟旁边，男人
孤独极了，他的舌头
把四季一一道来，
颤抖，目光汒然像是在追逐
乌鸦最后的聒噪，寻找
肯定，怜悯，岛
或造了城的山，却只看到
一座座城在崩坍。

到来的野兽有：莲花上的公牛
肩头生着翅膀；一只羊，有翅膀；
缓缓游来的巨蛇；
翅膀如落叶的狮子；
它们在慢慢移动的方舟上转动
生着翅膀的轮，野兔、猪、鳄鱼，
骆驼、老鼠也来了；唯一的人，
还是靠孱弱的肢体蹒跚前行在篮子上方——
对他来说仁慈的海不该出现
暴风雨，黯淡的天空火炬无法照亮。

(为什么都说这些野兽成对到来

既然对其本身的剖析
都集中在个体？）他们走在
影子旁边；最好的姿势是
空气折皱的幻觉。
他们的繁殖只是
让墙上的黑暗加倍，夜里地球的
倾斜影响了他们的影子
在食发生之际变得僵直；
影子将是他们瘦弱的后裔。

最终洪水消退的迹象：陆地
从水中浮现；野兽离去；说出
震惊话语的人一定想起了某片地域的
景象在那里死去的年份围成
沉默的一圈，废墟越发干涸的景象
把他唤起，他起身，跌跌撞撞跟在
越行越远的野兽后面，在七色
纸彩虹下，那道弧他看作承诺，
让人吃惊的行动，
重生，孤独，贫瘠，重新开始。

一片飘落的叶也许就是所有树。如果是这样
我们就懂得了飘落的曲调。我们要找到
描述上升的用语，描述离开的语词；
时间充裕在那狂欢
教导出秩序演练时日
直至时日完成以前：于是此刻鸽子
与橄榄树谋划幽会，
含糊地啼叫着时间的姿态：
白日沉没，太阳坠落
沉甸甸，风里些许雨的预兆。

起舞的熊
(1954)
致蒂朵

……人的语言像有裂纹的锅子,我们敲出自己的曲调,能让熊起舞,我们却想感动星群。

——福楼拜

太阳以东月亮以西 ①

这一年是凤凰之年。
平常的太阳和普通的月亮,
继续旋转,多么神秘
除非既不是太阳也不是月亮
戴着它们的面具,轨道,散发热量
既不是太阳也不是月亮的故事
也许是人的故事。什么样的人,
也许能辨认,除非是那
太阳和月亮,戴着人的种种面具,
在他面前编造这样的故事
——在陌生的故事里找到他自己的脸——
他误会了象征,以为是他自己的,
微笑,如看待熟悉的谜?

秋末的月亮薄得像穷人的
女儿。一只白熊蹒跚走来
在秋末星期四的晚上,
敲响密林里穷人家的门,
"行行好,"有人应门他便说道,
"一个姑娘瘦小的手引我来这儿。
冬天近了,还有刁钻的风,
你用什么养活那么多张嘴,
啊,除了一件像齐特琴琴弦的外套
还有什么能使你的家人抵御严寒?

---

① 本诗取材于挪威同名民间故事。

我虽然看起来凄凉,我有不少
皮衣和盛宴,钱币多得像夏日,
我只需你把小女儿的手递给我。"

"借着蜡烛的微光,站在没有门廊的门口,
身后就是我的妻儿,
这个晚上可真是唐突,
我知道我看起来不富裕,"男人说,
"我也承认你的话
(因为我也富有过)
是诱人的;可是我要问问我女儿。
不,她回答。七天后再来:
她比讲不完的故事还美,
也善于听从意见
只是需要一周的时间去说服。"
秋的脚步不停经过七天的说服
小女儿与白熊一道离去。

月亮在斑驳的接骨木树间嬉戏;
行进了一阵,他说:"万物
要么黑要么白的夜,你如何辨别
我的肩膀和月光下的山,我的影子
和耸立的黑暗,难道你不害怕?"
又说:"你单薄却鲜艳
独自骑在单薄的猛兽身上;假如
到了僻静的地方我突然野性发作,
难道你不害怕?""假如我沿着
黑梯子下去,死的另一种说法,
穿过七道黑冰制成的门,到达
夸张法的领地,夸张随处可见;

会不会把你吓得头发根根竖立?"

风露出银牙掀起涟漪停在
在纸一样白的树间,可是她回答了三次"不"。
"噢,那就抓紧我的肩,"
他说,"抓紧我的毛,我野兽的毛;
使你的影子抓紧
我影子的毛皮,一切都会顺利。"
猫头鹰都已休息,冬夜,
他们行了一夜,直到尖叫的风
落在身后或已死寂,直到没有星星
在前方的黑暗中闪烁;越走越深幽
像跌入了盲人谷;
可是她始终感觉她的黄头发
松垂于肩头,就像站立时一样。

在天亮之前他们到达一座石山
陡得像一道玻璃,没有灌木生长,
没有野草沙沙作响,没有拂晓荡漾的微风。
白熊上前叩击,一扇门缓缓打开。他们的瞳孔
在黑暗中放大,他们走进大厅
两侧是灼灼的镜子,黄橄榄石
壁柱;黄铜墙壁上
宗谱树的金枝
蜡烛高悬还有熊熊的火炬
凝固的火焰如宝石。火红的
石榴石树,缀满玻璃叶,树下
一池海绿色的玉金鲑鱼悬浮
如在静水里。四周如此安静。

墙壁在身后合上。她回头望,
墙壁陡得像一道玻璃,门
消失了如面孔消失在泛涟漪的水面,
他们默然站立此起彼伏的光
却不见火焰燃烧,不见水流。经过
一排排火焰,一圈圈
灭绝的动物从镶铜墙壁的凹槽
向外望;一小时又一小时,
一个大厅又一个炫目的大厅,最终
穿过毕恭毕敬的帷幕她降落在
一间封闭的房间;他点了点头
一张金桌跃出;那一晚她吃的是
凤头麦鸡饮的是石榴酒。

熊不见了。她触了触银铃。
她已站在一间白色的卧室
有张天青石床。红玛瑙
和贵橄榄石铺的地面。
光玉髓窗上镶着从山上采的
紫晶和黄色的蛇纹石
似夏天的景象;她裸身站立
映照在发光的石头上
照出一千个姑娘或妇人,
孩童或凝视的女巫。灯笼熄灭;
她躺下睡觉,一个年轻人来了
整晚都躺在她身旁
天还没亮就离开。

他每晚都来。他说过:
"我就是白熊,我原本是人;

有副基督徒的身体,有绿色的王国
受我统辖。如今我拥有的
不比影子多,
我只能在黑暗中存在;白天
就得变成苍白的野兽。这显示了
你的忍耐:爱在这里
一定是盲目地徘徊或看走了眼,
因为死亡在光芒间漫步
视觉自消逝而生。"
无论在黑暗中是什么样的爱,
破晓之际她总是独自醒来。

白天她在围着树篱的花园里散步
身旁有雉鸡和明艳的花朵;她说:
"如果雉鸡是在白色玻璃里散步会怎么样?
鸭子在石头里昂首阔步,溪流
在绿柱石里静静地流;我为什么要
抱怨这无法改变的情形,
面对这样的宁静真该发抖,
是谁走在这古老的幻想里,
月亮般奢侈,或失踪的宝塔
不想受管教只想懒散?
除了宝石和细节还有什么是坚硬的
当各种特征活跃在同一片空气里?
如果故事不是真的我又是谁?"

"可是在寂静里漫步,"她说,"又是怎么回事,
尽管寂静可看作是花园。我该说什么,
不管舌头雕得多么灵巧,如何学习
尖锐的复合元音和有说服力的修辞,

在这毫无回声可言的地方？
我该去哪里寻找有力的送气音
能在这里激起一串音节，
或者我是不是该向透明的耳朵歌唱，
一切歌声如石头般落进空气；啊
当白舌头的花朵
寂静的叫喊穿过无有的空气
我该怎么办除了手掩双耳走开？
如果故事不是真的我又是谁？"

"他说这个地方是洁白的；我却
没见到他的脸；他说自己
一会儿是王子一会儿是野兽
拜继母所赐，
而这一切可能不过是闪烁的魔法。
晚上没有月亮或潮汐
模仿变幻的早晨
到了正午一切仍新鲜伫立一直
保持午后饱满的琥珀色；
到了晚上，又都不知疲倦
一同到访。可是黎明重临前
时日需先渐渐消退；
如果故事不是真的我又是谁？"

夜里他躺在她身边时她说：
"为什么我要和别人想的不一样
既然在不曾缩减的土地上过得快乐
这里曾是或该是暂时的一切
都已重新站立？可是我为
从空中跌落的沙锥鸟叹息，为坠落的鹰隼叹息，

为又一抹即将逝去的绯红叹息,
看到母亲家门前
扭曲的冬青树,母亲家窗边
短命的鸫鹞,温驯的鹤
在浅水间散步也会叹息。我该会明白
我那时是在做梦还是此刻走在梦中,
因为如果故事不是真的我又是谁?"

突然在没有声音的地方她听到
一声遥远的嘶嘶,碎裂声,像一片浪,
像潮水的耳语,试着模仿
它自己的耳语:他回声阵阵的心脏。"我该
在无穷无尽的走廊里踱步吗?
独自一人四周只有悲伤的黄玉,映像
只在你的虚无上闪烁,
无声犹如服丧的声音,
仿佛是欢乐的声音?不过,
你应该去如果你想去;可是答应我,
一个恶词会把我们拆散,
绝不要和你的母亲一起走路,"他说,
"或谈话,她和你一样聪明。"

那是星期天。玻璃上的金光退了,
花园里她骑在白熊的肩头。
她触到银色的铃铛,眼前
立刻掠过一片片摇曳的草地
在成熟的,绿风在大麦间嬉戏,
弯曲的冬青,在她母亲门前,
盘旋的鸫鹞——短暂的羽毛
短暂的生命——

在她母亲面前,驯服的鹤在踱步
不像是真的附近有小溪流淌。
她落到地面上,熊走了;
她听到草声簌簌,冬青叶
说:"你的母亲和你一样聪明。"

像欢迎久违的季节般欢迎她。
她又在畅流的夏天里行走终日,
直到有一天走在母亲身旁,
与她单独谈话,她和她一样聪明。
"到底是王子还是野兽,
邪恶的后母干的好事,
或许是难缠的故事;你怎么分辨,"
母亲说,"躺在身旁的是恶魔自己
还是其貌不扬的王子?
拿着,尽早行动,拿这蜡烛
照一照趁黑躺在你身旁的人;
只要小心别让蜡油滴落。"
冬青树下的草仿佛啸叫。

不见云朵的某天他来接她。
这是星期天。柔风轻拂
发白的麦田几近熟透。
"离开以前,是不是该在这尘世
骑行一会儿,"他问,"来纪念褪色的爱?
你觉得疲劳,企盼银铃
鸣响,我们就可以立刻
回家。一切是不是和我猜的一样?"
"是的,"她回答,"还能有什么不同?"
"那么,你和母亲一起散步了?"他问;

"你听了母亲的建议?"
"噢并没有。"她说。"还算不错。"
可她企盼银铃赶紧鸣响。

那天晚上她确信他睡着了
才起身点燃
蜡烛,拿着照亮他的脸。
这是什么光辉,连正午的太阳
也黯然失色?石头也闪闪发光
一片片金黄的夏天
狮子和夜莺唯一的渴望。
影子频频点头;它们叹服地弯腰。
"我傻乎乎地举着胳膊……
爱快要挣脱我的理智,
要是不吻他我还不如死。"她说,
她俯身吻住他的头。三滴
愚蠢的蜡油从蜡烛滴落。

"啊,为什么所有的希望都会化成泡影?"
他惊醒,喊道;"你为什么不能维持
好奇的耐心度过整整一年,
这样我们就都得救了,我的咒语就能解除。
现在这个王国必须毁灭,我要出发
前往继母的旋转城堡
与鼻子有三厄尔长的公主结婚,
我的新娘本该是你。""亲爱的,"她哭喊,
"能不能告诉我该怎么走?"
"普通人无路可走;
那个地方比梦境还远,
太阳以东月亮以西,被

汹涌的大海和星星包围。没有人到过那里。"

她像是睡着了,因为她醒来
是一个普通的早晨,一个异样的世界。
发亮的草迎风飘舞,树林鸟鸣阵阵;
那稀有的王国,那迷人的王子
都消失了。她跪在柳树下
哭泣不已。哭泣呼喊
直至筋疲力尽。她慢慢地
行走,走过一个白天,并不像是
越走越不安
却像走在完全陌生的地方
没有夜晚降临只有一只模糊的
疑心重重的鸟在枝头
唱道:"象征是唯一的魔法。"

在山崖下,天色应该晚了,
该出现影子了,苹果树旁,
她遇到一个女巫对着自己大笑接抛
一只金苹果。"你好,女巫。"她说;
"你能告诉我怎么去一处城堡吗?
它在太阳以东月亮以西。"
"是谁来这儿还叫我女巫,她坐着可能
也是憔悴相,除非是要
去那里嫁给王子的姑娘。是你吗?"
"是的。"她说。"可我不知道。
带上这只金苹果吧,骑上这匹马
去问我姐姐,到了之后,
拍拍马的左耳后面,它就会返回。"

路程漫长她具有石头的耐心
天色应该晚了,她看到
一个女巫正在摆弄金羊毛梳。
"倘若使人感到羞愧是智慧的标志,
我便是洞察力的奇迹,"
她说,"我的额头掩在月桂后面,
可我是光秃秃的羊皮纸本该写上字,
或许通往那城堡的路
我一无所知。我只能
赠你这把金羊毛梳表示祝福,
你去问问我姐姐;骑我的马。
它带你找到她以后,拍拍它的
左耳后面;它就会返回。"

第三个女巫说:"我也像你这样年轻过,
还会再次年轻,除非星星
在多变的黑暗里撒谎,可是
年轻美丽是否更有乐趣
相比面容枯槁仿佛颇有见识,
我已精明得不屑于选择,去那城堡的路
我可从不知道;
你总会到达,花很长时间或者永远到不了。
忠告之外,我赠你这金纺车,
如果你愿意,就骑我的马
去问问东风。到了之后,
拍一下他的左耳后面,
他就会回到我身边。"

啊,她骑行了多久
她本会筋疲力尽

可她找到了东风的住处。
"风啊,"她喊,"你会往哪边吹,
我该走哪条路
去太阳以东月亮以西?"
"我,勇猛的翅膀飞越了清晨的瞥视,
察觉没有鸟儿会栖息的黑暗,
颤抖着返回,无数次
听闻那城堡,却从未到过那里
也不知道路。可是我有个兄弟,"他说,
"不知疲倦的旅人,请坐在
我的肩上我带你去找他。"

尽管飞得比幽灵聚集还快
路途却远得像猫头鹰绵绵不绝的智慧
终于抵达西风的屋顶。
"我飞过的地方不计其数,
时而呼啸时而平和,不在乎
夏天虚弱的双翼穿越
淹溺的时日颜色尽失的悲鸣
抵达没有阴影呼啸的黑暗,
我不寒而栗从另一条路返回,
念我的名字定会让人畏惧
倘若我掠过那尖塔
或知道路;跟我来,"他说,
"我有个兄弟比我行得还远。"

"我也许会尖叫直到世界缩
成海龟蛋大小;我使劲儿抽打
光辉的时日尽头世界在燃烧中
结束,也到过没有火焰跳动的黑暗,

我有幸到处走一遭,
却见也没见过那城堡的饲槽或洗马的麦秆,
有没有这样的地方
我其实不信;我还有个兄弟
驾驭风暴冻得人奄奄一息
再向前就是冰原;如果
他的风暴还不能使你的谜题发抖
那就只能是个谜。"南风鼓动双翼
怒号着飞往北风。

北风咆哮道:"我把一片颤杨叶
吹得飘过整个闪着微光的世界,翻越
时间的玻璃屋檐,进入没有冰
闪烁的黑暗;毛发直竖,其他风也
瑟瑟发抖,但是狂怒支撑着我
到达星辰垂布的海,支撑着我找到城堡
在太阳以东月亮以西。
可是我从未对谁说过,我在那里待了
三个星期,虚弱得像颤杨叶,在荒芜的
海滩我才敢启程返回。
可是若你就是你讲述的姑娘,
待我休息过今晚明天
试试还能不能再飞那么远。"

谁让噩梦涌流?可是她
如此迅速他们在清早出发
越过北方闪烁的光,朝时间的
玻璃洞穴飞去,那里
黑暗让人屏息感觉不到灵魂的存在,
却有另一阵风的气息;跌跌撞撞,视线模糊,终于飞抵一片咆哮的海；
他们打起转来像说不出的爱那般漫长。
他却不安。海浪咬他的膝盖，
犬牙般的浪，他不禁低语："我飞不动了。"
下沉。她大喊："我看到白色的海岸，
模糊的尖顶可能是城堡
在太阳以东月亮以西。"

倘若海浪减弱伏在他的腿上会怎么样？
他把她放在白色海岸上
便倒头睡去。已离开
懊恼的海岸上森林
昏倦的寂静，懒散，
桦树轻颤，仿佛鸟儿，阳光
柔和，还有干渴的柳树，苍白的山楂树，
生长多年的苹果树，多变的枝干。
借着那道光她看见城堡如何消失
在想象上方在忠诚的云朵间，
看得见门，却怎么也走不到，
只能坐在绣球花旁唱着
"啊，美好的一天"。一边玩着金苹果。

城堡的高窗探出
公主三厄尔长的鼻子
叫道："你是谁？在我窗下
唱歌，哦，你要什么
我想要你的金苹果。""我来自
异乡唱歌给自己听
在孱弱的树下唱流逝的哀歌，
我是漂泊的流浪儿乘着风越过爱捉弄人的海，

我是颤杨叶;可是不管你拥有什么
我都不会交换这只金苹果,
除非我可以一个人
在王子的屋里待一夜
他住在城堡里。"公主答应了。

可是金子换来的,
只是一副沉睡的身体和睡眠:
天黑了她被领到他的房间
他已经睡着了;她呼喊
他的名字,哭着吻
他的脸颊和额头,整夜他一动不动。
也许她不过是梦的和声,
不过是轻抚梦境:橄榄石
玻璃雉鸡,古怪的石鸭子,
绿玉池塘里有一只金鲑鱼,
如圣骨盒,如少得可怜的联系
直至天边发亮,离开又坐在
塔楼下把玩着金羊毛梳。

"给我什么也换不走,"她回答
公主,"我的金羊毛梳,
除非我还能在王子的屋里待一夜。"
可是不甚留心的梦幻在哪里,
她称之为爱并以爱来理解
协调折磨人的念头,
如果她又躺在他身边
对她的吻仍无回应怎么办?
在她醒之前她是不是必须找到一个梦
梦里她躺在他身边,他醒来,

仍梦见他？在他身边，梦想
更幸运的苏醒，直至天亮，
在金纺车旁边唱歌边梦想？

"我渴得厉害只希望我走在
一池绿玉旁；
我唱歌来淹没远方花儿的安静
虽然我听不到任何声音
像遥远屋子里受蒙蔽的心，我梦见
我边用手捂着耳朵边漫步。"
她像昨天一样和公主争辩，
失去了金纺车。啊，难道爱
不是玲珑的阁楼，希望这耐心的
蜂窝忘却它们的天堂第三次
穿上寿衣的睡眠，
或者灵魂的得救必须缩成
另一次苏醒这希望渺茫的圣体光座？

倘若有守夜的。守在王子
屋外守了两夜，
听到里面的哭声，仿佛渐渐消失的幽灵，
禀告了王子，于是第三天晚上，
他避开饮安眠酒，十分清醒，张开双臂迎接她，
说道："亲爱的，上天保佑
你是怎么做到的，赶在今晚
找到我？明天，就是明天
我的继母要说的算，
我要和那个公主结婚。
可是我们感觉得到掩藏在黑暗中的晨曦。
别慌，别胡思乱想，

明天我去应付。"

天亮了,他去说服继母并且回避公主
"我的要求可真不少,像
多变的天,"他说,
"我顾不上体面,虽然今天是我结婚的日子。
我怎么能和陌生人拴在一起?
谁能清洗我的这件上衣,
沾着三滴蜡油,洗得
和之前一样白,我就会娶她
为妻。钟情王子的都浸湿双手;想试的都来试试
捶打洗衣板,绞干,就在
一盆水里。"无论公主怎么
浸泡绞拧,污渍反而更深;继母
使劲揉搓,上衣变得像无赖一样黑。

"城堡外面有个姑娘,"
在旁观看的人说,"也许
她能洗掉污渍。"
可是被惹烦的继母和公主
大怒,"不,不!脏兮兮的流浪儿
有多少花招,我们还要把
高贵的手伸到水里?"王子却
答道:"让她进来,不管她是谁。"
她浸了上衣,漂了一下
白得像麻风病人;再漂一下
白得像飘雪;漂第三下把它
拎出,白得像耀眼的月亮;她说:
"我怎么能洗不净呢,既然我就是这样苍白?"

月亮正在她那高高的厅堂里默思
周围有千面镜子。"啊,其实我
不过是光的把戏——打个比喻?
我走在夜晚狂乱的文字里,
持小蜡烛玩黑暗比喻的游戏,
抛耍苹果,发觉自己
迷狂多过清醒,
啊,谁会被呈现,如果不做类比,
——为什么是金贺礼和威武的侍从——
如三位女巫坐在苹果树下?
可是我的散步多种多样穿过
我的小饰品和马匹;倘若不戴一副面具
我如何能在我的诸多面孔里认识自己?"

"一切象征,"她说,"都是魔法。且让我
变成一只旋转的灯笼,
那也是真实的我。
让这个故事即兴
讲述,每一次讲述
都有些变化,仿佛
是差错;我是个从异乡来的姑娘
在那儿唱歌给自己听。"向太阳说道,
"明天你就是我的五旬节,
来和我跳舞——噢,要雪白,要像冬天;
噢,免得我把完全的战利品投入镜子,
变作白熊,"她说,"慢慢走来,
提出邀请。我是农人的女儿。"

一连数日在豪华的教堂事务室
做了反复而彻底的搜查

一无所获；太阳和月亮
觉得有限的生命是如此神秘难解，
便赤裸着不作掩饰呈现自己的面目
——除非假借某种永生的姿态
和面具可能会呈现——
相信一个人，却不相信他的故事？
这一年是凤凰之年。
此刻，哪怕是此刻，在石山上
热带的、清澈的月亮，转动着
她尘世的伪饰，人望在眼里，
创造的图景将世界囊括。

有关诗歌

我不懂得世界,父亲。
磨坊水池旁花园尽头
有个男人倚着倾听
溪流里转动的轮,只是
那里无轮可转。

他坐在三月的末尾,却也坐在
花园的尽头;他的手插在
他的口袋里。没有专注于
一种期望,也没有倾听
昨天。转动的轮。

当我开口,父亲,就必须提到
世界。他没有移动
他的脚也没有抬头
唯恐惊扰他听到的声音
像没有呼喊的痛苦,他在倾听。

我不认为我喜欢,父亲
在倾听之前往往会
做的准备。这
不公平,父亲,就像轮转动的
原因一样,虽然无轮可转。

我说起他,父亲,因为他
在那儿手插在口袋里,在花园

尽头倾听转动
并不存在的轮,却是世界,
父亲,我不懂得。

野兽遍地
(1956)

利维坦

黑色的海兽劈开海浪,
古老得像海底迁移的山,在海的陷阱里
潜行,深深地耕犁
咸土,身后拖出灰白的航迹,
背上喷出水柱,额头似拳头
冲向灰绿色的荒野,如呼啸的田野间的
野马,经过船只的骨架,
碎溅的波浪,尸骸上下颠簸
已被遗忘,冰层闪烁的岛,
他吞下污浊的水流,引领浪头,
驾驭深处的潜流,寻到栖身地
猎物丰盛。再莽撞的水手
也闻风丧胆,他的体量难以描述:
像起伏的山,
黝深,又如流冰构成的峭壁,顶部被闪电劈断,
就像陆地本身趁着夜色显现,海浪翻腾四散。
沿他的河岸奔涌,浅滩预示着
巨口的幽深;谁会在他身旁停泊
一路步行将会发现并非花园的门,
脚下黑黝黝的山下潜,
遮蔽头顶,又冷又深,溺亡。
他被叫作利维坦,以翻滚闻名
第一个被创造出来,
他载着约拿载了三天三夜,
他是海里蜷伏的巨蛇,
骇人的海兽,地底的影子。

却也有安静的时候
像天使,迷路的天使,
四周茫然,没有人的眼睛转动,
没有鸟儿飞翔,鱼儿跳出水面,什么都
无法在他之后承继大地的空寂。
两侧翻滚的泡沫渐渐平息,
等待;他一只眼睛望着
黑夜渐渐下沉,一只眼睛迎来白日
开始照耀熙攘的草地。他没有叫喊
虽然光是一次呼吸。海蜷曲,
星攀升,风阵阵,仍被自己拖累
像起初那样,造物主的手尚未
满意。他等待世界开始。

游泳的人

他们在一对海浪里鸟一样跃动。
以及呼喊,他们与海
互相交换赤裸像捧在手里的
鸟一样软,一样脆弱陌生。

蓝镜与他们嬉戏直到他们把
海当作另一只鸟:摇摇欲坠的
秘密触散最轻的浪
有关他们的声音会是他鲜艳的羽毛飒飒作响

只有不变的海岸在忍耐。可是从这只耐心的
鸟身上,他的选择丰满的羽衣,
也许都能学习深处的形状和飞行的秘密

海岸只是他们也许会
重返的落脚地。镜子变成巨蛇
他们唯一的太阳像声音被吞下。

荒野

遥远是它本身的秘密。不是神圣,
不是神灵奇迹般地褪去
隐藏,也不是到处闲荡或淹溺于
河道,使我们找到这个地方,

仅仅是熬过了不在这里的一切,
抬头望的瞬间,几乎偶然地,看见
也许是手,脚,但不是我们的;几棵瘦刺柏树
和地平线的天真。我们身处我们一直身处的地方。

我们身处其中秘密并未因此
减损分毫;犹如蜥蜴金色的眼睛
奥秘不会因走近而明晰。

饥荒均和我们有关,虽然不在这里;
因为从饥饿本身看去,我们的喂养
时有时无,如渡鸦的喙。

苏醒

终于从初次必要的睡眠醒来
而非纯粹的耽逸
他的梦还在漂泊部分重叠如晨光
处处闪着微光并且深潜

那光芒使他的视野模糊,他能看到
她赤裸着站在远处白昼浅滩,
别过脸去,明晃晃的头发遮没了双手;
接着他发现她的影子是树:

在他从未到过的地方
唯有其黑暗支撑白昼的壮丽,
就算是她站在那里它也一定会向下延伸

并非通过根而是载着幽暗鸟鸣的树枝,进入
静默的溪流如天空却比
这光更深比任何记忆中的天堂更深。

山

这种情形太稀有,蓝色的空气
虽然清澈,不算过于障目(比如,
像秋天黄昏的瞬间)
或春天河水暴涨
云层突然散开,才能渐渐看到向上的
峭壁高得可称为轮廓;林木线
望也望不到。接着
几乎恍然大悟
这本是常识:
其实是一座山;不止是
限制行动自由,没有
平地可走,只能
上或下,难以攀跃
却就在眼前的峭壁,
也许有时就是我们自己;
我们变得一脚长
一脚短,最平坦的栖息地
也要适应我们变形的身体,
山地居民据说就是这样。

站在另外两座山峰之间,却不像
它们那么稳;或如我们在图画里看到的
无知的莽撞,据我们的
判断,仅仅建立在它自身构成的
需求上,三面
形状古怪,颜色不同,自平原

拔起平原的平坦叫我们
不敢相信。当然对我们
每一个人来说,它与同类的主要区别
并不是其中心性,而是它的
陌生成了我们自己亲密的
一部分,我们需要忽视它的范围,我们看到的只是
每日的矫饰。这是不是活跃的
火山,专家的意见
彼此不一。据说如果可以看到
它的全貌,形状会是证据,那却是
不可能的,因为如果走到理论上
可以看到全貌的地方,就会什么也看不见。

当然可以说某个
地点或事物并不存在
直到知道至少某个人到过那里,
如果有人真的爬上去过
定会大有帮助。没有人,
无论从什么地方开始,见到过
山顶,连接近都不曾接近;没有人,
据我们所知。以前的尝试
犹如神圣的混乱,是狂热者和
疯人的圣地,一次仪式
和亵渎的自杀(没有其他
地方可以纵身跳下)。可是直到最近
还有远征,带着最贵重的
装备。出发的
不曾真正回来。
离我们
稍远一些,山的整个环境

显然完全不同；风吹个不停
声音像打雷还有翅膀的扑动。

的确，想想诸多暴力发生的地方离我们多近
让人惊讶的就不是我们的失败
而是我们安然无恙：
斜坡上的夏季露营地，冬天的滑雪升降缆车，
也包括在这里生活。攀登过
一段距离就返回的人们，大多数
都聋了，有些人从此失聪；有些人盲了，
往往无法治愈；所有人
都眼花了，如被强光照射。那些
也许攀得最远又返回的人，似乎
完全丧失使用我们的语言的能力，
或者即使开口，断断续续说着
那片耀眼后迸发的寂静，那里
流逝的时间不是这里的，我们无法理解，
不是时间的时间。这些高处引起的
效应——尤其是丧失
时间感，和头晕目眩——似乎
自古就有。

我们的传说里讲过一个孤傲的国王或教士
曾经到达山顶——对他来说没有继承人
对他们来说却重要，待过一段时间，"闪闪发光地"
返回，带着难解的密码
（翻译成通用语，是
一串部落禁忌）像岩石碎屑
标本，行为冰冷粗暴
后来被看作智慧的体现。尽管吸引人，

考虑到最近的尝试,这显得
不太可能,即使是很久以前的事。可是
为了证实这个故事,在湍流里
发现金子如此晚近仍像是手工研磨,
(进一步混淆调查)还有若干
三角墙,每个都有四个凹槽
形状像是承载巨型雕像的四蹄
有两趾的哺乳动物。传说就是
这样,仍然有人相信有朝一日
他会再从山上下来。

也有人说它会在我们头顶崩塌。它
会崩塌。有人说它已经
塌了。它已经塌了。难道我们没见过
阴影下的崩塌,一晚接一晚,
穿过我们能触到的一切;难道我们
不是用从高处崩落的
一块块巨石造房子?影子
并非不是实在,是提醒也是预计;
我们知道我们生活在混乱中
巨大得超出描述的能力。而更重要的:
既然我们只知道这些,寥寥
无几,无论什么我们都会相信——即使是老妇人
大笑着,指着,说掠过它面前的云是撒拉弗的翅膀?
即使是站在山上的年轻人
说它根本
不存在?他站立时一条腿总是
弯着,防止跌倒,仿佛天生
如此,据说山地居民就是这样。

圣人塞巴斯蒂安

多少次我感觉到它们来了,主
箭头(懦夫经常死去),多少次,
更糟,哦经常比这次更糟。既无微风也无飞鸟
搅动朦胧的安宁白昼从中攀爬而过。

并且甚至比箭头更慢。从中坠落的
寥寥声响,如穿过水,自比群山更远的地方
弓箭手在另一个世界移动身处
同样的王国。哦,天使的声响,

在你的王国间扑扇翅膀
就是由这剪短的羽毛发出?
有了清晨之翼我也许可以飞离您;因为这是

您的王国(此刻风如此安静)
我痛苦地站立;和往常一样载着痛苦走进,
盘踞在作恶的箭上你的王国到来。

站

两块木板构成的顶棚聊胜于无,背
靠倾斜的山,一张帘子
破旧的粗麻布有时翻动
海风拨弄:
离那一点已遥远我们
不禁频繁嘀咕
没有路了只有静静的乡间
在眼前摊开来
渐亮的晨光里它的土地没有
人的迹象,或者说已不在活的记忆里。

这里算不上是庇护所,却是最后
一处能鼓舞我们的人类发明:
草草搭建,像是
就在我们到达之前
被抛下,饱经风雨,
变形,干枯,它伫立在那里
一定比我们知道得久。粗糙的建造技艺
并未破坏前面的土地
甚至也不曾遭践踏,仅仅是荒芜
让人觉得是一直如此:像沙
又像红页岩的物质只有钉状沙丘草
生长,几棵树立在风口。

有人到达时像是把
全部家当扛在肩上,

常有困乏的孩童睡在
上层篮子里,还有
跛脚狗忍痛跟在后面。有人
轻装上路:
刀和火柴,睡觉
也不脱衣服。有
赤脚的,有人信念坚定
带着棍杖,有人一贫如洗。

重负和衣服并不与
旅人的年纪相符;他们坐下
不顾劳顿聊天
至夜深,谈到自己的意图
和信念也不一样。比如,
一个老人照看家族里
六个孙辈,整天背着
比他自己还重的东西
坚信往内陆行走三天后
会引领他们来到隐蔽的峡谷
傍着一条缓缓流淌的河,最笨拙的农夫
也不用发愁,在那里种庄稼一年三熟。

一个年轻人穿着昂贵的远足鞋
背着一卷毯子,大声
细数路途的艰辛,
渺茫的前景,向前
深入的风险。几个
打算走到最远的自言自语
那里的土地比他们
离开的好远离自己耕犁过的土地的

长途跋涉应远得
任何成年人都吃不消,还有一个
意见正相反再说
和十年前一样——比如
两晚前我们过夜的地方。
终于一个看起来体力最充沛的
转移话题他觉得
门口那儿的
某块石头是手工
切割,以前是
路边圣坛的基座。

大家谁也不能说服谁
几次陷入尴尬天快亮了
知道有一点已无异议:
生动讲述过
出埃及记的荣耀和静待来者的
城池的人们,次日会被发现
在扒弄一小块地
就在遮雨棚旁边,或偷偷地
溜回原路,或充当向导
领人来到此地,谁也解释
不清阻碍他们前进的原因;事后
谁也弄不懂
为什么最沉默的,
外表看去也不够强壮
不够资质走下来的,
迎着第一缕光起身上路。

大师

并非完全值得妒忌，无论多么受人妒忌；
他们起初因妒忌而生的喜悦已消散，
有其他成见，有的十分荒唐。
他的行动并非总是给人启迪：时而易怒，过于敏感
时而乏味，带着成见，常常不
诚实，喜欢管管闲事
害群之马，粗暴的憎恶，不假思索的刻薄。

他使自己陷入的麻烦就是他自己的设计。
他看穿了我们的缺陷他也统统具备；
我们忍受痛苦，不失喜悦地证实，
并不否认他的力量，却仍无法肯定那究竟在哪儿；
幸运却伴随他，无论那是什么，
他应受的惩罚，别说毁灭他，
反而成了他需要的，正好为他所用。

投机者，机灵的饭桶，一面估计，
一面幼童般手足无措；一个骗子，他的种种绝望
也像是如此，倘若不是因为作品，和某种
零散却让人害怕的诚实
最憎恨他的那些人也承认。不擅于居家，
却也有人爱他。他也爱。谁？什么？有人
仍觉得自己知道，那时也有人这么想。

终其一生最令他熟悉的人
惊讶的，是他搜集的平常

细节之多，那么自如，
仿佛都是他的一部分。他是
何时看到的？记忆里他总是
显得迟钝，甚至愚蠢，这样形容绝不过分，
漫不经心，或许半是假装，半是躲闪。

其门徒却公开受诅咒：
前赴后继，试图超越，却不具备他的力量，
只能模仿放大他的缺点。
他使他们感到困惑别人没有这样的感觉，
尽管他们试图掩盖：因为就像游乐宫的
哈哈镜，他们静止，永远不会真正了解他，
更别说预测。唯有跟随他困在陌生的海岸。

于是如释重负，继而深深的绝望，当他去世时；
不仅是他的模仿者觉得
赤裸，没有自己的声音或态度：
他的幽灵会影响一代人威吓
每一只手：似乎一切范式都已穷尽，他没有留下
任何值得做的给他们做，
而他没意识到的他们同样一无所知。

因为有了他的眼他们才看到，有了他的耳
才听见万物。他造了它。如今，这创造显得
难以置信：如此没有风格，就像天生
存在，既然错误和努力已归于坟墓。
然而真实：我们正从中走过。噢，我们永不能忘的
是每一片树叶如何唤起我们徒劳的回忆
我们的现实以及它难以容忍的天真。

焚猫

春天，巨大的玉米壳堆旁
多刺灌木丛生的小溪铜头蛇
蜷缩在第一缕阳光中，泥泞的小路，
忽然间不能继续视而不见。
一种气味在这个季节蒸腾
从没有过名字，却四处回荡。
我走近了，它的眼睛生了木虱
腋下的白色软毛里有一窝甲虫。
我用玉米壳生了火
却只吓跑了甲虫
燎焦了潮湿的皮毛，一股刺鼻的
燃烧毛发的气味冲破了香甜的空气。
想到时间是多么垂涎于下流，
既然悲伤是下流，缺乏悲伤也是下流，
我走开了去拿报纸，
把它裹进死去的事件，一沓又一沓，
浸过汽油把它和
垃圾一起放在垒好的树枝上；
这可比柑橘皮难烧，
汩汩作响火花四溅，恶臭像
腐败的食物随着浓烟扩散
穿越生了嫩芽的树林遮蔽了闪闪发亮的山茱萸。
我却固执起来：我要烧了它
哪怕要花一天的时间去堆好焚火
火焰会越过房顶。一连几个小时我不停地
填料，熏得漆黑浑身湿透；

把它拨出来，烧焦的肉仍紧紧
裹在骨头上。我把它埋了
我一开始就该这样做，因为
土地是缓慢的，却很深，易于隐藏；
我本该利用这一点倘若我明白
九条命在狗的利爪下会瞬间消失，
或汽车，或铜头蛇，可是无论多么微小的
死亡，无论怎样估算，也无法轻易处理。

忆河声

那天大河淹没一切声音直到
仿佛完全寂静：
遁入自身的时间和止息；

所以当我转身远离它的轰鸣，走下
冲沟上的小径，总有
犬吠在城边回荡，

汽车喇叭孩童的叫喊
仿佛初次穿越渐弱的光
冬天的黄昏，我的耳鼓仍然鸣响

像海浪轰鸣的贝壳，
激流在我内里回荡久久不散
关于我同样的寂静，我能听到

谁的声音只有天光下的寂静
地上的嘈杂向远处漂走直到无声无息；
哪怕是在我的头脑中此刻转身

心不在焉却听了许久
河水的翻腾河的拉力
比任何一首歌都将听得久。

学习一门死去的语言

你没什么可说。要
先学会听。因为它死了
不会自己接近你,你也不能
凭借自己掌握它。因此当它被
传授时你必须学习安静,
哪怕并不理解,也要记忆。

你记住的会积累。想充分理解
最简单的你要懂得
整个语法所有词形的屈折变化
和整个体系,和它所具有的
唯一的意图因为它死了。
一次你只能学习一点儿。

要求你记住的
是在你之前记忆从死亡的乏味
拯救出的。言语已死亡的语言
唯一的意图是秩序,
只有在有人忘记的地方才不完整。
你会发现那种秩序会帮助你记忆。

你所记住的成为你自己。
学习将是培养对那统领一切的秩序的
意识,如今纯粹由
热情构成;在它本身寻找它,
直到最终你也许会发现构成它的热情

从它的言语也从你自己听到它。

你记住的会保存你。记忆
不是反复排练,而是倾听从未
安静下来的东西。所以你要学习的是
从逝者、秩序和自己的意识中
记忆值得记忆的,听出热情
当你没什么可说。

低处的田野与光

我想那是在弗吉尼亚,此刻
横在我脑中的地方
像一柄灰剑映衬月圆,
像一片玻璃触及一切。

平坦的田野一直延伸到大海。
无沙,无界。秋天。
赤裸的田野,篱笆之间黑黝黝,
延伸到平坦的海悠闲的闪烁。

篱笆继续延伸,缓缓下沉,
半路有只牛鹂,停在歪桩上,望着
光如何从它们滑过轻松得像种子
或风。从它们上方滑过越来越远直至天际

因为连一只鸟也记得
之前的田野光芒
缓缓扩散
漫过那里将它们覆盖,每年都增加一点儿。

父亲从未在那里耕耘过,母亲
也没有等待过,我也不曾故意伫立
听着如生长般缓慢的渗漏,也不知道
盐的味道何时侵入土地。

你可能会觉得田野对我
是重要的,我注视,穿过
混乱的闪烁寻找它们的形状或影子,看到的
既非此刻也非过去,而是平坦的光在升起。

阿尔弗雷德·沃里斯的两幅画 [1]

一　驶向拉布拉多
今晚大海翻腾像一阵疼痛，
干草般隆胀声音也相似，
帽子般黑的下方
铁船滑行，船体
喧嚣热病的骚动，
铿锵作响，钟声震耳欲聋
自梯子下的三日疟，只有
古怪的光仍点缀
四处如牙齿，那似狗团起的意志
紧挨的冰山形成的大道变得
倾斜如女人般巨大并且隐藏，
如烟雾般不可触摸，在我们的经过，乐意
向下到达它们寒冷的私密的沉没。
接着我们会变白，从头到脚，闪着布的光泽，
牙齿般硬，白如桅杆
和盲人的眼。可是到了早上，莽撞
冷漠如耶稣，会发现空无一物
在那同样的地点只有一片空海
没有颜色，看呐，像一杯水。

---

[1] 阿尔弗雷德·沃里斯（Alfred Wallis，1855—1942），渔夫，画家，生于英国德文郡。他的这两幅画《驶向拉布拉多》和《月光下的纵桅船》目前收藏在伦敦泰特现代美术馆。

二　月光下的纵桅船

我们几乎到达之地的等待。分开
粉色像分开舌头；橄榄绿
夜潮高涨，主前桅帆和云隐没
这样的凶兆这样的美我们从未见过。

船骸

故事会讲得不一样如果哪怕只有
一人生还。漂回来的船骸
意味着那是有可能的。词语用来
默默承受重负,肉身
孤立,虽然有那样的失败,
虽然它们仍在发抖,自然的蛮力那
硕的头颅必须缩回,唤作盲了的
巨目望进黑暗的尽头,
震耳欲聋的嘴,理解它那一个
无所不晓的音节,望进枯萎的
历史脚没湿的人可以握在
手里。他们使她
扬起三角帆,后桅收缩,黑暗中
无比清楚他们的方位,有活动空间,
似乎平静了些,快
三点钟时他们遭受撞击。听见
它返家,在他们心里回响。
接着才听到钟声响起。告诉他们
它会一直响告诉他们
它会响起返家的钟声,在他们
心里回响。接着才听到它
太阳照耀下,锚链嘎吱
嘎吱,晒白的码头,炎热,
码头上卷好的绳子他们出发那天
和前一天,穿过海水蓝如
天空穿过炎热用光

绳索，绳索，他们的影子卷在
里面。它趁黑袭击，
凛冽，一重又一重伴着呼啸。浪头翻卷
他们分崩离析。
第一下就命中要害，他们却
继续前行他们明白不能一动不动
当关键时刻来临，对海的重量
不抱希望，却也知道呼吸
暴露了他们正经历着什么。
惊呆，不敢相信，它已袭来，
他们能辨别得出。再熟悉不过，
他们被它拥着，就像
在漂浮的梦里。但是它使他们意识到
内里有缓缓的迸发他们本已把它
卷好，卷好：这海，是
目盲的，是的，如他们所说，不可靠——
他们用自己的特征去形容它——却完全没有
排除它的野性，它的凶猛，
从一开始起就没有
谬误。在某些人看来海浪
似乎柔和了，远了，他们明白地死去。

溺水者的眼睛望着船驶过

我们躺在光没有视界的地方。
它越深越暗而非越远越暗。它像
头发一样摆动,我们随着轻轻摇晃。
像是在树下的长秋千上
打瞌睡的夏天我们来来回回
慢慢滑进轻柔的气流,向上
望去穿过翻来翻去的树叶
像手一样,穿过鸟,不可测的光,
向上。它们在我们上方颠簸着
在眼睛与光之间
吃力前进。开辟自己的路线
在飞行的鸟和鱼敬畏的眼
之间,却无二者的优雅,也无
正在追随的星群的宁静。
可是它们经过时周围的光震颤。
为什么?枕着颠簸的鱼群,
我们为什么要紧盯它们,和它们的苏醒,
它们却没有追随什么?如果我们还记得
明澈的星光,我们此刻也许就会明白
我们为什么追逐星星,我们的眼睛
为什么紧盯星群,我们追溯其遥远的轨迹
关注的并非是它们的命运而是我们的。

火窑里的醉汉
(1960)
致我的母亲和父亲

奥德修斯
致乔治·吉尔斯坦(George Kirstein)

场景总是一样,
同样的海,同样的危险等待着他
仿佛他不曾走远,仅仅是变老。
他身后退潮的海岸上
一样的责备,在他前方
海上的某地,他秉持的
耐心在溃散。那一座座岛屿
各有各的女人和盘绕的欢迎
尚未航行,有一个会称作"家"。
他背弃的一切知识
累积,直到他留下
还是离去都没有区别。因此他离去。
如果他时或忘记
哪一个希望在他的离去的路上
遇到熬不过去的险情,
哪一个,未必可信,遥远,以及真实,
是他一直想返回的,又有什么奇怪?

冰山

不是它的气息是我们本身的惊惧
使我们冻僵。难以置信
如此可怕的破坏者
是死的,那些光在它内部移动,
海水包围它充满
它的影响。似乎唯有此刻
我们才意识到海的深度,我们
浮在深渊上周围是这样的
云。仍然不理解
无比优雅的冷,即便
如此巨大,冷酷,我们眼前的
壮美,凝视,沉浸在天地
谜一样的宁静,想:这是不可绘制的
疆域,这只是
区区一角。想想有多少
水手,望着日落,看见
地平线上的这些峰顶设法
穿越黑暗寻找地图上未予标记的
岛屿,被护佑着朝西
漂流。这些必须溶解
在他们能重新种植苹果树以前。

雾角

显然那声呜咽
有违初衷,人们
把它架好,是出于实际考虑。
那喉咙不像是人
像是人类已遗忘的生物
在雾里醒来。谁把那猛兽
伤得不轻,或是从谁的牧场
走失,长成了,时间围住了它
无路可退?谁拴住了它的舌头
于是无法在
明澈的白昼中发声,
只有当移动的目障
来临我们也都知晓,
仿佛是从地板下面传出的声音,
或是从墙后面,往往比
记忆中的更近?如果
是我们赋予这呼喊以喉舌
它在对我们说什么,反复
反复,坚持在说我们
并未打算说的?我们把它放在那里
为了提醒自己注意我们不敢
忽视的东西,猝不及防
遇上,来不及反应的话,
呼喊会如以前那样被吞没再也不见一双手。

欺骗岛 ①
致亚瑟·闵采纳（Arthur Mizener）

你可以走得更远。南方本身
也远得多，一路绵延，先是
乘船，再越过白色大陆，
山脉，不曾勘探，直至极点。

可是想象有时
乐意在此伫留，停泊在
死山间平静的海湾，
像锚住自己影子的船。

冰和凝固的鹅卵石环绕
玻璃般的港外锚地在休眠，缓坡
上升，白与黑的条纹底下所有
风扫过的痕迹，至火山山脊。

它像被悬在远古的
巨型头骨化石残骸间
你无法相信这洞穴曾熊熊
燃烧，在寂静和海洋充满之前。

它不是你向往
你想欣然前往的地方。山坡荒芜
不见渴望的植被。

------

① 欺骗岛在南极半岛附近，属于南设得兰群岛。

却是想象正好停泊的地方,

注视着冷火口上
残破的庙宇外的海,
比起寂静的废墟和距离
更想知道孤独的火到底为了什么。

波特兰号启程

刚过晌午,正如我们一直
记得的,港口的水面
平滑得你想在上面行走,
它看上去可靠;光滑幽暗
像高级旅馆大堂的
那种泳池。我们回想着,说
我们还是孩子时就听到的
告知其潜在危险和时辰的钟声
听起来已两样,仿佛它们的
转动只与陌生人的事务相关。到了
五点钟强风袭来
和你所见过的最湿滑的夜晚。
我们刚刚接近,渐渐加速,
离七点只差几分钟,当她
在我们身后的港口下水,启程,
紧贴我们船尾驶过
左舷灯的红光直照在我们脸上。消失
之际,我们才注意到
飘起雪花。不,我们
不是最后一个,远远不是最后一个
看到她的。熬过风暴的纵帆船
瞥见过她,在风暴最猛烈时,
醒目的一片,正在驾驭风暴;
不过是几分钟的工夫
她就沉了。我们以前经历过
风暴,这次也像之前那样无情,残骸遍地

那样不可理解,那样
损失惨重。可是我们还在问
是怎么发生的,布兰查为什么要出海
航行时如何错估了风暴的轨迹。然而
我们不敢问
我们离风暴多近:被同一场雪拂过,
在她经过时随她的尾波颠簸。我们本来
可以和她甲板上的任何人交谈,我们敢保证,
而且不必扯开嗓门喊,倘若我们
知道该说什么。如今
没时间了,大难横亘
在我们之间:
无法料想的漩涡。它自我们脚下生。

寓言

不管这个男人是怎么爬上去的，
他正吊在那里，两腿在空中乱蹬，
吊在高树上高高的枝头
手臂渐渐没了力气。
一个路人注意到他
在树下往远处挪了挪
手叉着腰站定，喊道：
"放手吧，不然你会没命的；树要倒了。"
吊在枝头的人只顾抓紧，
脸朝天空，双膝发抖，
听到这句话，挣扎了一会儿，
抱着最后一丝乐观，放手了。
谁也禁不起这一摔，
陌生人发现他死了
毫不意外，却对他的身体说道："你
放手只是因为你想放手；
你只欠一个好理由。
我让你用最舒服的方法
怀有生还的希望。"
他笑着走开，
"再说，你终归要摔下来。"

老辰光

徒劳的提升自我人士，
越来越多，机灵
而非睿智或热情，
太阳底下
再没有新鲜事：

依然华而不实，残暴，腐败
你的辞令枯燥
笑容自我夸耀
和从前一样
无论在哪片苍穹下

在这之前，每隔多久
你俯身
朝自己做出的月亮下跪
低声下气，不得安宁
在老辰光下

没有人

  那会令谁意外
 如果(在闪光,寂静,喷涌
重击和瓦解后)预言之风
越发呼啸,掠过那堆灰烬
 喇叭终于撕裂天空,
  没有谁该站起来

  (没有谁就像从前:
 没有四肢,眼睛,存在;
随心所欲并且不死)毫无疑问地
继承敞开的天堂,
 独自一人,尚未完成,
  并且永远如此?

  谁保守了我们的秘密?
 我们听从的是谁的教诲?
谁又在我们身旁(我们知道)站立
在黑暗中一次次,我们向谁祈祷
 自然而然最经常地,
  谁躲开了我们的怨恨——

  仅仅是公平
 没有人继承,
谁懂得我们的仁慈,相信
我们的谎言,在我们自己之前我们考虑过谁
 (在我们自己之后)爱过谁
  持久如一。

群手

兔影和猫的
斑纹抖散成了眼花缭乱的
姿势，伴着冲刷
声，你意识到，
整个夜晚因手而生动，

因手掌和给予而燃烧
不停地呜咽希望得到施舍
显露的总是同样的渴望
穿过树叶的三季
仲冬树木纷纷
挂满空手套：
受到呼唤的硬币是我们的。

如你所知，所知，在手里降生，
由手送走，到了时候。

还有这些柔软的戈耳迪结
婴儿的拳头，这一双双手，
蟹纷纷留下一路足迹
如地图上岛屿的轮廓，
脆弱如眼，这些扇子
没有羽毛，枝条在胸上揉按
如披肩或海水一样流动的胸，
就像燕子一样会练习飞行，
发出乐声，感到痛苦，祈祷，这些

布条悬垂如古老的腕部附生的青苔，

松开，有时候是慷慨的，
阖上，一时可以握紧；
再伸直，如恳求，空
如水晶球浅如干涸的潟湖
被水虫爬来爬去，他们能
给予的唯有无知的爱，
对它自身的问题也无法确定，
如它手上的地图，不知是否
通向某地。

卡图卢斯十一 ①

弗里乌斯和奥勒利乌斯,跟随卡图卢斯
深入印度大陆的尽头
东边的海巨浪阵阵
　　　席卷岸边,

或进入赫卡尼亚,温和的阿拉伯人,
走近鞑靼人或安息的射手,
或抵达尼罗河,七处入海口
　　　挟黄泥涌进大海,

或穿越高耸的阿尔卑斯山,过陡峭的山口,纵览
恺撒的丰功伟绩,
高卢,莱茵河,寒苦的世界尽头,
　　　可怕的不列颠人,

无论去哪里,朋友都准备好随我一同前往
或是履行上天的其他旨意,
请给我的姑娘捎个信,
　　　别怕话不中听:

让她和她的相好享受欢爱,
一口气把三百个揽入怀,
谁也不爱,却让个个
　　　爬不起来;

----

① 这是默温翻译古罗马诗人卡图卢斯《歌集》中的一首。

至于我的爱，请她别再惦念
像以前那样：已因她枯萎
像田边的花，被耕犁
　　连根翻起。

夏

被这光芒尽染
漫不经心的狂热
抛撒金子趁还没
最终化为乌有
如何衡量。

眠鸟，月落，
一座又一座岛，
就像他们这样安静
在这浪上平衡
一次，就一次。

岛屿并非永恒，
这光也不会重临，
潮汐，短夏，
做他们的秘密
那不会令他人恐惧。

冬天的麻雀

一

我听见你了,小轮子的合唱,
　　　透过残破的树丛我看见你们
　　瑟瑟飞过像一缕震颤
　　掠过河面的薄光。

二

寒冷的一天我抛耍羽毛,
　　　我的双手在计划,这比
　　操纵木偶灵活得多,
　　指间微风飒飒。

三

你搜寻种子,在雪上张开翅膀,
　　　旋即出现,喙
　　沾着雪,你不见了
　　消失于我的深脚印,接着你兴旺。

四

独一无二:一片白羽,两片
　　　翅膀各有一片,每次转身
　　都让我吃惊;你这么迅捷,
　　姑娘,快得让我屏息。

五
傲气：独自面对一地面包屑，东啄啄
　　　　西啄啄。其余的
　　赶到，离你最近的碎屑
　　你会拼命保护。

六
被港口的风挟裹，空中的你
　　　　跌跌撞撞，四散
　　颤抖得失去平衡，急坠像
　　满载活鱼的网。

七
更多雪：绿色的冷杉丛被压弯
　　　　雪片宽得像猫爪
　　你在底下缩成一团，鼓气：
　　如果一动不动也许就并不寒冷。

八
我发现你时太晚了，无力的眼皮半睁，
　　　　污浊的眼，翅膀僵硬，
　　胸前凌乱的羽毛比我紧握在手里的
　　冰还让我心寒。

九
而且不止一只。谁会收集一段段线
　　　　僵硬的弯曲，又短，
　　又脏，每四段编成
　　一起，就像你的脚爪？

十
你们瑟缩着像石板上的钉,有只
　　　　掉在我脚边,头骨
　　开裂,寒风凛冽
　　求偶季节尚远。

十一
那些蓝鸽子:还有雪要下
　　　　日光浅淡,他们
　　上下点头,叫声咕咕,翩翩起舞。
　　你们在打盹,一排老人。

十二
无论灰猫在街角
　　　　鹰在墓间
　　盘旋,还是光线暗得
　　不足凭借,你都不会下来。

为困兽恳求

逮到狐狸的女人
提着它的后颈,断了念想吧:
你驯服不了它,不管你多友善,
拿肥嫩的鸭子逗它
耐心无比地
宠它爱它
别指望它会通人性,
紧跟身后,睡在脚旁,
乐意待在屋里,
　　　　　错,

它只会踱来踱去,
来来回回,两眼茫然,
毛皮不会油亮
脾气也不会温顺,挤出
它低声下气的嗥叫
度过漫漫长夜,虽然有你的爱,
你那悉心拌好的肉吃起来
满是腐臭气
(我有亲身经历),
　　　　　啊,

马上宰了它,否则放它走。

荣誉的选择

说句实话,有理由
(既然失败了我们必须)自豪地做:
为你的失败在一座好山上骑行
装饰着各种奖章和编织的花环,
被众人的恭维簇拥,
伴着刺耳的喧闹声和旗帜前进,
飞箭像猎犬般跳跃。

可是要论荣誉我会选择
(或我希望如此)裸露脸颊
出去漫步,撇下武器
独自一人,面对扣了扳机的枪
或其他飞弹,
只裹着黄铜
没穿其他盔甲。

这样一想,不同的物种
(我会认为)属我们最赤裸,
肉粉色的野兽各种衣褶表演着
坦诚的本性,
既然如此我将秉持
力所能及的荣誉,不去夸耀
身着盛装,呈现我的勇敢。

我该觉得自己幸而又幸
(坚持我的选择)倘若我能肯定

我没被任何东西怂恿
仅仅出于纯粹的荣誉,并非(像通常那样)
因虚荣,或贫穷
或轻率的绝望
隐蔽的敦促。

盲女

　　安静，她的眼睛
在她身上攀爬像一双溺水的手，
沿着塔楼楼梯她匆匆奔跑
盘旋的声音没有减弱，虽然
在每个转弯处，透过窄窗，
椋鸟刺耳的尖叫，潜入树林，
　　越来越远。

　　仍在奔跑
转弯又转弯爬上中空的楼梯，声音
越发回荡，雷鸣般的声音跟随其后，
从她经过的每一间屋子依次传出，
绝望地回响：它们尖声恳求
颂唱它们的爱，和粗糙的共鸣
　　对她的美丽的赞扬，

　　没有这样的名字，太温柔，
太高或太孩子气而不能诉说他们绝望的
祈求；忏悔；发誓要把
他们劈开的心盛于银托盘只要她
停止。每一个粗率沙哑的请求，
最终，都争相向她宣告："虽然你不为了谁，
　　亲爱的灵魂，这是我，我！"

　　被他们旋转的呼喊弄得
眩晕如在水里匍匐，

如今即使她努力回忆也记不得
是其中哪扇门,她逃离的是什么样的关怀,
罪恶,财物,名字,
道路向她的盲手张开,她又是
　　如何从旁溜过,

　　也不记得是多少个
世纪以前。只是一次次告诉自己
他们曲折的呼喊无法一直
持续,可是在他们陡峭的楼梯上,塔楼,均
陷入懒散的气氛突然反弹,会崩塌,
让人屏息,什么都不剩,她终于
　　瞬间沉默终了。

独眼

"在盲人国,有一只眼睛的人就是国王。"

　　　那是无所事事的一天
四下闲逛找找乐子
有好一阵儿,他抬起了地毯的一角
　　他的单只眼皮,和染色的光
如狗般从四面朝他扑来。还有色彩
他从未听说过的,在那个地方
　　肆意流淌。

　　　尽管如此,只有
当手指轻轻掠过
他的脸,来得突然,他又看到
　　一只只失神的眼睛,白色
虹膜如风干的豆子,他才明白:
他在旁边的闲逛发现了
　　盲人国。

　　　谁的手指涌上来
立刻认出他:他们的国王,如传说般
来临。于是为他的独眼
　　吟唱颂歌,伴着干涩的
伴奏他们跳跃的手指
围着他如一群蝗虫,
　　他们请他一同回家。

他们整齐的城市
像套装一样光洁。一双双手簇拥着他
坐到一张简洁的椅子上，戴上王冠，精致的
　　音乐。他们带来最温柔的
女孩儿，裸身散发香气，耳朵
硕大，同时在每个前厅
　　发出不同的噪声。

　　他们时或惊醒
听到一片羽毛从楼上落下，
他们用滴漏计时，
　　睡着时也不例外。他会
向他们一一道来，凭借他唯一的
光，将瞬间破晓，刺破天空
　　大地上色彩充溢，

　　他们会倾听，
对他拥有的权力惊愕不已，
目瞪口呆，会赞同，赞同
　　珍珠般茫然。起初。
只身处于光芒中，不久他只在
睡梦中说起："看哪，看哪。"
　　他只在黑暗中呼喊。

　　此时是夏天鸟鸣
阵阵他无话可说；窃贼，常常
看到，各种美，已许久
　　无话可说。静静地，日复一日，
看着峡谷般的黑拇指
自静谧的空中
　　悄然落下。

087

小妇人在快被吞没的街上

四英尺高,在淤青般的蓝色
帽子般的触感下,眼睛启动。狡猾的帽檐
漫过天空,一条街又一条街,谁也
不知道,如何阻止它。它会覆盖
整个世界,如果时间足够。五十年的
灰色开始为眼睛所拥有;你永远
追不上他们到了哪里,如此聪明
脚步不停,腿并不长
靴子却大得可以装下黑暗宽阔的微笑
围着他们的顶部,攀升。
他们已经快到膝盖了,
本该由脚踝阻挡他们。
所以必须走下去,一刻不停,
黑海快要没过脚趾
吞没吞没一切。一件大外套
能救你。而眼睛会把你推倒;决不要
眼睛接触。手拉手,爱
追随其皮毛进入关紧的门;谁
该先丧命?不要朝那高处望:
风掠过屋顶,有只手
想把整片天空偷走,
它不会逃脱。不要朝上望。神
高高在上。他看得见你。你没命了。

拾落穗的人

他们总是聚集在那里夏天的晚上
角落引来不少飞虫的街灯下，
嚼着熄灭的烟蒂在墙皮剥落的
　　　酒吧外面，那些陌生的老人，

最后一辆街车尖声驶过
越发安静已过了一个小时，
只剩下虫鸣，和他们自己的呼吸；
　　　有时便蹒跚散去。

有些人已经回到住的地方，昨晚的，
屋里，摆弄一下衣服花边，
布条，疝带，一只手差点儿碰翻
　　　盛着一副假牙的杯子。

警笛大作
那里的卷烟厂失火，
半座城镇都发出恶臭如一只扭曲的
　　　劳动靴。他们就在那里

他们整天待着的地方，捶打
烧焦的地桩，摇晃像蜗牛小心地
戴着熏黑的帽子，到脚踝的鞋，工作背心，
　　　衬衣领口和手腕部分乌黑，

弯腰，握着木篮子

挪动发痛的脚走在瓦砾上
以变形的指关节抓耙琥珀色的池塘
　　寻找残破的方头雪茄。

天黑了仍然会有人慢慢
巡视拿着手电。静悄悄只听得到咳嗽；
清醒；他们总是知道会发生什么，
　　可以让他们做。

狮子俱乐部的弹子房

我相信仍是一样，
一年又一年，褪色的屋子
楼上的下午，
蜘蛛似的手，悄悄靠近谨慎小心
围绕不通风的光，
言语稀少如落定的灰尘
穿过宁静，影子专心
等候仍守着桌子
等待击打象牙球，袖子忽前忽后，
搅动了烟，帽子在光上方
远远盘旋模模糊糊，
木板嘎吱，接着复归安静。
从海边来的火车呼啸驶过，
以及从圣路易斯始发的朝西行进，
可是没有什么能转移他们的注意力，
催促或召唤他们。他们想必觉得
整个世界不过是
自己无益亦无害的消遣
耐心无比全神
贯注在一张光滑的桌子周围
笼罩在那圈昏黄的光里
从来没有真正的黑暗。

约翰·奥图

布伦瑞克的约翰·奥图,
母系先祖,拉丁文学者,
赴坎伯兰山谷拓荒,
校长,一家之主,
为什么要在白发苍苍的年纪
迈开僵硬的腿脚
关上大门离开佩里县,布莱纳附近
住了八十余年的家
离开剩下的老伙计,沿着
出山谷的道路,向上攀登,
翻过南面的山脉,去卡莱尔,
一路蹒跚而行,沿着车辙,
终因劳累去世,在九十六岁
卡莱尔山谷在身下延伸
我看到你,约翰,爬到了半山腰,
停下喘口气,极目远眺;
我听到你的呼吸变得尖锐急促,
可是为什么要攀爬
我们谁都已不记得。
为了看看你的儿子和他的家人?
佩里县的家过于安静?
为了问出问题,倾吐秘密,
或趁着还来得及请求原谅?
为了再看一眼
阳光下另一片绿峡谷
几乎与起初一样,提醒
你的眼睛对土地的期许?

养老院的祖父

终于和蔼,和以前一样爱整洁,
他连酒也不再喝,
孝顺的儿子们扶他躺平
带来烟草给他嚼,当他们觉得
他被照顾得好他们满意。
一想起祖母,他的妻子,
笑容就会浮现,她信仰坚定
如身着一袭铁睡袍,却分娩过
七次,靠做缝纫活
养育一家,祖父逃跑
顺绿河而下,循船只
方向去了。他自己时或返家
富有,醉醺醺,把面包全藏进
有枪眼的桶里惹得
女儿们问个不停。邻床睡着其他
体面的老人,睡梦中他还在微笑
见到了祖母,晚晚如此,
她年纪大了,耷拉着嘴角,憎恶起
河来,她的凝视
充满他滑翔的梦,而他去了水边,
他们共同的孩子,
如今面容苍老,他们却又缩回
孩子一样大小,都站在她身旁,
拍击他们的小圣经直至他死去。

窗边的祖母

总有一条河流或一列火车
就在门前穿行,启程的人
一早来了。还是孩子我
被举到门口挥手
再见,朝我不认识的人挥手,
奔赴战场,我大哭。
结婚时我做得不错
可是第一晚我就知道
他会离开。所以把嘴闭紧
把灵魂关牢,他离开时
就没法偷走。我把孩子们梳洗干净
用针线活养大他们,告诉他们偷窃
最可耻;深知如果我爱他们
他们就会被带走,我尽力了
却仍是爱他们
于是他们像织线一样从手指间溜走。
因为上帝恒爱世人,无论
我们如何行事。你可以一辈子坐在教堂里
在祷告时教你的双手如何抓牢
决不软弱,可是上帝如此爱你
爱你本身,你之所以是你的一切都不会停留,
你越来越远,越来越远。

临近终点的祖母

也无法躺在双人床上,
扭伤的背弯得厉害,拱在
系在摇椅扶手上的木板上面
有枕头从一侧扶着她的头
免得头垂到膝盖,另外三个在她
身后保持她的
姿势扭曲的脊椎也许会恢复,往
乐观处想。九十三年来,
信仰坚定,相信你能够通过
窄门和针眼倘若
你坚持的是正道,保持
线紧绷,对沟外狡猾的音乐
无论左右都充耳不闻,祷告时
在《圣经》上打出节拍。她摔倒了。
她本该遵照嘱咐,她本可以
要求帮助,打瞌睡的时候
多了但仍算是
相信她,楼下没人
来不及听到门厅的嘎吱声
和浴室的门猛地关上。
这样,十八个月,他们
照料扭伤的她,从侧面
喂食,弯腰听她说话,都
清楚当摇椅停止摇动
意味着什么。仍可以听到她
认为该听的,仍然低声说话:把我的

糖藏在毛线衫的抽屉,记着,
来客人了给一块,再放回
原处,听见没有?一个接一个
不安的亲人来探望她,
终于某个不停咳嗽的儿媳
把枕着木板的头发梳得漂漂亮亮,
还插了一朵花,举着镜子
让她看直到她露出微笑。记着,
她耳语,离新来的护士
远些,她有肺结核。还有
仍然让她担心的战争,大多数
人已死去多时,有个
儿子归来垂在远处
阳光下,佩戴荣誉勋章,
她的卧室墙散发着煤气
和矮牵牛的气味。一个女儿住在
一街区外打扫
不错的砖砌房子,已在
准备该怎么说,"我们
对妈妈一直很好。"屋外
弯曲的河流得轻快,熟悉
一切;小路微笑鸣响着远去;
帮助会从山上来。她的一只发硬的手
会悬在空中悬在她的
头顶一连几个小时,由臂肘支撑,朝
那个方向挥动。当她吐出
最后一口气,拳头一样摇动,
这是个老习惯
几乎被遗忘,在脏河边
滑行和往常一样,

告别说你听不到她因为来
了黑色的车在那轨道上
已等了九十四年，从她
嘴里把它夺去，轰鸣着
向下游驶去，面前的
轨道变得笔直如一条鞭子，
窗户哐当直响快要崩坏，架子上的
东西在摇晃，脸上的褶皱颤
动；过后，洗衣房
还颠簸了很长时间
在裹挟煤灰的风里，她的椅子继续
摇晃摇啊摇里面没有
活物能解释得通，没有，没有。

原住民
致阿加莎和斯蒂芬·法赛特（Agatha and Stephen Fassett）

  他和他的手下，整个冬天没有洗刷，
在那被遗弃的土地在接受惩罚的
北方，一座磨牙的房子屁股般下陷，
一同筑巢，一捆旗帜弯曲
像一块手帕在吱嘎作响
后背破损的床立在厨房；钟
很快停了，他们只让炊具继续工作；亲戚
依次从底下爬进，
     谁在谁上面他们毫不在意。

  他和他的手下，温暖安逸，
像烧水壶一样冒蒸汽，摇啊摇，最优秀的
早就去了西边，从底下钻出去，
朝陡峭的收割过的田地和结痂的
牧场告别：报纸化的灰浆皲裂
仍摩擦墙壁，钩破的细绳织物聊着小地毯
上的破痕却不是楼梯钉子划的。其他的，
绝非最厚实的，留给他们自己，
    下倾，下倾。

  他的大多数东西，大多数时候，
都像要倾塌：受支撑的门廊突然摇晃
受一排上过漆的机器的震动支撑着做最后的
运转，每一个都不祥地倾斜
如镜框里的先人，困在衣领里，

在屋子黑沉沉的顶部自卵形云
垂下,他们的下颌没能得到任何抚慰
只有褪色磨损的绳索固定于
　　　　渗水的墙壁。

　　但是这些不比蛛网
对他和他的手下冲击大,或
吱嘎作响的橡木,虽然在夏日居民
坚固的房屋上新钉的墙板
如门般四处掀开,晃荡,撤离,阁上的
百叶窗剥落得厉害如钟锤来回摇摆
撞击窗户,冰冷的烟囱
顺风撒下碎砖,如蒲公英的
　　　　花冠。

　　在他破败的谷仓里,穿过
屋顶如参差不齐的墓地雪落在
他的牛群和耕马倾斜的背上
都单薄得像晾晒的
衣服,它还深入它们的脊柱
一头接一头的野兽,几乎每个冬天
膝盖都冻得僵硬
跪在谷仓地上;而他的夏季工人
　　　　总是给他买新的牲口。

夏天没有其他可以
雇佣的人，冬天也一样，
他和他的东西可以悠闲地做梦，
据说，点燃房屋，就这样
熬过寒冷，直到睡在牛奶房石头下
蜷缩的蛇受到新的一年刺激，
苏醒，缓缓褪去它们冬天的皮
如薄冰间升腾的水汽，把自己喂饱
　　　　好去继承大地。

燃烧的山

在冬天并不比别处更黑,
安静的雪却不曾落到那座山峰。
潮湿的日子蒸汽升腾,
伴着嘶嘶声,如果你凑向某些地方倾听,
是的,如果你停下注意周围,一股气息,
虽然离烟囱林立的城市这么近,这些
仍暴露了山的内里。整晚,
从它们的洞穴跃进跃出,这里有,那里也有
如夜间出没的土拨鼠,羞涩的火焰。

不同寻常,却并非神秘。
仍有许多活着的矿工见过
把提灯挂在
井下搭乘升降梯,从没有
差错,走在回家吃晚饭的路上
直到当当钟声引起他的注意。你绝不会想到
他会有这样的经历;
总是忧心忡忡,老妇人一样
谨慎多年来都是笑话。

窒息,安静,开裂的山
火绵延数英里,肆无忌惮
燃得正旺。它们
已封锁了所有能寻到的路,
至少是对它做了限制,我们相信。
它消耗自身,却如此缓慢会耗尽

我们的时间孙辈的时间,不同寻常
却非罕见:附近总有
一处,无论我们搬到哪里,在我还是孩子时。

在它下面,不远处,熔化的地核
渐渐远离它的薄壳
我们点燃的火焰都会
渐渐冷却。不是在上面散步的好天气
流星在空中燃尽静静地落进
空空的田地,若是有流星。
很久之前它就似乎已正常,
其上有农场,有甘泉井,
尚且冰冷,会延续得比我们久,和我们的孙辈。

客栈主人

   一切都在
朝南滑行的鹰的眼里
  像一双双手,年复一年,
翻越被秋天染红的山脊
  两片铁皮屋顶出现,
屋舍和谷仓,在山谷里连成一片,
  炊烟从石头烟囱涌出,
客栈招牌悬在一只钩上叮当作响,
  空荡荡的车辙
蜿蜒穿过陡峭的山地
  数英里内见不到其他
棚舍。于是无知的旅人
  在天黑之际会在此地勒住马
(虽然他疲劳的马匹警觉地发现
  牲口圈门前什么都没有)
留下过夜,从此无影无踪;
  货品不时出现
却看不到把货品运来的小贩;
  猎犬沿着斜坡嗅探
下风向忽然
  尖声讲出一切,后门
渐渐关上;峡谷里
  喉咙嘶哑的孩子像椋鸟一样
一提到客栈主人,
  就变得规规矩矩。

　　　　他并不高,
脚步笨重,健壮,脚蹬橡胶靴,
　　　沉默寡言,他们描述道
(采石匠,农民,本地的
　　　百事通)。一次被人看见,
好事的路人跟踪
　　　听见声响他觉得是呜咽,
在干草棚高高挥起斧子
　　　一边威胁,尽管
声音不高,鲁莽的好事者追查了
　　　数月。而他依然
窝在他的矮房子里,五十载
　　　冬季在户外在山谷里酝酿
理应感到的愤怒和严酷的生存计划,
　　　意外,他们很清楚,
都支持他,他们
　　　拿不到证据。有时间闲坐,
渐渐衰老,有人来访
　　　坐在他的转椅上闲聊
眼神涣散思维漫乱,
　　　松弛的嘴唇吐出
无关痛痒的评论
　　　他的客栈终于
上了锁找上门的客人
　　　都由他焦虑的妻子应付。

　　　体贴的人
他们都这么说:圆圆的脸
　　　温顺善良,她的眼睛
难以让人厌恶。他被装进板条箱

对他父母的坟墓漠不关心
(那里杂草蔓延的荣耀淹没了他
　　立刻自己播撒种子)
他们很快拿出他们柔软的心
　　来比较,提醒注意
病痛,恶棍,山地冬天,
　　她的孤独,她酸痛的脚,
用音乐才能把她拽出来,
　　最终,到达山谷,
和脱下的橡胶靴站在一起,被拥抱,
　　被大惊小怪,穿上
他们送来的衣服,和善良的人
　　住在好房子里,
变得爱闲聊,对什么都
　　不会感到惊讶,在她的窗边
面朝山坐上几个小时,
　　没有回忆的打扰
仅如其自身缓缓的溪流
　　教堂长椅般咔咔作响,到了春天,
或是秋天的鹰,循着自己的报偿
　　飞远。

火窑里的醉汉

  整整十年
火窑立在光秃秃的沟渠里,没有火
像帽子一样空。在他们眼里
不过是沉重的黑化石
悄悄侵蚀有毒的小溪旁边
垃圾山余下的部分,旋即成了
  又一项他们不了解的,

  后来他们惊讶地
证实,一天早晨,一缕烟如无力的
重生,从那撕开的洞口爬出,
又注意到其他迹象,
有人舒服地躲在
带有观察孔的铁门后,在那里建立了
  自己的破城堡。

  他从哪里弄的烈酒
真是个谜。可是那使他小调唱个不停:
锤子-铁砧和扑克酒瓶
他闷罐的咆哮,直到最后一声呻吟哐啷
他跌坐在废弃车座
乱窜的弹簧上在炉栅上排列的
  像一只铁猪一样睡着。

  在他们覆着焦油纸的教堂里
关于满当当的填煤口那一章

牧师从来不讲。他们纷纷点头憎恨入侵者。
可是当火窑苏醒，整个下午
他们的蠢子女像听见越发尖锐的笛声的
老鼠一般拥过去，呆呆地在崩裂的
　　山脊上站成一排并且效仿。

移动靶

(1963)

致 R. P. 布莱克莫

回家过感恩节

我把自己从街上带回来，街口张开像长长的
无声的笑，其他街道
如四处散漫的河流，词语随处散落，
猫之类的动物穿街而过，
远离消息灵通的电线和被瞄准的窗户，
噢这真好，在三楼，广告牌后面
广告牌写着"最新改进"我懂那是什么意思，
挤出一条路投币一样把自己投进。

噢这真好我的鞋泊在床边
广告牌四周的灯光不停闪烁像信标，
我把自己带回来如许多其他覆着硬壳
未经修整的船同一只瓶子一起下水，
自纯粹希望的贫瘠区域
一年大部分时间里扬帆的次数极少，
自一个个夜空常布满我的手影戏
如影般轻，在闸沟里摸索，
也自道路般的纵横交错
自数月的往返
于罐头和罐头之间，像早上的空容器，
我的阳具长成唯一的树，郁郁寡欢的常青树，
夜里的风使树叶凋落，掠过至少
一千英里的空寂，
狠命地撞仿佛什么也没有只有门，要求
"出来"，当然我就会冻僵。

星期天，天气晴朗，揩干我的耳朵系好领口的扣子
我远足一路，乘
街车回来，帽子下凹陷／牙齿待在
该待的地方我在想也许——这个念头
我已多次注意到，就像胆大的老鼠——
我该停留，讨讨那些好女人
开心，至少停留一阵，薇拉
擦古龙香水，带着名叫乐乐的小胖狗，
开心地戴着耳环，做饭，胳膊苍白，
有些跛脚，有花色床单，其中一些
我敢说还在那里，哦不，
我把自己带回来躲进静寂
像瓶子里的船。
我带着我的瓶子。
或者有薄珍珠的隐形发网，风本不会
有利于他们，他们本会有
他们的时代，假发，烦恼，
他们本想要窗帘、清洁、回答，他们本想
建立他们自己的和我们自己的家庭，结交朋友
以及其他考虑，我的手指筛动
黑暗本会呈现其他的
贫穷，我把自己
带回来，像母猫转移唯一的幼崽，
透过我的胡须向自己倾诉秘密，
他们本想饮尽船、大海以及一切，或
打碎瓶子。噢这真好，
噢苦难，苦难，苦难，
你把我从头到脚填满，像一套上好的睡衣
我已穿了这么多年，一点儿也不想脱下。
毕竟，我做得对。

格西的信

如果我们的父亲还活着
污迹就不会弄脏
墙壁，开裂的柱廊也不会
爬满昆虫，
花园不会荒芜
(尽管那只是靠母亲打理)，
不会从破窗戳出
像一只手臂，
而你也绝不敢
像现在这样对我，
不像绅士，也不像兄弟，
连圣诞节也不寄卡片
去年圣诞节，我又要问
我的回报在哪儿
这是我应得的奖赏
是我和我们的母亲住在一起
她总是支持你
你和你的投资
她让我捎给你的东西。
你以为我不想
像你一样出去闯荡？
我拿到了介绍册子
有合意的事。
好像你根本
没结过婚。啊
屋里的管道我可以这么说吧
不是铺平就行，

还有上学的孩童
不会一直钻牙
我已没有牙
以及他们的声音，每次
我出门满口含着晾衣夹
暴徒的陷阱就不会
挖的离背后的台阶更近。
你可能以为我的耐心
会一直持续，可能你以为我要死了。
那只羊你还记得吗我说过
我养了一阵，死了。
还有母亲的金丝雀，我
不会假装难过。
你也许想让我以为
你已不在人世，但我有
我的消息来源。我和
别人聊了聊后果，
所以什么都可能发生。
别说我不曾提醒过你。
我总望着好的一面，
现在我要告诉你
母亲的椅子我坐得稳稳的
除非我得到一个答案。
清晨中午和夜晚
可以随意来去，
殡仪馆的人
来更换日历，
但我根本不想上床
除非他们过来亲自动手，
他们得先把我掰直
才能把我挪走。

利慕伊勒王的祈福

愿利慕伊勒王祈福这只狼
即没有主人的狗,而主听到他的
呼号赐予他沙漠里的食物。

——克里斯托弗·斯玛特《羔羊颂》

您知道路,
神,
我祝福你的耳朵如山上的柏树
扎根于智慧。让我靠近。
我祝福你的爪子和二十个指甲说着自己的祈祷
如骰子投出自己的排列组合。
让我别走失。
我祝福你的眼睛独一无二的眼睛。
随我奔跑如地平线,因为没有了你
我不过是一只流浪狗饿着肚子,
性情恶劣,不可信任,毫无用处。

我的骨头如一组笛子一齐祝福你。
重新分配定居地的武器领着他们的狗起舞。
那里的狗没有羞耻心低声下气
尾巴摇得像一面旗帜,
让我承受所有物和所有人的训斥
如一条蓬松的尾巴正好用来
温暖我极坏和极好的部分。我的尾巴和笑声祝福你。
领我在犹豫的岔口穿过错误。
令我

远离野兽巢穴的真相,早晨的时候紧贴着我,
动一下便感觉疼痛,如陷阱;
连岩屑也有自己偏爱的地点可是那不是你的;
远离善良的怜悯,和它的被舔舐的手;
我嗅过当做诱饵的手指并且追随
必需之物却不是我自己的:这让我成了
屋后台阶上的常客,肥羊的可靠看守;

远离准备好的舒适的怜悯,有它
惯用的碟子显示我的名字和它的领子和虚荣的拴狗链;

远离认可的怜悯,和它的网,狗窝和动物标本制作师;
它会把我的勇气当做自己的球拍和乐器,玩它自己的游戏弹它
　自己的音乐;
教我辨认它的平台,建得像断头台;

远离已知小路的怜悯,会像古董般使用我的脚,尾巴和耳朵。
我的头供温顺的昆虫栖居,
我的命运是一种警示。

我因错误的理由在错误的时间隐藏。
我被带到海湾。不止一次。
还有一次,如果我需要,
可以制造一阵微风如冰凉的手指拂过我的肩膀,接着
让我的指甲涌出一串王牌如扬谷机喷出谷粒;
让疲劳、天气、居所、老骨头,到头来,
对我毫不重要,
让唯有你的光芒照耀我。
让舌头的记忆不会令我胆怯我便不会绊倒或打哆嗦。

却不时地领我去静水边；
我埋头饮水让我瞥见你的形象
趁它还没与我自己的相混。

保管我的眼睛，无可替代的。
保管我的心、血管、骨头

抵抗缓慢的死亡在它们中间凝聚如大黄蜂直到这地方完全成了
　它们的。
保管我的舌头我会为你祈福再祈福。

让我的无知和我的失败
远远地留在身后如雨季的车辙，
我消失于尽头，
这样的话那些为了自己扭曲的目的追踪我的人
也许只能得到无知和失败的回报。
却让我留下我的呼号在我身后蜿蜒如路
我在路上奔跑追随着你。
我在沙漠里的时候支撑我
把不可缺少的给我。

分离

你的缺席穿过我
像线穿过一枚针。
我能做的就是用它的颜色缝补。

挪亚的渡鸦

我为什么该返回?
我的知识不会与他们的契合。
我发现无人触及的未知荒原
广阔得我用脚去丈量。它是我的家。
它往往不被他们理解。我的叫声
回荡未来与此刻分裂。
叫得嘶哑,我从不曾许诺。

物

所有者
冬天临近我们在那里。
胜过朋友,看到你难过我们也高兴不起来,
我们没有自己的东西没有自己的记忆但是有你的。
我们是你的未来之锚。
如一伙乞丐般耐心,每一只手捧出能捧出的一切,

我们会是你罗盘上的各个方位。
我们会付你利息既然你把自己托我们保存。
做个绅士:当你需要我们时我们有求必应,
尽我们能做的来取悦,我们拥有些许美,我们孤立无援,
依赖我们。

萨伏那洛拉

不能维系我的世界,还得把失败唤作神,我要摧毁你的。

死手

诱惑仍在它里面伏卧像蛇怪。
提起它,待环坠落。

高地圣人
致玛格特·皮特-里沃斯（Margot Pitt-Rivers）

他们的祷告声如迷路的蜂群仍在上方盘旋。
我没有蜜。又一次
化作尘埃。
　　　　高处的荒地
光爱我们。
他们的脸结着硬壳如他们的土地
双眼空空，看到的
恐怕不比
水流多。

他们生来属于石头；我给予他们的
就本是他们的。
我教他们收集其夜晚的露水
集入镜子。我将他们悬挂
在天堂之间。

从我的无知树上我折下一株嫩枝
探测潺潺溪流
就在他们屋下。我指给他们看
他们门庭生长着同样的树。
你们有你们的无知，我说。
他们有他们的无知。

他们所剩无几的眼泪耗费在我脚上。

我没什么可教给他们。
各处的
眼睛正返回石头底下。在我的枯骨上
他们建起他们的教堂,像打一口口井。

父亲

影子过来了不看自己正往哪里走，
整个夜晚会降临；是时候了。
微风吹拂了时刻
把它四处拖拽像经过树叶的空货车。
我的无知过来了拖着脚跟在它们后面
问它们正在做什么。

静静站立，我可以听见我的脚步声
从后面追上我并且继续
向前从后面追上我
口袋里各种钥匙叮当作响，
我仍然不动。白发的
蓟种子过来了踉跄着经过树枝
如盲人手里的纸灯笼。
我相信它是我的祖父遗失的智慧
祖父的路只属于他自己在我没来得及问他已去世。

先驱，我想说，安静的飞行员，
小小的干燥的死亡，未来，
你的不坦率和我自己的一样让我
觉得陌生。我一无所知无论
你告诉我什么都会是惊人的发现。

先生，我想说，
很难想象这个好女人
把孩子们带到你面前，就像蛋糕，

为你使用针线，
站在门口，在你身后抛出
关爱的话，像石头，或者她的安静
像整个星期天的钟声。相反，告诉我：
在我诸多的不理解中
哪一个是你传给我的，它们把你带向了哪里？站在
犹豫不决的鞋子里，我听到它们
从后面追上我并且继续向前
穿着靴子，拄着拐杖，赤脚，它们绝不会
一起到达任何一处门槛或目的地——
有着各式微笑的人，囚禁在他自己里如
囚禁在森林里的人，夜晚醉醺醺归来的
人感到绝望走进了
错误的夜仿佛他拥有它——噢黄昏时
小小的失聪的消失，穿着它们的哪只鞋
我会在明天找到我自己？

终于

我的恐惧，我的无知，我的
自我，是时候了。你的急迫
在我手掌心踱来踱去，像汗水。
别急，若我起身迎你，
路一样逃走，逃进暗夜。
狗终于死去，无牙的锁，
够不到的习惯。
今夜我不会敷衍你。

来吧，不再是不可思议。让我们分享
理解就像同用一个姓氏。促成
完整如一件馈赠，那是
我遗失的，你在路上捡到。
我会把它放在我们身旁，这把老刀，
我们也得出了我们的结论。

来吧。如听到门边声响的男人
打开窗，熄灭光
望进黑暗更好，
看，我把它熄灭了。

致我的哥哥汉森
生于 1926 年 1 月 28 日，卒于 1926 年 1 月 28 日

我的哥哥，
降生即离去像瓶中信，
波浪
来去空空，卷过唯一的岸。
也许它有恋人却缺少朋友。
它绝不是静止的却一言不发

如果我告诉你谁的好奇星星
爬上他们的房顶并且一动不动，
恐怕没有
答案，却也像常常发生的那样，
只是想要另一个答案，因为
我眼见大难在镜中蔓延，
我怎么还在那上面浪费口舌？

是的，现在道路本身碎裂
仿佛从高处坠落，天空
似漆面开裂。难以相信，
我们的族谱
似在各处均留下印记。
我把我的头高高地
挑在长矛上当是无名的长矛。

即便这样，我们也必须彻底抛弃荣誉，
而我做我能做的。我耐心有加

面对柜橱的不幸,老天知道——
我把良言攥在手里像一张票。
我喂笼子里受伤的光。
我在夜里醒来,听到倒数第二下钟声,
眼仍闭着,我记得要旋
黑暗之鸟胸脯上的刺。
我听到苦歌
归于沉寂

血

应该更稠。你应该在那里
当习惯迫近把它们的微笑
推搡到他们面前,当我被别的
东西填满,比如一支温度计,
当离开的时刻,单脚
站立,像睡着的鹳,立在门口,
放下另一只脚,睁开眼。
我
这一次走开一会儿。我又来到
自己磨光的边缘
可以听到空心浪碎裂
像暗中的瓶子。怎么样?听,

我受够了这个。家里
再没有别人
照顾树,擦拭镜子,
收拾些许希望当熟悉的事物
来到门前,
对天平的秤盘说
起来该走了?

夜晚的田野

我听到麻雀尖叫"吃,吃",
时日拖着残体没入山后。
轨道渐渐变暗。

烟冉冉升起,自无火的地方。
古老的饥饿,被落在熟悉的黑暗中,
如一把悬挂的刀转动。
我本来更愿意过一种宁静的生活。
懊悔的爬虫开始活动
把我的脊柱当作念珠。我把地图
留给蜘蛛。
我们上路吧,我说。

    心的光,
麦子渐次点亮灯笼,
天上的每一间房子都有光芒摇曳
你好—再见。然而那是
另一种生活。
懒懒地躺在开裂的地面上
旧瓶子梦见新酒。
我拾起我的胸膛,已熄灭。
凭着别的光我去寻找你的

穿过尚未收割的我遗落的箭群。
月光下影子
练习刈草。别为了我,我说,

请别为了做给
我看。人无法只靠面包
活着。

又一年

向你毫无索求,
未来,穷人的天堂。
我仍穿着同样的东西。
我仍乞问同样的问题
借着同样的光,
吃着同样的石头,

指针依然滴答扣门。

十月

我记得我是怎么说的,"我要收集
这些碎片,
现在我随时可以用云
造一把刀。"
即使时日
走过,留下种种伤痕,
而我不停地对坟墓说,"纪念碑,
我仍是你的铭文。"

曾有那么一次
我们的手交握,钟声敲响
我们住在针尖上,像天使。

我看见蛛网
在我手掌间蔓延。在
我坟墓上方,那条大路,
此刻传来人语声可以让
我的眼睛盯着双脚,驯服。
越过承载着不属于他们的名字的树
条条小径像烟雾般生长。

诺言已逝,
逝去,逝去了,刚才还在这儿。
有天空,它们可以放它们的鱼。
夜晚将至。

爱慕离开的姑娘

孤独在镜中跳跃,一周以来
我一直掩藏它们,像关进笼子。接着我想到
一个更好的办法。

尽管城市夜深了
我走在路上
去找我的船,心情舒畅,抱着
这大花束上面的字真像是
银的:旅行愉快。

　　　　　夜
属于我也属于每个人,像生日。
它的皮毛拂过我的脸。我一路
向下,朝着我的船,我的船走去,
看着它启程,想想都觉得高兴。
花束上的叶子握着我的手
其余的摆动着告别,仿佛
它们还活着。

一切顺利,我来到码头,没有人。

我说没有人,可我是想说
有个年轻人,或许
从商船下来的,
身穿制服,我也认出了他;
他问我你要去哪儿,

我很乐意回答他。

但他对我说,这不是你的船,
你没有船。我说,这是我的,我可以证明:
看看这束花,我特意带来献给它,
旅行愉快。他说,这是个石码头,女士,
你在这儿什么都没有。

    我
转过身,这不公平
照亮了建筑物,我身处
另一个城市,憎恶的城市
我的出生地,什么都不会停泊,
光像苍蝇一样爬上石头,现在就替换,
现在,一样有大把的机会转动
许许多多只眼睛;我又迈了一步
穿过泪的拱门继续走,捧着
显眼的花面对我的美丽,
祝我自己旅行愉快。

乞灵

白日倒悬它的声音里
有洞
光逃进沙

我又在这里,干涸的嘴
在蓟的喷泉边
准备歌唱。

诗

姗姗来迟，一如往常，
我试着记起几乎听到的。
光避开我的眼睛。

有多少次我听到锁闭合
云雀带走了钥匙
把它们挂在天边。

歌手

歌声自屋檐滴落，
我辨得出那副喉咙

没有舌头
无视太阳月亮，

那抹目光，那生物
返回它的心

凭借谁的光溪流
找寻到彼此。

不可驯服，
不曾腐坏，

在它自己的疆域
有扇门要保卫。

到达那里，别无选择
捧起水

捧到你的眼上，说
清澈万岁

从此以后，一切
都将显得不同

经过

把你的盐落在身后。

职业

一
简单,如果你
有时间
你会去哪儿?
我拿清水来吸引你。
终日高悬一只蓝眼。整夜
渴望听到你的小铃铛
由不知何种金属制成。

二
看它如何进行
我知道它将来会如何:
色彩离去,光留下,
光留下,可我们无法掌握它。
任由树在它的手里摇动
枝头,我们
走进屋里。

三
紧锁的夜门仍然围坐。
我记得桥的许诺。
我起身来到
河边清洗影子。
迷失的方向上
水流之手找到明天。

空气

当然是夜晚。
一根弦的
被打翻的琉特琴下,我上路了
有奇怪的声响。

这一路的尘土,那一路的尘土。
我两面都倾听
我也步履不停。
我记得准备评判的树叶
然后是冬天。

我记得雨及其一条条道路。
雨占满它所有的路。
再没有别的地方。

年轻如我,衰老如我,

我忘记明天,那个盲人。
我忘记被埋葬的窗间的生命。
窗帘里的眼睛。
墙
穿过不凋花生长。
我忘记寂静
微笑的主人。

这该是我曾想做的,
在夜里穿行于两座沙漠,
歌唱。

面包和黄油

我不断找寻这封信
给众遗弃之神的,
撕掉它:先生们,
一直住在您的神殿里
是我亏欠您——

我不欠,欠过吗?双手
被我忘记,我不断
忘记。我在这里不会有这样的神殿
我不会在屋子中间
朝虚无雕像鞠躬
一群苍蝇正绕它打转。
我是这四面墙上的文字。

我为何要开始写这么一封信?
想想今天,想想明天。
今天在我的舌尖上,
今天与我的眼睛一起,
明天视界,
明天

在破损的窗里
破损的船会开进,
生命之船
挥舞着被砍断的手,

我会像应该的那样爱
自开始起。

世界的十字路口及其他

未曾想到我会降生在这里

这么迟在石头里离破晓尚早
在河流之间熟悉盐

记忆我的城

希望我的城无知我的城
我的牙齿在你的棋盘上黑与白
你叫什么名字

我的死在你的
日历上我的眼睛
在你的画中
睁开
我的悲痛在你的桥上我的声音

在你的石头里你叫什么名字
我睡着时在雨里打字

仅仅记载
锁头名字的书
老书老锁的名字
有些已停止跳动

死门的

照片从左到右仍藏匿着
初始
你想打开
哪一扇
若是有
我的影子穿过试着划出一道光

今天是在另一条街上

我要去那里
眼前

终之鸟
苍白的爪
在窗上踱过

我迷失小径又
不断找到
记忆

镜群里的星叫虚无

阻断我们

等等我

废墟
我的城
噢未来的残骸自何处
未来升起

你叫什么名字我们坠落

砂浆
在面孔之间坠落
一条腿的男人观看下象棋

坠落
草图里的月亮枯萎
窗帘翻飞从我们的墓穴

我在云上写过
希望

我
做过
听到光流过刀
海报上的秋天

听到影子在敲钟
救护车里的冰淇淋，布满手指的链条
栈架上的火车
比它们的光还快
新疤痕在发疯
抵达

听到时日经过自言自语
又一次
另一种生活

曾在另一个国度的钥匙

如今无知
无知

我不离开你的街道直到它们消失
有歌声越过
地址我能否
让它独自回家
戏耍血管灯笼里的云雀

它领我来到生疏的安息日

向各方把面包
乞讨，他们的脚边
有墓碑这个
部分
管子被扎牢呼喊消逝

呼喊
我未曾想过
闪电腾跃，凝固

生锈，我的兄弟，石头，我的兄弟
把你的灵魂挂在高处的钩上
此刻够不着

你吞了夜我吞夜
我会把夜吞了
躺在纸的游戏中间
啃噬的鳃
火

我会吗

天空在站台等待像人一样
没有地方可去

我会吗

我听到我的脚走在隧道里
我却像泪滚落在门槛上
此刻在我的手腕里

面前在假牙下
自云垂落，他的
标志是为他的房子挖的，明天，
最年长的男人
把食物扔进空笼子

是朝着我吗
他转动他的蛛网
我走向他延长
我的影子带给他
是朝着我吗他说不

是朝着我吗
他说不不我没有时间

留着这件衣服，去哪里寻找主人？

在那之前

过去不在那里眼下在消逝

城市病容般苍白墓标
　　图片纷纷落在窗上
　　其行星眼里有风
　　又在叉之间搜寻
　　在夜里
　　着黑衣

　　过去不在那里

　　报纸来自沙漠的新闻
　　移动或
　　伏在笼子里
　　聚在一处沙沙
　　作响

　　河流奔涌跃过对岸
　　跃过无名夜里洗过的窗户
　　我的名字
　　和谁有关
　　我口袋里的
　　相片渐渐成了圣人
　　从未在那里

　　我伸出手黑暗穿过

跟随一面旗帜

在我的时间里挖出的排水沟环绕
思维中的伤口
为了爱人被围起的街道
对残缺之人
也有用

如果我
躺在街上烟从我身上冉冉升起

曾是
谁

这样的夜由灰组成

在那之前
始终是火

致繁荣之墓

    这块石头
不在这里,没有书写的纪念文
    历史尾声处的
空寂听你没有视界的你还是能够
   听到
  空无一物这是带着赞美的声音
从不曾改变鼓舞不满足之人
   只要还有
    时间
关于你无论它可能讲些什么都已忘记

我的朋友

我的朋友不做防护走在靶上

时候晚了窗户碎裂

我的朋友没有穿鞋便离开
他们爱的
悲伤在他们之间移动如火
铃间移动
我的朋友没有钟转动
在拨盘上他们转动
他们告别

我的朋友有名字像手套出发
赤手空拳向来如此
没有人知道他们
是他们把花环放在里程碑上井边
找到杯子是他们的
已被拘禁

我的朋友没有脚坐在墙边
朝乏味的管弦乐队点头
装饰物上写着手足情谊
我的朋友没有眼坐在雨里微笑
手捧一把盐

我的朋友没有父亲或房子听到

黑暗中门开了
谁的大厅宣告

看烟雾回来

我的朋友和我都有
这个礼物在蜡钟楼里蜡钟
这一讯息讲述
金属这种
饥饿是为了饥饿这猫头鹰在心中
还有这些手一只
用来询问一只用来鼓掌

我的朋友别无他物留在
盒里
我的朋友没有钥匙走出牢房夜里
他们走同一条路他们错过
彼此他们在黑暗中发明同样的旗帜
他们只向哨兵问路骄傲得不去呼吸

拂晓之际旗帜上的星会消失

水会发现他们的足迹白日来临
如墓碑致我的
朋友被遗忘的人

写蚂蚁的男人

他们的卵以他的眼命名我认为
他们的卵他的眼泪
他的记忆

　　　　　沉入
地下墙里门槛

在每个十字路口
他消失

他的时日走在前头
　　　呼应什么喇叭

他的话在标志上
他的眼泪在他们脚边
　　　生出翅膀

我认出他从小路隧道过来
我认识他
不是凭借脸如果他有

凭借他的书写
我想画他
我看到他
凉鞋大踏步旗帜在他肩上船在发出信号
面具覆盖他的脑后

盲目

呼应

什么喇叭

他离开我的视线他爬上我的坟墓
我经过名字

他被跟随我没有跟随他没有

今天水的日子
墨水为我遥远的目标准备我的口袋都黑漆漆
见不到人
我静静地走静静地走在
单列里听着喇叭声

下一个

送葬行列摇晃空空的腰带
行走在路上,行走在黑雨上
虽然逝者还没准备好

棺材盖里钉子还在旋紧

在它之后来了挑夫
挑着轮胎湿枕头和烧焦的梯子
展开被撕裂的音乐和一幅烟画
末尾的男孩拖着长长的
线利落剪断
跟着传来谁的喊声为什么是白的
红色的也一样用

棺材下的数字
草草划掉

我们管不得那么多我们和其他劝说者
在下一个的客厅聚头
我穿着蜡鞋,我回想
最近一个逝者那是谁,我说

那可能是我的朋友吗,那个老人
带着湿哒哒的狗和棚子
他睡在梯子上直到整个地方被焚毁
刚才在这儿的是他的另一个

朋友，木匠
身旁是制水泥的壳类粉碎机
不他们说他几个月前去世的这个人我们不认识
但他是我们中的一个

我们管不得那么多，我们
和其他劝说者聚集在客厅
下一个在楼上，他有
十英尺高健壮敦实他的床不是灵床
他被朋友包围着他们乐享安全的秘密
他们脸色红润他们点着蜡烛他们开怀大笑
接下来还不知道
这次谁会替他去
像别人那样一个接一个他们吓坏了

楼梯上的笑声踩着节奏

这些词语从我的蜡鞋发出我
说我们必须告诉他
我们要到那上面去到那上面去你是
下一个我们必须告诉他
劝说者说他的声音会淹没我们
当我们说不时没有人听到
我的鞋在变软同时我也在说话
有人会帮我们，那就是我们
连木匠也可以

帮我们，他出门时说
他不会离开太久
拆卸一扇扇门的门环
棺材——标了数字不是我们的我们
必须从旋紧的钉子下抬头
我对聚集在下一个的家楼下的劝说者说

到了他们说是时没有人听到

正义的学生

整夜都听到锤声
邻楼的盲人
在修破损的门

寂静时就是
他们走了
在太阳为
年轻的贼照亮方向之前

盲邻整日都在学习
为一本粗胚书染色
噢一个长长的故事
他们白发苍苍他们不断遗忘

讲述峡谷，洞穴高悬
一面面朽烂的小旗
一列列小虫穿过山道
载着我们的点点血液

能做些什么能做些什么

他们带着自己的锤子去上课

所以他们对我说的最后的话
会是谢谢他们会明白为什么

到了那晚他们会得到允许可以搬家

每天
他们留给我他们从不使用的钥匙

春

水面上第一缕风
碎成点点箭头

埋葬了这么多年的死去的弓箭手

再次出发

以及我
我从门上解下
我的故事一个个窟窿
对应胳膊脸和各个内脏
我从壁炉台解下视力
我要去找舅舅最诚实的人
偷了我的马理由令人信服

我的鞋发光
我把我这副骨头载上一只鼓
我要去找舅舅狗
看赌台的古老的恐惧
如实看待我的人

如其他恶魔一样他也生在天堂

噢枯萎的雨

烛泪血管充满羽毛

没入盐中的双膝
我，钟唯一的儿子

在他的房子里待一天
你就会有答案

虱
(1967)

人易被表象蒙骗，连希腊智者荷马也不例外；他被捉虱子的男孩蒙骗了，他们告诉他："我们捉住的和被我们杀死的，留在身后，逃脱了的就在我们身上。"

——赫拉克利特

致乔治·吉尔斯坦（George Kirstein）

动物

年复一年一扇扇窗后
盲目的叉在桌间蔓延

自己掠过空荡荡的地面
一种动物都不曾见到

我沉默

回忆一个个为它们造的名字
谁会归来谁会

应答

说仔细看看没错
我们会再见

那就是你吗

你就是新生的幽魂
伫立在水阶梯上

不再惊讶

希望和悲伤仍是我们的双翼
为何我们飞不起来

何种失败还在耽搁你
在我们中间未完成者

轮祷告不停

我们听到的不是不同的东西
我们拍打双翼
你为何在那里

我不认为我还有什么可给予

轮说它跟随我

羽毛冻在冰里
我们把寒冷放在膝间

今天太阳比我们认为的要远

在窗边在刀丛中
你在观望

许德拉 ①

不不死者没有兄弟

许德拉呼唤我而我已习惯
它唤我人人
但我知道我的名字我不去应答

还有你们死者
你们知道你们的名字我不知道
在你们刚把话说完的时刻

雪在包装纸下跃动
每一个季节都来自一个新地方

如你的声音及其相似物

许久以前闪电所做的
我以为容易

我那时还年轻死者在其他
年代
如草有自己的语言

如今我忘记了区别在何处

---

① 希腊神话中的九头蛇,被赫拉克勒斯所杀。

有关生者我们的碎片时而
可以暂停死亡
而你们死者

一旦踏入那些名字你们向前你们决不
迟疑
你们向前

若干终极问题

头是什么

  答：灰烬

眼是什么

  答：井纷纷坍塌有

    生物栖息

脚是什么

  答：拍卖后留下的拇指

不脚是什么

  答：它们下方无有之路蜿蜒

    至扭断脖子的老鼠

    用鼻子拱血珠

舌是什么

  答：从墙上坠落的黑外套

    袖子试图说话

手是什么

  答：报酬

    不手是什么

  答：沿博物馆墙爬回

    找它们的祖先已灭绝的滑头会

    已留下一条讯息

沉默是什么

  答：仿佛有权继续沉默

同胞是谁

  答：他们用骨头制作繁星

最后一个

好吧他们打定主意要踏遍各地为什么不呢。
每一寸土地都是他们的因为他们这样想。
他们有两片叶子他们受鸟儿蔑视。
在石头里他们打定主意。
他们动手了。

好吧他们砍断一切为什么不呢。
每一样东西都是他们的因为他们这样想。
它倒进自己的影子他们都拿走。
有些东西需要东西燃烧。

好吧砍断一切后他们来到水边。
他们来到白日的尽头只剩下一个。
明天再来砍他们离开了。
夜聚集于最后的枝头。
夜的影子聚集在影子里在水上。
夜和夜影重合。
它说时候到了。

好吧到了早上他们砍断了最后一个。
和其他的一样它倒在影子上。
倒进水面上的影子。
他们运走它影子还在水上。

好吧他们耸耸肩他们想把影子弄走。
他们割抵地面影子完好。

他们覆上木板影子浮现。
他们拿强光照射影子更黑更清晰。
他们引爆水面影子摇晃不已。
他们堆起巨大的篝火。
他们在太阳和影子之间腾起黑烟。
新影浮动旧影依旧。
他们耸耸肩他们走开去拿石头。

他们回来了影子生长。
他们开始垒石块它生长。
他们扭过头它继续生长。
他们决定把它制成一块石头。
他们把石头运到水边向影子倾倒。
倒了再倒石头没了。
影子没填满它继续生长。
一天过去。

第二天也是一样它继续生长。
他们把所有方法又全试一遍还是一样。
他们决定把它底下的水抽干。
他们抽干了水水干了。
影子还在原地。
它继续生长延伸至陆地。
他们用机器刮。
碰到机器它就留在机器上。
他们用棍棒打。
碰到棍棒它就留在棍棒上。
他们用手拍。
碰到手它就留在手上。
又一天过去。

好吧第三天还是一样它继续生长。
他们把光照进影子。
碰触间光熄灭。
他们在旁边跺脚它攀上他们的脚。
他们瞬间跌倒。
它钻进眼里眼变盲。

它蔓过跌倒的人他们消失了。
眼盲的人走进了它也消失了。
还能看见还站立着的人们
它吞噬了他们的影子。
接着吞噬他们他们消失了。
好吧剩下的逃了。

逃跑的捡了条命若它想放过他们。
他们逃得远远的。
有影子的幸运儿。

这是三月

这是三月黑尘自书籍散落
我将很快离开
暂居在此的昂扬魂魄
已离去
大道上苍白的线躺在
老价格下

你回望时总有个过去
哪怕它早已消逝
而你向前看时
指节污脏,无翼
鸟停在你的肩头
你能写些什么

老矿井里仍升腾着痛苦
拳头破卵而出
温度计自尸体嘴里钻出

在某个高度
风筝的缕缕尾巴一时间
被脚步声覆盖

我不得不做的都尚未开始

凯撒

我的鞋奄奄一息
我等候在扇扇冰门前
我听见高呼凯撒凯撒

可是当我望向窗外我只能看到平地
和日渐稀少的风车
几个世纪给深田排水

但这仍是我的国家
当班的暴徒说你要改变什么
他看了看他的表他举起
花瓶倒空
又端着检查

于是入夜
雨下个不停

一个接一个他的齿间呼唤夜
我终于担起
我的职责

载着总统经过花丛
经过空荡荡的楼梯
希望他死了

刺杀的新闻

时钟敲响一下一下一下
窗边飞过一列
蜜蜂的花朵是死亡

为什么清晨有蜜的芬芳

收割已是多久之前
死去的动物一样跌倒

整点钟声轮使人想起
他们是水
一扇空窗使我发慌

蜂群掠过是雪茄的气味
黑暗的穿堂

四月

我们消逝已久之时石头将停止歌唱

四月四月
沉入名号之沙

将至的天光
没有星星隐藏其间

能够等待的你存在于彼处

无所失的你
无所知

众神

如果我抱怨过我希望我抱怨够了

我对境遇不觉骄傲
可是有工作
我的盲邻需要我
描述黑暗
我开口我开口而

我终日听到峡谷里的搏斗
重击如米粒落下
为了什么
几个世纪过去他们
吊唁彼此悲伤
系着褪色的丝带挂在墙上
崩塌
他们的时刻
这里的未来继续寻找我
直到夜晚充溢大地

我
是他们成为的一切
显然也是遗失的一切

众神是没能成为我们的
如今结束了我们不说话

时刻消逝黑暗
什么样的人该不朽
聋星球的音乐
唯一的乐调
持续清晰这是

另一个世界
这些分散的石头属于风
如果它可以调遣它们

蜜蜂河

梦里我重返蜜蜂河
桥边有五棵橘树
我的房子紧靠两座磨坊
盲人随山羊走进
庭院伫立歌唱
什么更古老

十五年飞逝

他老了他将跌入他的眼里

我抬起双眼
许久才看到日历
一间接一间屋子地问我该如何生活

目标之一是街道
一人组成的队列把它完成
一个个空瓶它们
希望的幻象
由名字给予我

曾经曾经曾经
我降生在同一个城市
问着我该说什么

他将跌进他的嘴

人认为他们比草好

我重返他的声音像一耙干草一样扬升

他老了他并不真实何物真实
以及死亡接近水的噪声

我们是未来的回声

门上说该如何幸存
可我们不是为幸存而生
仅仅是活着

寡妇

麦粒成熟
外壳脱落
仅仅依靠行星的旋转

哪一个季节
都不依赖我们

遗忘大师
把无眼石用
一束窄光穿起

密码在其间苏醒恶
有了规范的脸
去设计城市

寡妇自我们的指甲下升起
在这天空里我们出生过我们出生

你又哭泣想着自己是数字该多好
你倍增你不被找到
你伤心
天堂并非不存在
没有我们才叫天堂

你倾吐
向着形象向可以

代表的东西他们的特征
为你所需要你说这是
真的，你没有跌倒呻吟

没有看到空气中的讽刺

不需要你的万物是真实的

寡妇听不到
你的叫喊数也数不清

这是苏醒的风景
梦接着梦接着梦从旁掠过
不可见不可见不可见

孩童

我已活了这么久,有时想想都不敢相信
往往在下午干燥的时刻
我记不清
我在等待什么,蓦然发现
我能听见血在平原上蔓延
急着在天黑前赶到
我试着回忆我的过失
一个接一个辨认却从未
满意清单从未完成

有时我想到天黑了不禁觉得
背后遭袭我一直
静静装死,留意
袭击者也许最终
我还是睡着了因为我动了动
我睁开眼,灯笼鱼已暗中返家
四处寂静如初
我记得但我感觉不到瘀伤

接着有了故事,我还想到
其他相关的除了这个我之外
我看着自己开始寻找在
记得的大都会转过街角
我经过花园里干枯的皮如今
看到已不觉熟悉
连我以为我有的线也丢了

如果我能在赤贫中保持连贯
世界亦会显露
趁着还能够我试着重复我所相信的
生物灵魂而非这种态度
我不相信我们知晓的知识
但我忘了

从名字的壳里不时传出这寂静
想必是一个人
在不同的时刻为同一件事而来
如果我能学会肯定的词语它就能教我问题
我会看到每一次它都是它自己，我会
记得说抓住它像抓住手
并且跟着它终将是
你自己

会引领你的孩童

债

我又负债了在十一月的这天

雨滴打在黄树丛
夜继续抚育白鸟
黑暗家禽进入冬天
而我绝少想起你
你需要的都没丢失走进死亡

我告诉你篮子在你上方编织自己
倘若有悲伤它会在墙上的铅笔里
再没有时间问你问题

我还欠你的你拿走了其中的什么

每一次它是
盲人睁开双眼

这真实的债欠得无法偿还
你如何帮了我
你是不是拿言语清除你的声音直到尽头流血
是否有关听见有关一种苏醒
你身处你所选择的湿面纱中,它并非关于记忆
并非关于一种视野
尚且不是

它是真实的债它单单是我的

它没有名字
它生自贫穷
它从我体内挣脱跑到街上
夜降临

它追随一次死亡像一支蜡烛
但这死亡不是你的

灰浆

多么不像你
把最好的作品留在这儿
留在灰浆后面,从此匿迹
多行诗里的威尔士语句
像被抛进大海的木板
我将如何

知道到底有多么不像你
这里的纸上又写了哪些别的
开裂的深色沙发你后来在这里死去
它的背面在白墙上留下白印,在那上方
五个半平方朦胧的日光
像水里的书页
从盲目的灰浆滑过

你把折起的作品滑入灰浆如丢进邮筒
滑进幕里

如今这是雨屋从死亡落下的雨
天空把它的东西从树下搬进来
寂静
即使在那时也已着手去做
还有一堆旧玩具和破衣服
角落里他们发现孩子们
蜷着睡了

其他作品
也在消失于屋顶
扯动湿壁炉一道道黑裂缝
附在肮脏的碗橱架子上
从此匿迹
如今哪里还像你

你的一生中谁曾被最好的你笼罩
藏匿在你的死亡中

秋天

灭绝的动物还在寻找家园
他们的眼里充满棉花

如今他们
永远不会到达

星群像那样

移动没有记忆
并非临近转向别处攀爬
无有,墙

辰光他们的影子

光在树叶里生发与夜晚无关

那是些
我原本希望居住的城市

十二月夜

寒冷的坡地站在黑暗里
树的南面却摸起来干燥

沉重的四肢爬进月光载着羽毛
我来此观察这些
白色植物夜里显得更老
最古老的
首先化为废墟

我听到喜鹊月光下的叫声
水从它自己的
指间流过无止无息

今晚我又一次
寻到一个祈祷者，那不是为人祈祷

消失者中间的十二月

古老的雪起身走动,带着它的
鸟群一起

野兽藏在缝好的墙里
自冬天无嘴人
铰链回声然而没有东西打开

在此之前的一片寂静
留下它损毁的棚舍面朝牧场
穿过石头屋顶,雪
和黑暗缓步而下

在其中一个里我和死去的牧羊人坐着
看着他的羔羊

冰之一闪

我现在确信
皮肤下的一道光近了
带来雪
继而入夜一只蛾子解冻
嗒嗒地冲撞玻璃
我想着死亡是否会是安静
还是冻在另一个时空的呼喊

月出前的寒冷

霜的声音反而难以捕捉
在其星群间震颤
如睡着的动物
冬天的夜晚
说我生在远离家园的地方
如果有这种语言存在的地方
那会是我的故土

房间

我想这都是我自己的某处
破晓前未生火的阴冷屋子
含着静止如同出席死亡
角落里传来小鸟的声响
在黑暗中一次次扑扇翅膀
你会说它快断气了它永生不灭

冬日暮色

太阳在寒冷中下沉没有朋友
没有怨斥毕竟它是为了我们
它下沉无所相信
它消失时我听到其后流淌的水流
它带着它的笛子长路漫漫

再次梦见

走在山间落满树叶的小路
视野越来越模糊，我不见了
山巅正值夏季

我们如何四散

仲夏破晓前一道橙光返回山间
沉甸甸小鸟齐鸣
将它托起

蜻蜓

在这里锄掘豆田的是蜻蜓的翅膀
麦子曾从此地发出信号
光在闪耀都在这里
立于其上的这一双脚
我自己的
和我影子里的锄头

给养

整个早晨干燥的乐器
田野复鸣着
雨声
从记忆
以及墙里
死者累积他们隐形的蜜
这是八月
畜群渐渐聚集
双手的空会伴随我
你所没有的你四处寻找

牧群

向北攀爬
黄昏的地平线如手般跃起,我会转身
在黑暗降临之前我会到达自黑冰淌下的溪流
再次庆贺我们已远离人群

我高卧在石头中间,无星的夜晚
从嘈杂的蹄声里追踪牧群的声响
会又一次渐渐接近我
在它们上方其古老的太阳远远地滑走

倚玻璃山入眠
我会望着在放牧的一团团光
水准备落下
至第一个死者

哀悼者

玻璃宫的南露台
没有钟
我的锄头刨着豆田
凉快的早晨

在她的时刻
哀悼者向大门走去
小个子老妇仍是姑母
没有外甥或外甥女
她的黑草帽水一样闪烁
起伏沿着露台
玻璃墙攀爬
还有朵紫色的蜡制玫瑰

她缓缓走过我们朝她点头
她柔软的脸皱纹微小涨得粉红
我听着小小的脚步声越来越远
想起夜里的雪簌簌地下
拂过玻璃尖塔
落入生者的时光

写给忌日

年复一年我度过这一天,并不知道是哪一天
最后的火焰终将朝我挥舞
寂静终将启程
不知疲倦的旅人
如一颗残星的光束

接着我也将停止
在生命里如在一件古怪的衣裳里寻找自己
令我惊奇的土地
以及一个女人的爱
人的无耻
像今天这样写作在下了三天雨之后
听到鹪鹩的鸣叫雨声停止
向不知何物鞠躬

砌石匠

石匠死了温和的酒鬼
干砌的手艺一流
他砌好的墙在山坡上蜿蜒
屹立,默默无闻
无惧又一个冬天
被奔跑的羊群摩擦
然而砂浆的时代已经来临

瓶子等待着像坍塌的庙宇
在雨中不同的树下
他的手触摸过的石头湿漉漉
稍稍向里倾斜
他的渴望成了过去

既然他没有妻子
邻居找到了他放衣服的地方
没有家庭的男人,他们和他坐在一起
他被抬走他们守着他们自己的死
他们把他葬在石头坟墓

三十八岁的冬天

竟然到了说我年轻时的年纪
虽然我一直在琢磨那会是什么样
活到我现在的年纪
从此刻看似乎一点儿也不老
仍像以前一样离自己很远
在雾和雨里苏醒什么都看不到
我想所有的钟已在夜里死去
现在没有人看着,我可以选择自己的年纪
可以年轻些那么我猜我现在要老些
就在那里在手边我能拿到它
除了我以为我会做得不一样的事
他们不断往返他们就是我
我年轻时他们没教会我什么

如今我的年纪或许已不再是问题
问题在于我是怎么活过来的
像年轻时一样我一再推迟要做的事

也与说辞无关
仅仅因为它把它自己
借我使用

当然也和星星无关
在他们中间我是空的
它们消失在无形的清晨

当你离开

当你离开风盘旋向北
粉刷匠终日工作日落时墙体剥落
黑墙显现
钟回转敲响同一个时间
数年里没有它的位置

入夜被裹在一床灰烬里
一次呼吸时我苏醒
是逝者的胡子生长的时刻
我记得我正坠落
我是原因
我的言语是我绝不该着身的衣服
如独臂男孩藏起的袖子

濒死的亚洲人

当森林被摧毁其黑暗还在
灰烬有人跟随主人
永世
他们将会遇到的无一真实
也不长久
在河道上
如活在鸭子的时间里的鸭子
村落的鬼魂漫迹天空
划出又一道曙光

雨落进死者睁开的双眼
落了又落无意义的声音
月亮找到他们呈现万物的颜色

夜像瘀青一样消失什么也没治愈
死者像瘀青一样消失
血没入毒蚀的田地
痛苦天际线
如故
头顶季节摇撼
它们是纸钟铃
呼唤着死物

主人在死亡下面四处游走他们的星
像缕缕烟他们挺进影子
像微弱的火没有光芒
他们没有过去
点燃了唯一的未来

当战争结束

当战争结束
我们当然会自豪空气
终会清澈得可以呼吸
水会改善沙丁鱼
和天堂的寂静会迁移得更自如
死者会觉得生者值得生我们会知道
我们是谁
我们会再次应征

农民
向这个世界的权势祈祷

你们在我的画像下
进食,变化,长大的年月
你们别无所见
只有当我渐渐现身
你们说我必须消失

我能怎么办我觉得万物真实
残忍而聪明
以各自的名义来去
我以为我愿意等待我更机灵
你们却在处理别的事

你们常常为吃了什么而觉得窘迫
以及制造的距离
比你们破坏的更迅速
这蛊惑了我的梦
如放羊时带着的杂志
可以打发空闲
我试着看低你们不必
做你们能做的
如果我能够
也许我早已甩开你们

我对你们的蔑视
你们命名无知和我对你们的崇敬

卑屈
都是我们为数不多的共同点
你们的垃圾和姿势是我最重视的
正如你们一样

以及你们如何给予我
自由
而我在你们的战争里战斗
你们如何否定食物
它们死去
如何讲理
充分利用了你们的时日

当上帝奄奄一息你们把他买下
正如你们身居位置时会做的
浅色汽车穿过泥和新鲜的粪
找不对地方虽然你们来过
至少一次
像医生
一刻不停
我在
讨价还价

我习惯站在天空的阴影里
生还者
我没有什么供
你们使用

我把双手
伸进收集来的有裂缝的木柴

废弃谷仓的干燥角落

节省的光

没有用处破烂的门货车的零件

别的影子消隐在那里

等待

用砍削过的双脚走路我跟随猫头鹰的希望

有这么一次我会

向下漂走远离工具一副好肉身的伤疤

显然在夏天下雨之前

和首度转暖的时候

听着你们频繁的爆炸声

屋顶

崩塌会持续许久

既然仍有人相信我

仿佛我也是

不朽的一个

是你

制造未来

是你的所有被夺走

我看见

有上千位神

唯有你真实

不是你制造了我

我为此羞愧

我在按你的样子养育小孩

灭绝将至

灰鲸
既然我们把你送往尽头
那至高的神
告诉他
我们跟在你后面我们发明宽恕
什么都不宽恕

我写下仿佛你能懂得
我能够说
被即将死去的人包围
人总是要假装
你离开了海在他们的茎上打瞌睡
你成了空壳
告诉他我们在
另一日被创造

困惑会像回声般消失
沿着你内里的山峦蜿蜒前行
不曾被我们听见
找到它的路
落在身后未来
死的
以及我们的

当你不会再看见
幼鲸摸索光

想想你会在黑花园和
它的场院找到什么
海牛大海雀大猩猩
再也不会出现的生物不计其数
如星星般命数注定
我们的祭品

把你的话汇入他们
告诉他
我们重要

林间空地

漫漫牧群经过如地衣
沿着黑暗每块高高的地毯
寂静
牧群没有尽头
没有死亡
前面一无所有后面一无所有
在蹄子之间蹄子的兄弟海里的
贝壳

穿过感官
如穿过明亮的空地被痛苦环绕
有些动物
看到灵魂在它们的词里移动死亡
有许多舌头哪位神都说不出
都描述不出
没有什么不能死去
词语
环绕灵魂
他们身着伪装
如光中的光
当它熄灭他们消失

在牧群眼里只有一种光
他们珍惜它以及它属于的黑暗
他们从中经过他们前面
一无所有他们留下它
小小的地方
那里濒临消亡一轮太阳升起

避开河边消息

破晓前星星隐没在光里
芦苇莺沿着窄溪捕食
鲑鱼跃起投下影子
乳白的光流过树梢
被血充满
人要醒了

不出一个小时将是夏天
我梦见天空吞噬大地
醒来才知
不是天空所为
我不为杀死鹪鹩的凶手感到羞愧
也不为獾的食物感到羞愧
世上的善均建立于此
若非生而为人我不会为任何事羞愧

飞

我折磨过一只肥鸽
因为他不肯飞
他只愿像和善的老头一样活着
任由自己脏兮兮拼命
抢食物啄赶垃圾旁的猫
不理睬伴侣喙部总是湿漉漉
散发臭气摇摇摆摆
到了晚上要被人放进高处的鸽笼

飞我说把他扔向空中
他坠落，赶回来索食
我说了一次又一次把他上抛
他越来越糟
每次都要把他拾起
终于死在鸽笼里
因为这些无谓的努力

那么这是我做的

想着他的眼睛无法
理解该躲我远远的

我总是太相信语言

归来

你在梦里归来我们不在这里
身着浅色裙子笑着跑下山坡
来到门前
叩门许久心想真奇怪

回来吧我们凝望
喜悦堵塞喉咙堆叠的
悲痛跌跌撞撞如要离开我们的内疚
你出现在视野内
看上去不错
除了我们的问题我们的新闻
所有都瘫痪了直到你消失

那里也和这里一样吗

观望者

刈草的人开始了
过了今天上午狐狸
不会在白天凑近屋舍
一声呼吸搅动麦子
留下他的声响远远等待
在几棵树下

躺在外面
望着窸窣的光屋顶上的鸟
午憩

也许什么也没有
有一段时间会横穿新的麦茬地
在光下
并且望着我们
而白日本身独自来了
穿过树林饥肠辘辘
今天高个男人默不作声记着笔记
明天苍白的女人站立
带着她的责备和瘦弱的孩子们
落雨以前

日出寻找蘑菇
致简和比尔·阿罗史密斯(Jean and Bill Arrowsmith)

还不算是白天
我走在几百年来积下的腐栗树叶上
四周没有悲伤
虽然黄鹂
另一条生命提醒我
我醒着

黑暗中雨落
金黄的鸡油菌冲破睡眠并不是我的
唤醒了我
于是爬山寻找它们

它们出现的地方我似乎到过
我辨认它们的栖息地像是记起
另一次生命

此刻我又是走在何处
寻觅着我

扛梯人
(1970)

……抬死者的人
　　对扛梯人说
　　　今天是负重的日子，
　　　今天是麻烦的日子。
　　　　　　达荷美①歌谣

---

① 非洲西部国家贝宁的旧称。

老师

痛苦布满这间暗室像许多喇叭
昂贵而沉默的收音机
虽然这里有指针有旋转

夜长了这是冬天
新的一年

我一心想做的我难得抱有信心
我爱的人我不能走近
我希望的往往互相抵牾

可我对自己说你已不是孩童
倘若长夜漫漫就想想你的渺小
睡去

接近黎明我梦到旅行之书
开头几句
不以证明正确为开头的确凿讲述

它却似乎
给我过教诲

图腾动物的话

距离
是我们曾在哪里
却无我们的踪迹可循也在我
面前平躺在草丛里想着
连夜晚也返回不了它们的山
无论何时

◇
我宁愿风从外面刮进
从任何地方的山
从星群从其他
世界即使如
这个一样寒冷我的
这个幽魂穿过
我

◇
我懂得你的沉默
以及重复
如死亡耳中的词般重复
教诲
本身
本身
那是我的奔跑声
请求
它的请求

你绝不会听到
哦初始之神
不朽

◇

或许我知道
我并不是我
但无所谓
在墙之间在理由之间
甚至并未等待
未被看见
但此刻我筋疲力竭
他们上路了
老树一次又一次跃起
陌生人
河流没有名字
白昼没有夜晚没有
我是我
哦上苍寒冷得如鸟的思绪
人人看得见我

◇

又被俘获又被控制
我仍未蒙恩
他们赋予我
一个个名字
用来呼唤谁都合适
他们来到我身旁
他们带给我希望
我整日转动

制作绳索
帮忙

◇

我的眼睛在等我
傍晚
眼睛仍闭着
它们已等待许久
我摸索着抵达的路

◇

我逆流而上
一次次潜入水里
留在石头上的痕迹在日出前干透
暗色水面
抚摩着夜
上方
不见星群
没有悲伤
我到达不了
我绊倒了想起
只有一只脚
仍在名字里的脚

◇

我可以让自己转投别种喜乐享受其光芒
却寻觅不到
我可以把我的话
放入灵魂口中
但他们不会说出

我可以整夜奔跑赢得胜利
胜利

◇

枯萎的叶遭碾压的草落下的枝干
祈祷者充斥世界
自后来
到达
布满碎裂的声音
后来才听见
穿越整个
夜晚

◇

我绝不是所有的我
对于自己
我有时漫步
知道一个声音这声音
跟随我从世界
到世界
每一次追上我之前
我都死去

◇

我停住我独自一人
夜里有时几乎是好的
好像我几乎已在那里
有时我看见
旁边的灌木丛同样的问题
你为何走这条路

我说我会问星群
为何坠落他们回答
你指的是谁

◇

我梦见我没有指甲
没有头发
丧失感官
不能确定是哪一种
脚掌从我脚上剥落
漂移
云
全然一体
脚
还是我的
轻轻拥着世界

◇

星星连你们
也被派上用场
然而不是你们
安静
护佑
我迷路之际请呼唤我

◇

也许我会
到达我能完整的地方
发现
我正等候在那里

如新的
一年听到鸭的叫声

◇
送我去另一段生命
神啊这一段越发虚弱
我不觉得它会持续

帕里斯的评判
致安东尼·赫歇特（Anthony Hecht）

许久之后
聪明人可以推断当时的情景
被忽略了什么
他们暗示错就错在
众神挑选的仲裁人
心智平庸
尽管顶着王子的头衔

他从小就牧羊
想必熟悉动物的叫声
既然他闻声返回

她们站在他面前
三位
赤裸的不朽女身
他才明白自己
不过是皮囊一具
箭袋束绳交叉
系于胸前
看上去有些古怪

他知道他必须做个选择
那一天

灰眼珠的首先开口

她的话引得他不断
回想，他的记忆
混杂疑惑和恐惧
他唤作父亲的两张面孔
宫殿出现在眼前
兄弟成了陌生人
狗盯着他不认他
她把一切讲得清楚她耀眼她
把它给予他
归他所有，但他只看到
她眉间的不屑
她的话他听懂得不多
只听到拿去智慧
拿去权力
反正你会忘记

黑眼珠的开口了
她说的
他曾幻想过
同时觉得困惑而胆怯
王冠
父亲的，各个王冠向他鞠躬
他的名号如青草般蔓延各地
唯有他和大海
称得上至尊
她说什么都可以实现她
让人头晕目眩，她赋予他
至尊地位，但他只看到
她嘴角的冷酷
她的话他懂得多些

听到拿去骄傲
拿去荣耀
反正你有受苦的时候

第三个的眼珠颜色
他已记不得
最后缓缓开口
说起欲望他的欲望
尽管当时
他和河女情投意合
此时他的思绪
全被一个姑娘占据
采摘着黄色花朵
从未见过
话语
让一切宛在眼前
几近真实
眼前
三人齐声说带走
她
反正你会失去

他向声音伸出手
仿佛他可以抓住说话人
本身
刹那间他的手里多了
要给的东西
只能给三个中的一个
都说是一只苹果
引起纷争只是一只苹果表皮

已刻着
给最美丽的

特洛伊城门上干活的石匠
在阳光下意识到自己觉察石块
在颤抖

帕里斯背着的箭袋里射进阿基琉斯
脚踵的那支箭的箭头
在睡梦中微笑

海伦走出宫殿
像平日一样去树丛里采摘
那个季节的黄色雏菊和她
一般高

它的根系据说可以疗伤

爱多亚

爱多亚我们走吗
明天
还去凡尔登
我们是不是该在晴朗的日子出发
绝不会一样
绝不

时间
是剩下的东西
我们出发吗
这一次在春天
他们把你的牛牵出来
下周到集市上卖
黑莓丛在第一片地上
练习涂鸦

爱多亚我们是不是早该走了
当树叶萌发
趁热力
尚未阻碍跋涉
那样的时日
巅峰和尾声
你的右手边
一声长号角
这里锃亮的手柄
会蒙灰

器具会损坏会一直坏着
在女人的操持下
羊群走失
谷仓
在黑暗里恣意燃烧

爱多亚你原本想给予什么
而不想离开
昨晚又一次
坐在炉火旁
可我们是不是该保持原样
明天晚上我们是不是还没走
离开脸孔和夜莺
你知道我们会活着
返回不了的是
你和我

吹笛手

二十年了
从我第一次寻觅语词算起
如今的我
有智慧或可谓积淀的东西
我愿意
努力回想一下
那开始
久远而痛苦
是的当时我实在懵懂

那时的我
已过了我希望重返的年龄
那个夏天闷热的阁楼
陌生的国家
高处吹笛手只听见过他
一次
不曾离开我的书本
狭窄的
房屋住满孕妇
一层又一层
等待
在那个城市
太阳是唯一的钟

直到现在
我才能够说出

这些简单的话
我花了这么久
才明白我难以言说的是什么
它自哪里开始
如饥饿者的名字

起点
我在这里
恳请
即刻教教我
我会虚心受教

达比涅的使者 [1]

走吧书

走吧
现在我要放你走
我打开墓穴
过活
我会为我们俩而死

走吧如果方便你就回来看看
给牢房里的我送些吃喝

如果他们问起你缘由
别替我吹嘘
告诉他们虽然他们
已经忘记
真相往往
偷偷诞生

走吧没有装饰
没有炫耀的服饰
如果你的内里有
喜悦存在
愿善寻觅到它

---

[1] 达比涅（Théodore-Agrippa d'Aubigné，1552—1630），法国诗人，士兵，最为人熟知的诗集是 Les Tragiques，其中包含《作者致他的书》。

其余的
如嘴里的碎玻璃

孩子
你要怎么做
才能幸存除了良心
无所凭藉
他们高喊死死

之前受过惊吓
许多

我回想着我写的一切
露水
我站在干燥的空气里

这里是什么花朵
何种希望
自我的岁月

还有我带在身边的火

书
燃烧经受不了你的光芒的东西

我想着那些古老的野心
欲在多少张嘴间表露
在那里则微不足道
对我来说知道

谁在写这个
和睡眠就已足够知道

那远非荣光和它的绞刑架

以及梦见在冰泉边饮水的那些人
对我讲述真实

井

在石头天空下水
等着
内里充溢歌谣
永恒
它以前唱过
会再次唱起
时日
在苍穹里的石头间漫步
如正午的行星般不可见
而水
注视着同一个夜

回声阵阵像燕子
往复
它应答,不曾移动
却也是回声
不是声音本身
他们不说它是什么
只说在哪儿

是一座城市引得许多旅人
来访头脑敏锐
抛下一切哪怕
天堂
坐着黑暗里静寂
祈祷复活

云雀

在孤伶伶的时刻
在它之上
你成为你自己
声音
黑色
星星在冷空燃烧
好好讲述它
它自你跌落
向上

火
白日里
没有国家
在哪里在何种高度
它可以开始
我这个影子
歌唱着我
光

黑色高原

牛群引来最后的光

赞许的犬吠

一个接一个它们穿过石拱

在山脊上

它们的倒影映在越发

幽暗的冰冷小溪

还有带着杆子的人

夜晚上路

满是对它们的爱

Φ

我走了什么也不吃这样你会完整明澈

你怎么会溺死

在这石头与黑色露水的干旱地带

我摇撼酣眠的你

太阳升起

我看到你是一块石头

Φ

像天空里的一缕烟

将远逝的光

透风的谷仓里狗还睡着

觅食的猫头鹰回来了

石盆里的水已忘记

我在哪里触摸灰烬他们渗着寒气

一切妥当

Ф

红隼与云雀在高石上闪烁

如躲避对方的俩兄弟

在悬崖边缘我遇到风

兄弟

Ф

你在灼日上看到的

在这里坠入自身

攀爬而出如祈祷者

云的影子

老妇的衣物消散在荒地上

一棵苹果树仍然兀自盛开

Ф

山地的寒冷与山谷不同

光如风般移动

村落里

人影遥远步履缓慢

成群移动点点黑暗

他们的面孔遥远如死者脸上的石膏

Ф

荒屋的高窗

其中一张苍老的脸

在这附近的许多地方

一切在变老这里没有什么曾年幼过

Ф

哦有福的山羊活生生的山羊有福的田鼠

你们谁也不会迷失

Φ

多年后羊圈依然温暖
荒芜的泉眼一株枯枝指着
天空
我觉得是从里面被蛀空
我知道一则新传说
这是本地的圣人现身的方式
另一种缺席的赐福
最后一块石头坠落时他将
从水里升起
蝴蝶会告诉他需要知道的
那发生在他熟睡时

Φ

每一天的开始和结束像拱顶的接缝
直抵塌陷的顶
那里的太阳从来不够
夺目
鸟儿被他的叫喊惊得四散

道路

下午
闪光忽然成群升起
静静地
悬在破败的
房屋上方
门槛的寒冷
在寂静的车站
锤子
自一颗颗心
在草地上排成一排

水睡着
如他们所说
处处
寒冷寒冷
夜里天空
碎成
万片黑暗里
星星启程
留下它们的光

我醒来时
我说我可能永远不会
到达那里但是应该
离得更近些听到声音
看见了人影我走向他们挥手

他们匆匆离开

鸟群

没有人给我指路

害怕

温暖的废墟

迦南

战斗发生在哪里

火车轮

它们仍在那里
一直无人注意
它们山脚下的黑色轨道
身后的山有凿洞
天空无边无际的死亡
许久未被照亮的额头
非法铭刻

汽车
已被唤进空气
消逝的空气
而这些等待一动不动锈钝
成排的太阳
为另一次生命

它们面前
轨道延伸穿过高高的马利筋
不受影响

致我每一段旅程

拉克万纳 ①

你从哪里开始
浸透我
我不曾眼见
可我如今相信
暗暗上升
却纯粹

后来我住在
你路过的地方
你已经是黑色
从气体下面经过
一扇扇红窗
温顺的孩子
我躲开你

在你一座座桥的主梁上
我奔跑
人们告诉我该害怕
顺从
拱顶从未碰触你，奔跑
影子从未
张望
铁

---

① 拉克万纳河流经美国宾夕法尼亚州斯克兰顿市，即默温儿时待过的地方。

和黑冰在脚下
从未停止鸣响

恐惧
一种真相
独自住在污脏的建筑里
在街上一道烟
一只眼皮一只钟
黑色的冬天整年
如一粒尘埃
静静融化静静冰冻

你从下面流过
穿过夜晚逝者顺你而下
所有逝者
后来发现无人
能够认出

人们告诉我该害怕
我醒来黑色浸到了膝盖
那么发生了
我踏进了你
双脚
约旦河
如此漫长我羞愧过
远远地

来河边的其他旅人

威廉·巴特拉姆① 有多少人
出现在他们的睡眠里
像火焰一样攀入
你的双眼
伫立凝视水之父
夜在他们身后
东边
你站在高高的河岸上
它即将崩溃
早在他们出生之前你就会死去
他们醒来时不会记得
在河上
那同一天
又载着它空空的花朵
头顶传来土地的声响
裸身起舞
想着没人看得见他们

---

① 威廉·巴特拉姆(William Bartram, 1739—1823),美国游记作家、自然学家、植物学家、画家,巴特拉姆在《游记》(*Travels*, 1791)中,描述了在1775年10月21日晚上第一次见到密西西比河,被眼前的河流震惊的情景。

进入堪萨斯的路线

早出发的车辆没有留下标记
没有烟暴露他们
压进草的线我们来过
整晚太阳在我们体内奔流
伤口使我们日间的步伐放缓
会在那里
治愈吗

我们寥寥数人
迟了
我们把名字给予对方包裹
在他们的老钟里
裹得松散
我们睡着时有东西啃它们我们醒了
鸣响
当白昼来临
曾是我们的影子回来张望
在我们面前站立了一会儿
接着消失
我们知道我们受
监视但是没有危险
没有活物等候我们
没有什么是不朽

我们被指引着离开散落的子宫
一路来到这里选择选择着

该放下哪一只脚
我们像井在大草原上
移动
盲目空心冰冷的源头
有谁会盼着见到我们
在新的家园

西部

许久之后连太阳
也陌生
我望着流亡者
他们步伐
不停他们持有古老信仰没有人
能在流亡里死去
千真万确死不是流亡

人人都知道西部
发现了一半的
认为在那里因为
他认为他离开了那里
它的名字还写在日光里
在他的年纪里他了解它们
可他决不会踏上他们的土地

隔着一段距离我不能继续
睡去
我的同胞比他们的星星冷酷
我知道是什么驱使长长的
队伍向山里延伸
人人带着他的枪
他的脚
离土地一指宽

祖尼人①的花园

独臂拓荒人②
只能触及一半的土地
在未被开垦的那一半
房子生火的热量
不比星星多
许多年来一直如此
也没有血流

他的五根手指早已丧失知觉
还有它们触摸过的总和
以及记忆
另一只手的
他的侦察员

空手而归
自它抚过的地方
它的手掌没有纹路
他平衡
平衡着
摸索
这未开垦的土地

发觉这曾是哪里

---

① 祖尼人定居点在新墨西哥州西北部。
② 指美国地质学家、探险家约翰·韦斯利·鲍威尔（John Wesley Powell, 1834—1902），他在南北战争中失去了右臂。他对印第安语言进行了分类，并且是穿越美国大峡谷的第一人。

故土

天空还活着它还

活着天空

西边所有的铁丝

在它的脉管里

太阳落下

树桩猛冲

穿过安德鲁·杰克逊①的心脏

---

① 即美国第七任总统。

采浆果的女人

口音陌生的女人
来自哪里与教我的
东西都无关
夜里无人的夜
你爬上屋后的山
荆棘丛睡在
它们的言语里
天还不亮你弓着
背如一座山
手采摘浆果

呼喊声把我唤醒
洗衣盆从你
头上跌落窗下的
小巷很深
远山倾泻的蓝
无星的天空
翻滚你在其间
旋转钥匙
拧开河
幽暗的显现
山下

我和你待在
它黑色的水流上
哦丧失丧失痛苦的

感觉它一路朝上
穿过一把把
石匕首
我们让它走它
留下我们分享
黑暗中木
船桨的回声
无论那是不是我们的
我们随声而去

小马

你来自别处的森林
对不对
小马
我在这片厚厚的腐叶间
已逡巡了多久
从不曾遇到你

我不属于谁
我本该为你祝福如果我知道如何去做
这个地方已空寂了多久
即便是在睡梦中
像我从前那样爱护它
我也说不出丢失的是什么

我可以指给你看些什么
不想问你会不会留下
会不会再来
我不会试着拴住你
我希望你会过来和我站在一起
一起睡觉一起苏醒
在耐心的水边
它没有父亲也没有母亲

总统

羞耻总统拥有自己的旗帜
谎言总统操着
上帝的声音
最终被清点
忠诚总统向盲人
推荐盲目
哦哦
掌声像绞死人的后跟笃笃作响
他用眼睛行路
直到它们爆裂
接着他骑上坐骑
没有痛苦总统
那是一个王国
古老摒弃颜色
从来不曾见到它的统治者
祈祷者寻找他
还有像皮一样空的旗帜
让信使安静下来跑遍广阔的土地
一张黑口
大开
寂静攀爬者从悬崖坠落
一张黑口像
一声呼喊
只有一句话
可他被重复着
不知疲倦

迁离
致无尽的族群

一　队伍
当我们又一次
看到房屋
我们会知道我们终于睡着
当我们看到
路上的眼泪
那是我们的
我们醒着
树已砍倒
我们是枝头的叶
天光不认得我们
我们跨越的河流尝起来不咸

我们的脚底是黑色星群
而我们的是光的
主题

二　无家可归的人
钟不停报时
回声一串
他们的脸
已经消失
盐花
消亡语言里的话
夜的碎片堵塞了门

三　幸存者

尘埃从未落定

话语穿过它话语款款而来

呼吸般杂乱

而老言语

还在自己的疆土

逝去

四　迁离者的跨越

在河流底部

黑绸带交错

水波想抚平它们

淤泥想抚平它们

石头滚来滚去

想安抚它们

可它们不会愈合

割开的口子

和影子

锯断了留下的

悼亡的人

有些人用过马匹

用过挽具

丢在半路

在远远的一边绸带显现

不可见

五　被掳的寡妇

我大喊把我留在这儿

黑径上烟雾升腾

是我的孩子

我不会走远
离开生火的房子
可他们带着我白天赶路
我被熏黑的脸
我通红的双眼
处处我都留下
一枚白脚印
追踪的人会跟着我们追至酷寒
水位高涨
船都被偷走
没有鞋
他们假装我是新娘
在去新房的路上

六　反影
路过一扇破损的窗
他们向每一个
望进去黑楔子
锤击
它什么也没有
它撕裂他们
散乱的发
裸露的脚跟
最后他们走了
在空屋里列队

老宅

我在犹太会堂对面的老宅里
死去的首领吊在墙纸里
他萎缩进太阳的光斑
随着它的波动和网在他死后的
寂静里
队列又在聚集
用街车载人
正在聚集我听到趔趄的脚步耳语
哽咽接着研磨开始
如冰融般缓慢
他们会经过房子

紧密团结牢靠地挂在电车后面
扛在他们的背上拖拽
黑袖子旗帜般挥舞的手指
我不准看
而那些脸被裹住只露出眼睛
黑暗从绷带涌出
散发
它的饼和鱼路缘上
警察市民
不分老幼用铁棒击打沉闷的街

如果我喊不是我它会停止吗
如果我抬起一只胳膊
阻止它
我抬起一只胳膊整只胳膊仍然发白

如海滩般干燥
微风轻拂
一个暖洋洋的舒服地方我把它
递出去它离开我它奔向他们
领头人是一位世交
他看见它时笑了他抓住它的手
他给它铁棒
它扔在地上
我不准看

我在石星对面的老宅里
朦胧的月在攀升
街上空荡荡
只有暗色液体流淌
循着冰的轨迹
试着喊
等等
而电报被选举占据
街角有个投票站我不打算进去
可我能从药方窗户向里看
一夜之间墙上的死者数字变了
如果我投票不是我他们会重生吗
我走进去我父亲已替我投了票
我说不我要自己投
我投票墙上的数字又跳了

我在夜晚对面的老宅里
长长的呼喊即将爆发
那植根于火焰
如果我喊不是我那会不会
穿越钟声

衬衫的夜

哦一排白衬衫近了
会以你们的身形呼吸携带你们的号码
会露面
什么样的心脏
正朝这里移动朝着他们的衣服
他们的时日
什么样的烦恼在胳膊之间搏动

你朝上看穿过
彼此说着什么都没有发生
它远了正睡着
讲着同样的故事
我们存在于内里
众神的眼

你仰面躺着
没有划开的伤口
血没听到
船还没变成石头
灯泡的黑灯丝
充满未降生之人的声音

雪落
致我的母亲

黑暗时辰中间
我像是一簇火花攀越
黑色的路
我的死亡在帮我往上爬
白色的我在帮我往上爬
像兄弟
滋长
可是今早
我看到我还是孩子时挚爱的静悄悄的亲人
在夜里一起到达
从古老的地方
他们记得的
一切都记得
我从双手吃到
经年的刺柏果
味道没变
我开始了
又一次
钟在我不知道的某个村子响着
听不见
日光里雪从枝头坠落
空气里留下它的名字
和一枚脚印

兄弟

故事

许多个冬天过去青苔
遇到锯末树皮碎块
说老朋友
老朋友

仿佛我在等待

某天会下雨
自一个寒冷的地方
树枝和石头会沉下脸
盐会从疲惫的善神
冲下
悼亡的人会等待着
在山远的那一边

我会记得那声呼喊
在错误的时间被认出
过了很久
手跋涉返回
会被忘记
将已摒弃我双脚的方向
他们的路
提供的
它自己徒劳地一天天
最终消失
如一种颜色或肘部的衬布

天色渐暗我将心绪萌动
夜深了我仍会伫立
仿佛我在等待
出发进入天气
进入空寂
路过树的背面

雨悼亡的人
名字的背面黑暗的
背面

没有缘故
听不到声音
没有承诺
向自己祈祷
澄明

攀登

我已攀爬了漫长的路程
这里有我的鞋
微小的昆虫幼虫
暗沉沉的父母
我知道他们会等在那里向上望
直到有人领他们走开

到他们抵达目的地时
会已过去许多年
待在那里无话可说
画出的阴影
仅仅呈现在
他们之间

我也许已经到达第一片
光秃的草地
认出空气里的
眼睛凭借它们的空洞
转身
知道我自己被消失的人盯着
寂静
赤脚合唱

第二赞美诗：信号

当牛号角在冰岛被掩埋的山间
　　回响
　　我独自一人
　　我的影子跑回来躲进我
　　没有足够的空间给我们俩
　　和畏惧
当牛号角在蓝色台阶上响起
　　回声是我母亲的名字
　　我独自一人
　　像泼在街上的牛奶
　　白色乐器
　　白手
　　白音乐
当牛号角像在其中一条河流里的
　　一片羽毛那样扬起
　　不是每一条河我都到过
　　音符循着海
　　我独自一人
　　像盲人的视神经
　　尽管我面前写着
　　这是过去的终点
　　开心些
当牛号角从它的血流苏响起
　　我仿佛总是在打开
　　一本书一只信封一座井口
　　它们都不是我的

一堆手套搁在
　　我手旁
　　我独自一人
　　如停摆时钟的时光
当牛号角被它的兄弟吹响
　　而且低处的悲痛否认
　　又用它的黑手向前摸索
　　我独自一人
　　如一块落在沙漠里祈祷的石头
　　神明已废除他自己
　　我是
　　我仍然是
当牛号角在死公牛上方响起
　　手握的一杆杆枪变轻
　　我害怕的人
　　试图摧毁我让人害怕的人
　　我独自一人
　　如失去勇气的船首
　　我的死亡沉入我去躲藏
　　如水渗进石头
　　在一场严寒来临之前
当牛号角在寂静里升起
　　某人的呼吸在我脸上拂过
　　像一只苍蝇飞过
　　而我身处这个世界
　　没有你
　　我独自一人像环绕的悲伤
　　已久久给予我们以方便
　　独自如号角的音符
　　如人的嗓音

最悲哀的乐器
如一捧白沙落进沉寂的海
独自如她每晚独自拆解的图案

独自一人
如以后的每一天

爪子

我返回我的肢体伴着第一道
灰光
这里有灰爪在我的手下
母狼帕蒂塔
回来了
在我身旁睡着
她的脊椎一节一节
抵着我
她的耳朵摊平抵着我的肋骨
左边心脏跳动的地方

她以为那声音是她的爪子的
搏动
我们又在黑色山脉追踪猎物
趁着星光
哦帕蒂塔

我们奔跑在昏暗的晨曦
你和我没有影子
没有影子
在同一处地方

所以她回来了
又在黑色的时辰
在张开的麻袋前奔跑
我们奔跑

这些小时一起
又一次
有血
爪子上我的手指下
流淌
还有血
又在黑色高地上
循着她的踪迹
我们的踪迹
却像影子一样逐渐消失
还有血
抵着我的肋骨
哦帕蒂塔
每添一道伤口她就越发美丽
仿佛那些是星星
我懂得
怎么掏空腰腿肉
黑暗中伸展
如星座般飞速
我听见
她的呼吸在霜冻的地上移动
我的节奏
我击打加快
她的血在我手指间涌出
我的眼睛闭上不看她
再一次
我的路

在星星坠落之前

山脉熄灭

空无苏醒

白昼重临之前

我们消逝

线

展开黑线
穿过隧道
你来到那堵宽墙
鞋的墙
脚底立
在空气里你的呼吸
一侧到另一侧挤满
从地面到棚顶
也没有名字
也没有门
和躯体
在他们前面堆放像瓶子
一代接着
一代
接着一代
他们的线
在他们的手里安眠
隧道里全是
他们的躯体
从那里
一直延伸到山的尽头
时间的开始
白日的光
鸟
你在展开
西比尔的歌声
正试着接近她
超越你的死

护佑

宽阔的路上有护佑
蛋壳路受烘烤的大路
有护佑一位老妇人
跟着他步伐飞快

孩童的步伐跟着他

他今天离开
开着快车

直到或除非
她和他在一块儿
车流会从她穿过
仿佛她是空气
或不在那里

她只能和他说话
她能告诉他的
只有他能听见

她可以救他
一次

也许就够了

她匆匆忙忙

他舒舒服服
他的呼吸均匀多了
那种感觉不时
萦绕心头
他忘记了什么
但是他觉得自己正在逃离
可怕的骑马者

开始

离春天尚早
黑鹤之王
一天从
黑色的针眼
跃出
在白色平原上
在白色天空下

头转动
针眼
钻透了他的头
转动
是北方四处
出来他说

接着出来了
光尚未
被分开
到达第一个
要走漫长的路
任何事物
甚至也是这样到来
我们会渐渐
把你的夜晚带给你

写给未结束的伴奏
(1973)
致莫伊拉

初夏

此后经年
他会遇到一群鸟
听不懂鸣叫

这些时日
甲虫在干草间忙碌
藏好偷来的点点光

削箭头的男人的歌

小孩儿都会长大
而躲起来的那个
会飞

旧时特点

干旱地带的居民
从竖琴演奏者的指间
听雨

他们的一周

周日的孤独越来
越长在那里像光
他们用它编织
大大小小的钟
挂在空碗橱里挂在门口
和枝头
像花朵像果实
和谷仓
和每一间屋子像一盏盏灯
像光

他们相信是在周日
动物被划分开
于是洪水才能发生
是在周日我们被划在
动物以外
留下的创口不曾愈合
却仍是门无名者在那里
哭喊

他们相信万物
能被划分的
都在周日被划分
他们编织钟
回声
响彻一周的每一天

老旗

当我想讲述喜悦的君王
世上所有的草
如何记录舞蹈的声音
叫老旗的人出现在那儿
在门口
我的话就像他的狗

当我想说说甜蜜的光
覆盖青草的岸上
他在那儿
我的话忘不了他的手
苦涩的味道
空袖管散发着痛苦的气息
悲伤
他的鞋

他们跑向他笑着
仿佛他离开过
他们在他脚边跳舞仿佛
是在一个君王面前

流

我们有些人久久地
躺在如深色大衣的沼泽
忘了我们是水

灰尘终日聚集在我们合拢的眼睑
野草穿透我们生长

而鳗鱼不停地试着告诉我们
在我们的泥上一次又一次写着
我们在天上的名字

一条冰冷的浅流穿过我们
不眠不休

它的玻璃脚移动着直到它们碰到石块

接着鱼群又聚集过来
你的心是安全的和我们待在一起

闪亮的鱼又朝它聚集触碰它
用它们的嘴说是的
已经消失

是的黑比目鱼朝它摆动
自鲸的忘川

我尚未完成的

我尚未完成的
跟随着我
一次又一次未完成
它就有了许多脚印
像越发老朽的鼓槌再也没有使用过

临近傍晚我听见它走近
它不时地从海里攀跃
攀上我的肩膀
我耸身把它抖掉
又失去一次机会

每个早晨
饮尽这天的部分呼吸
知道哪一边
我在走
那里已未完成

可是我说再来一次我会把手放在它上面
明天
把它的脚步声添进我的心
把它的故事添进我的悔意
把它的安静添进我的指南针

工具

如果发明出来就会使用

也许会停顿一阵

接着一瞬间
一只锤子从盖子底下钻出
远离自己冰冷的家族

一个正念在它脑中激荡
说着秩序秩序

钉子吃了一惊
跌入黑暗
之前的瞬间不值一提

等待着
法

面包
致温德尔·贝里（Wendell Berry）

街上的每一张脸都是一片面包
闲逛
搜寻

光里某处真实的饥饿
仿佛从旁经过
他们攫取

他们忘记了苍白的洞穴
他们梦想着藏匿其中
他们自己的洞穴
充满了他们足迹的等待
四处悬着他们摸索出的凹痕
布满他们的睡眠和他们的藏匿

他们忘记了残破的地道
他们梦想跟随走出光芒
倾听一步接一步
面包的心
由它黑暗的呼吸支撑
并且浮现

发现他们自己孤孤单单
面对一片麦田
向月亮散射光芒

习惯种种

即使是在半夜
他们还在四处分发我
夜深了他们抛下更多的我
越来越久

接着他们攀附我的记忆
认为这是他们的

即使是在我睡着时他们也会拿走
一只或两只我的眼球填他们的眼窝
他们四处打量相信
此地是家

我醒来可以感觉到黑沉沉的肺
往世纪里飞得更深
载着我
即便如此他们借走
我大半个舌头来告诉我
他们是我
又借我多半个我的耳朵来听见他们

门

你行走

你的肩膀上扛着
一扇玻璃门
该安装门的房子还没找到

没有把手
你没法给它投保
没法把它放下

你祈求请别让我
跌倒求求你求求你
别让我摔了
它

因为你会像水一样淹溺
化作碎片

于是你行走双手紧攥着
你的玻璃翅膀
在风里
你的双脚及时顺门而下
天空在行进
如水顺着钟的内壁淌下

那些天神在寻找你

他们离开一切
他们想要你记起他们

他们想写下最后一句
在你身上
你

但他们不停冲刷
他们需要你的耳朵
你听不到他们

他们需要你的眼睛
而你没法向上望
此时此刻

他们需要你的脚噢
他们需要你的脚
来前进

他们放出他们的黑鸟去找你
一只只最后一只
像门的阴影呼喊呼喊
航行
另一条路

它因而听起来像告别

激浪投钓

须是白昼将尽
孤星升起时
海滩光秃平坦

你还要练习好一阵儿
如何应付被抛上岸的鱼
送它们返回海洋中心
直到你的手指
熟悉整个过程

接着你探出一只
脚趾当作诱饵
企盼押对了夜晚

你有十次机会

月亮自浪头升起
你的双手倾听
仿佛巨足在奔跑

仿佛会报时
你可以把它带上岸

只需两大步它会把你
带到皇帝的宫殿
跺！跺！大门洞开

他会把半个王国赠你
还有唯一的女儿

次夜你会返回
为手而渔

码头
致理查德·霍华德（Richard Howard）

自我们无法计数的日子
我们的坟墓
缆绳解散
我们的黑色船只深深的
船身兀自
离岸而去

我们一次次跑向
码头以我们
命名的码头
携双手双眼
我们的舌我们的
呼吸
港口空了

而我们的墓碑如云朵般
向后吹拂
穿越时间来寻找我们
他们掠过我们航行穿越我们
返回等待我们的
生命

我们却不知道

乞丐与国王

夜里
所有余下的时辰
清空
乞丐等候着准备收集
打开这些时辰
在每一个里寻找太阳
教每一个乞丐的名字
对着它唱这很好
一整夜

而人人
有他自己的苦痛王国
尚未找全
正日夜航行
不出错不会质疑不会休息
被不灵光
及其时间占据
像一根手指处于没有手的世界

未被写下的

在这支铅笔里
蹲伏着从未被写出的话语
从未被说出
从未被传授

它们在躲藏

它们在那里醒着
黑暗中的黑暗
倾听我们
可是它们不会显露
不为爱不为时间不为火焰

即使黑暗退去
它们仍会在那里
藏匿于空气中
在未来的日子里聚集也许从它们穿过
呼吸它们
都称不上更聪明

会是什么样的笔迹
它们不会展开的
以什么样的语言
我能否辨认出它
我能否追随它
弄清楚万物的

真名

或许没有
许多
也许唯有一个词
就是我们所需的一切
它在这里在这支铅笔里

世上的每支铅笔
都像这一支

区分

人们被区分
因为被称为一的
手指神
孤孤单单
于是他照着自己的样子为自己造了个兄弟

被称为另一个

可他们都孤孤单单

于是又造了四个
两对双胞胎

他们害怕起来
害怕对方丢了
再次孤单

于是为自己造了两只手
握紧对方

两只手你往东来我往西

于是为两只手造了两只胳膊

他们说在两只胳膊之间
总有一颗心

我们都会有一颗

可是胳膊中间的心
已有两种跳法
无论来的

会是谁

一个接一个

灰

森林里的教堂
由木头搭成

门上忠实地刻着他们的名字
和我们的名字一样

士兵把它点燃

在原地又建了一座教堂
由木头搭成

木炭地面
门上的名字由黑色写成
和我们的名字一样

士兵把它点燃

在原地建了我们的教堂
由灰建成
没有屋顶没有门

世上没有什么
说它属于我们所有

西比尔

你的整个年纪位于你听到的
和你写下的之间

当你觉得你在变得年轻时
是声音走得近了
但仅仅朝你

你说的
就是话语
一旦它们钻出地面
你也将它们写下
写在花瓣上
若是赶上春天

同样的风立刻告知你一切
拆开你记忆的缝线
你试图写得快过拆线
你直接写在空气上
若是赶上夏天

拿着你的空针

直接写在脸上若是光线充足
直接写在手上
若是赶上秋天

黑叶之下

在一扇窗里
古老的月因我们的影而膨胀
又一次
使其诞生

在另一扇窗里
一颗星不知道南
是鸟的路

老鼠不再害怕我
附在我脸上的飞蛾
某城的一天
已消逝
非常古老它攀附忘记一切
指甲从我的耳朵里拽出

有些星星走出门阶
想变成蟋蟀
不久就会坠落的还
掷了数月的骰子
铭记某些承诺

在人类以前那游戏早已存在
可是声音走得慢
如今只有一些
抵达黑树林
在第一个秋夜

马

有过马的地方寂静
是山

透过闪电我见过每座山
从空气跌落
铿锵
如马蹄铁的碰撞

被云笼罩的山坡高处
骑手早已抛弃悲伤
任其渐腐的栅栏倒下葡萄坠落
进入山道
正凝视下一座山谷

我没见到他们翻越

我看见我会躺在
死亡山巅的闪电里
骑手正从我的眼里跃出

词语

当世上的痛苦找到词语
它们听起来是愉悦的
我们常常会追随
以我们的地之足
并且铭记在心
可是当世上的愉悦找到词语
它们是痛苦的
我们常常背过身去
以我们的水之手

山顶

群山在春天怒放在夏天闪耀
它们在秋天燃烧
但它们属于冬天
日复一日我们行得更远入夜
我们抵达同一座城市
群山等待着是在等我们吗
夜晚穿过整个白天闪闪发光
鸟儿中的许多都是它们的

致手

眼睛看见的是梦境
唤醒它的
是梦境

在梦里
每一把真锁
都只有一把真钥匙
它在别的梦里
此刻不可见

钥匙开启唯一的真门
它同时开启水面和天空
它已在下行河流中
我的手触到了
实实在在的手

我对手说
翻转

开启河流

民间艺术

星期天斗鸡
失去一只眼
红手印覆在它脸上
脸上还有个洞
它看到了手掌们从十字看到的
一只手掌

练习

首先忘记此刻几点钟
坚持一小时
每天都这样做

然后忘记今天是星期几
坚持一周
然后忘记身处何地
结伴练习
坚持一周
把两者一并练习
坚持一周
越少间断越好

接着忘记如何做加法
或做减法
没什么区别
你可以把它们互相调换
一周以后
这对忘记如何数数
有帮助

忘记如何数数
从你自己的年龄开始
从如何倒数开始
从偶数开始
从罗马数字开始

从若干罗马数字开始
接着是旧日历
接着是老字母
接着是字母
直到万物恢复连续

接着忘记元素
从水开始
接着是土
火中升起

忘记火

一只携带话语的跳蚤

一只跳蚤携带着一包病菌
他边跳边说
这都不是我自己生的
我们各有所长
开头不等于全部
我甚至不知道是谁制造了这些病菌
我不知道谁会利用它们
我并不利用
我只是做好眼前
应该做的
我携带着它们
没有人喜欢我
没有人想和我换位置
可是我不在乎
我跳远
带上一切
有人需要我
人人需要我
我需要我自己
火乃吾父

狗

有多少次孤独
是别人的
一次缺席
接着当孤独不再是
别人的又多次
它是别人的狗
你正养着
后来狗消失了
狗的缺席
你终于孤孤单单
孤独有多少次
是你自己
那缺席
但最终也许
你是你自己的狗
一路饥饿
攀登山峰的唯一声响
高过时间

战争

有群雕像加入战争
如同我们进入梦
我们毫无印象

他们在我们之前存活
而梦中我们或许死去

人人有着
一只翅膀像活着时那样
我们可以沿着心的台阶一路走下
走进沼泽
把我们的手向下拉我们之后
脱离名字
我们或许丧失一个个特征
石头会向我们道别
我们会向石头道别
永远
并且登船
如空气里一只孤零零的左脚
最终听到小铃铛般的声音
被拽向岸边

醒来发现战争在继续

洞

那么这是夏之狼伏卧之处
听到羊群经过
如小径上老鼠的牙齿
听到它们穿过残梗如落雨
听到它们从瘦弱的骨头尿尿
一只只辨认爪子的声调
研磨它的干茎懂得每声咳嗽
凭咳嗽辨认喉咙

这里埋着根茎围绕着他
像心脏周围的血管
曾是夏之狼
有终生倾听他的树叶
从不曾体会到风
他躺在那里像耳中的黑暗
听着井的声响
知道月亮在何处

求教

树林里我碰见老友在钓鱼
我问了他一个问题
他说等等

潜流里的鱼要跃上来了
可鱼线纹丝不动
我等着
问的问题有关太阳
有关我的双眼
我的耳朵我的嘴
我的心脏地球的四季
我站立的地方
我要去的地方

它从手间滑过
仿佛它是水
落入河中
从树丛间流过
没入远处的船体
脱离我消失
接着在我站立的地方夜降临

我已不记得要问什么
我辨认得出他的线没有鱼钩
我知道我会等着和他一起吃饭

谚语的谣曲

春天若是有狗他们会吠
穷人的筛子变得粗糙
甚至黑暗中我们醒了身体朝上
每一朵花张开熟悉花园
水感觉到水
规律没有面孔
哪里的殉难者也没有这里美
空气纯净仿佛我们会永生

夏天若是有跳蚤就会有欢欣
你杀死他的正面我会杀死背面
每一只筛子都懂得舞蹈
每一个士兵都拿着一面小破旗
我们的父母是唯一的父母
穷人不存在他们只是穷人
穷人梦见他们的花朵小些
耐心准备了石块砌花园
先知最终被埋在鹅圈里
空气纯净仿佛我们会永生

秋天若是有树眼睛会睁开
瞬间的自由充满
要模仿的人就会背叛
狗给弓箭手领路欢欣不已
猎人遭猎捕卖家被算计聆听者被倾听
政府的厅堂是畏惧的陈列室

痛感钝化
穷人相信一切都是别人的梦
每一只果实都期待发光
空气纯净仿佛我们会永生

冬天若是有脚钟会敲响
雪落入某些人的面包落入另一些人的嘴里
无人倾听道歉
囚犯用力握手一扇门上锁
白昼被灰烬打磨出光亮
寒冷伏在白帐篷里贮藏日出
穷人为我们所有一直相随
供藤蔓攀爬的老木桩海的气味
空气纯净仿佛我们会永生

王子据说夜晚就是其中的一只筛子
我们该对穷人的名字多好
这没有止境针眼在回响
空气纯净仿佛我们会永生

致雨

你穿过苍老的空气
清澈
朝我坠落
每一滴都是新的
如果其中之一拥有名字
不为人知

却在这里等你
如此之久
等你穿越坠落一无所知

衣服的褶边
别再等待
等到我能热爱我会懂得的一切
因为也许那不会实现

此刻碰触我
让我热爱我无法懂得的
如天生的盲人会热爱色彩
直到他热爱的一切
以色彩将他充满

做梦的人

在某个梦里人讲述他们怎样苏醒
无法阅读的男人翻动书页
直至载着自己故事的一页
是空气
早晨他开始学习字母
从 A 是苹果的 A 开始
好像不对
他说第一个字母好像不对

男人闭着双眼仰面游着
穿过黑水触到空气
是地平线
他感觉他沿它行进它敞开
让太阳出来这么大的太阳
早晨他试着摸索地平线
像钟的指针
日与夜

唯有骨头的男人曾歌唱
一个接一个音符打开
升入空中曾是空气
他是各个
皮肤嘴耳感觉
羽毛他一直大声数着
一切包括自己
无论数什么总丢失了一个

我认为我在门阶上睡着
里面有人走来
顶着白色的头走路我能想到的最妙的词
他们初次在那台阶上醒来是真的
我醒来时是早晨
我在空气的脚下
夏天我有了这个名字
我的手触到世界的一天

九月

拂晓红月亮下
啾啾的小猫头鹰
成了白蜡树林里的喜鹊
旅程之间的休息
直到中午草上的露水才干
每天雾盘绕得越发高
掠过老山
不再回来
眼的光阴你的小径为它们本身去看
你把你的手
放在我的手里
树叶的绿黯淡
渐渐堆积
鼬墙上
常青藤开花
其蜜蜂赶了过来
蜘蛛挺着肚子凝视
每一段岸边
精神之船都在燃烧
没有声音没有烟雾没有火焰
在阳光下看不见
受它自己主宰的一天

苍蝇

苍蝇被创造的那一日
死亡是一座花园
已没有墙壁
没有苹果
无处可回望
整整一天星星被看成
一个个黑点
在苍蝇眼里
只听见苍蝇的怒吼
直至太阳落山

此后一天天其他东西被创造出来
其他无名的东西
是一座花园
苍蝇看不到
它们看到的不在那里
没有尽头
没有苹果
环绕黑色星星
无人听见
它们终日在其间快乐地飞翔
声声呜咽

寻找

当我寻找你时万物变得寂静
一群人见到一个幽灵
真的如此

我却继续试着走近你
寻找你
路被铺好许多小径却消失了
沿着一个又一个脚印
找到你的家
而路已不通往任何地方

我仍然希望
如我寻找你
一颗心走在长长的干草上
在一座山上

在我周围鸟儿纷纷消失在空中
影子流进地里

眼前石头如蜡烛般熄灭
指引着我

馈赠

我必须信任给予我的东西
如果我想信任什么
它指引星星越过没有影的山
在其夜晚和沉默里它不记得的是什么
不希望的是什么知道自己不是时间的孩子

它不曾开始的是什么它不会结束什么
我必须把它握在手里如我的肋骨承托心脏
我必须让它展开翅膀在未知的馈赠间飞行
在山里我必须又转向
早晨

我该被给予我的东西指引
如溪流被它指引
鸟群穗带般的飞行
血管的摸索植物的习得
令人感激的日子
一口气接一口气

我称呼它无名一号哦隐形的
不可触碰自由自在
我没有名字我被分割
我不可见我不可触
而且空荡荡
随我流浪
做我的眼睛

我的舌头和我的手
我的睡眠和起身
自混沌
来并且被给予

罗盘花
(1977)

心

在心的第一间仓室
手套都悬挂着只有两只例外
手赤裸着穿过门
钟的绳索兀自摇动
它们向前移动掬成杯状
像捧着水
一只鸟在其掌间沐浴
在这间仓室没有颜色可言

在心的第二间仓室
眼罩都悬挂着只有一只例外
它们进来时眼睛睁着
看到绳索摇动
没有手在摇
看到沐浴的鸟
被捧着向前
穿过有颜色的仓室

在心的第三间仓室
声音都悬挂着只有一个例外
耳朵听不到它们穿过门
绳索摇动像喘口气
没有手在摇
一只鸟被捧着向前
沐浴
在彻底的安静

在心的最后一间仓室
词语都悬挂着
只有一个例外
血赤裸着爬过门
眼睛睁大
一只沐浴的鸟在它的手里
它的光脚站在门槛上

像在水面上移动
至钟的那声敲响
有人在摇动并不是用手

开车回家

我往往害怕
该开车回家的时候
会遇到一辆特别的车
但是这次并不像那样
他们如此友善年轻的夫妇
我松了口气不必开车
可以看看农场上秋天的落叶

我坐在前面为了看得更清
他们坐在后面
兴致很高
他们大笑他们的衣领竖起
他们说我们可以轮流开车
我定睛看时
我们谁都没在开车

然后我们都笑了
我们想着是否有人会注意到
我们说着要一位可充气的
司机
替我们开车不求报酬穿过秋天的落叶

下一次月亮

离当时还有一个月
自地上最后的耳朵
听到你的声音

即使当时在电话上
我也知道有关休息的话
你会如何说出
仿佛我自己听到它们
在不久以前
可是一个月了我什么也没听到

夜里聋哑的月过后
我走进铁与噩运的
骄傲的水域
距离你去世的时刻
已一个月
花园东边
只有晦暗的光

此时夜的街道有另一枚月亮
第一次望见可是并不新鲜
一面面镜子背后的脸也一样

雪

你不害怕死
你如何畏惧冬天
大雨在绿色的麦山上形成
日晷上的冰台阶和日历
正在下雪
既然你没有出生我就应该
载着你进入我面前的世界
试着想象你
我是你的父母在冬天来临之际
你是我的孩子
我们是一副身体
一条血脉
一道红线消融着雪
不曾中断的线雪下个不停

抵达

搭乘许多小船
渡船和借来的独木舟
白色蒸汽船和重新启用的船体
我们都年轻
到比等待还古老的岸
我们脚踩阴影下的湿沙
每一个动词的夜刚刚开始
我们在山脚大笑

现在你会不会领我循着杏仁的气味
登上叶子落尽的山
在血红色的夜里
我们把船停下穿过岸上的
灯芯草丛
我的脚没踩到碎瓶子
半掩在沙里
你终究没有注意到它

现在你会不会用你的小手
牵着你的孩子登上叶子落尽的山
经过绿色木门荒废的
被遗弃的居所
进入草地有散漫的马匹
我会骑着直到黑暗降临

苹果

在一串杂乱的钥匙旁醒来
在一间空屋
太阳正高

鸟鸣多么残破如粗糙的长线
鸟一定鸣叫过它们聚集在那里
伴着睡着了听不见的耳朵
手像波浪一样空荡
我此刻记起鸟儿
可是锁都在哪里

我触碰那串钥匙
我的手鸣响像拂过鹅卵石海滨的浪
我听见在玻璃山的废墟中间
有人醒来
几十年后

那些钥匙冷得在我的触碰下融化
只剩一把
属于某个寒冷早晨的门
苹果的颜色

清晨的营地

黄昏时一伙迁徙的蜘蛛
在黑麦残梗上四处结网
借着日光我看到行星的
颜色在它们缀着水珠的网下
蜘蛛被潮湿的九月
影火牵引而努力不倦
我看到行星的颜色
它们的网在它的上方
我也那样走踩着呼吸的云
学习我的脚步
在网之间隐匿地升起如雪花的形状
我们是漂泊的词语
不是定居者的铭文

迁徙

许多个夏天的祈祷者
蹲踞在一个时刻
直到它在他们身下沉下去
他们继续行程
趁夜飞行
血液
在一只耳朵里呼呼作响

同代人

如果我现在从
山边筑起的坚固黑云下来会如何
日复一日里面没有雨
并且成为一片草
在花园里在南侧云朵四散冬天
起初我就比其他动物年长
最后我变得更简单
雾会设计我露水会在我身上消失
阳光会穿透我
我会是绿色生着白根
感觉到虫子触我的脚一种馈赠
没有名字也没有畏惧
循着光线转动
知道如何度过白天和夜晚
不断拔高
一生如此

命运

早晨的云
夜晚的白色蛋白石
跟着白色太阳
蛋白石受着照耀坐在
暗山的山脊上
有人生来听到山间犬吠
高墙间太阳刚刚落下
他们一生中了解的事物
连生来听到水或树
或啜泣或笛子或大笑的人都不知道

河口

白天我们在石船
甲板上来回踱步
夜里我们出现在它的高窗里
如另一侧的星星
尝我们的口我们是地之盐
盐是记忆
在风暴和云里
我们睡在结实的绳索上如飘浮的鸟
尝我们的手指
有各自的戒条
日或夜比我们知道的更难分清
却更久
我们睡在行进的窗旁在航海图上
我们睡着手握指南针
在石船的船头
来自土地尽头的波浪不断拍击

岩石

萨克斯管和地铁
在清醒和睡眠下面
接着仅百英尺深没有人

内部石头的声音
心架在火上

在它上方它会做梦的地方
在光中在它的头上
在它的影子里
我们了解彼此
一起骑行听不见声音
乘着盒子向上飞
穿过灰色的气体
在这里停下
喘口气
一切
我们的墙震颤如果我们
倾听
如果我们停下甚至
伸手去碰

当我们能够爱时也会是在这里
我们发抖的地方
也在奔跑如白色的草
警笛冲破我们

电报抵达我们
我们是纸袋里碾碎的瓶子
同时活着站在许多扇窗里
听着呼吸下我们的
石头独自一人

计数的房子

城市的时间开始和结束的地方
在这么多时刻中间
界限每一次
起伏随着城市的
每副身体有多少指针的时钟
在数着小时
在某个时刻滴答
数着要被编入机器的昆虫
计算活人的时日里有多少新闻纸
它们都不是无限的
不比日日夜夜橡胶轮胎
被忽视的耐心更多
或沉默的轮子或激情的电报

大道尚未达到的地平线
延伸延伸朝上摊开手掌
露出血被给予或任其流淌的地方
夜里眠人的血管忆起树

数不清的眠人树木的时间
未被计数的时间黑暗中的树叶
白天街光是常被遮盖的胳膊的颜色
有许多目的
到了晚上街光又投在天花板上
它们拂过墙壁
没有点灯的房间挂满照片
世上年轻人的照片

舵手

白天的领航员
凭几颗白天的星星
标记路线
他从未见到
除了白纸上
黑色的演算
算出此刻
甚至超越
在一个平面上
在同一次活生生的航行
另一个领航员仅仅
凭肉眼驾驶
他为白天的景象命名
为在黑暗里弄清的命名
在他的头顶
为从未见过的东西命名
再也不会见到的东西
而且他从未见过
另一个人
大地本身总在他们之间
可是他留下信息
关于天体
仿佛他在讲他自己的生活
接着他也找到
信息
关于天体不曾被人所见的运动

生命一天一天的运转
两个领航员都呼喊
经过相同的地方日出
日落
清醒与睡眠他们呼喊
却不能肯定他们是否听到
他们越发想象回声
一年又一年他们
试图遇见
不断地想象对方
想着说他们彼此相似的传闻

标了号的公寓

橡皮筋散落在每间屋子
灰尘覆盖的表面
见证人

旅人在一个个国家停留
完全不懂某门语言
每个人
尤其是和我有关的事
笑着说起我
就在这里出生某个威廉
在某个九月的最后一天

降生在谁家现在又是一月一个星期四
一个十一年
谁已忘记那一
天那一周与谁绝缘
这一个简单这
一个

虽然我说
这里
我知道并不是
即使当时是
河岸北面九十九条街
如今三次战争过去

一对对父母仿佛瞬间消失

法国古典风格的
大厦
他们带她去那里分娩
拆除时我
在我的名字里快满四十四年
并非来自那个时代的大厦
成了废墟被运走
可是这么多年
橡皮筋不时造访
有时成群结队
来陪伴我尽管
整个国家都变了
交通工具提速
标识几乎全部更换道路重新规划
爱都已改变
邮票重新发行以及
街道和苹果的气味
变了

河里的
石城变了当然
河流也变了
一切话语甚至是信封里
没读过的

所有闪光的汽车消失
之后整条道路消失像风筝线
唱片不计其数印刷愈发精致
而且只是名字被数字的烟雾笼罩
高楼都变成玻璃的处于另外的
空气哦晴朗的某天

我是某一个人踏进同一条河的
另一只脚
而橡皮筋朝我来了
从我跨越遥远的距离
我没意识到它们的到来也不记得它们的离开
它们仍然继续寻找我像星光掠过

圣文森特医院 ①

想象雨云在城市上空升腾
在那年的第一天

在那个月
我思索我过的生活
眼睛睁开耳朵去倾听
这些年在圣文森特医院对面
那些云从屋顶升腾

墙砖在白天看来是法式红嵌着
十字架朝南
遭过轰炸的新古典主义立面柱廊之间
高又暗的缺口
历史的黎明
碎成许多窗户
在开了榫眼的表面

警笛声呼啸越发近了穿过车流
救护车在里面卸下病人
第七大道很久
以前我便学着不去听
即使警笛声停止

---

① 即美国纽约格林威治村的圣文森特医院,1849 年设立,已于 2010 年申请破产。

他们转身进去
几乎没有路人停下观望
我也没有

晚上两扇蓝色
长窗一扇短窗在最高层
整夜燃着
许多夜晚其他的大多熄灭
在哪一层他们拥有
东西

我看到月光下建筑经过老鹳草
夜深了见不到卡车
满月刚过
上层的窗户天空的部分
我望了又望
在圣诞节和新年我都望着它
清早我见到护士四散走向
条条大道
晚上注意到实习医生挤在
门阶上一只脚在门里

我遇到戴着手套的人整天
搬运垃圾
堆放如山高
塑料袋白色层体混杂绿色和
黑色
我看到一堆

着火了观察
软管喷出的水流末端的烟尘
消防车与那一样近
红色信号和
机器规律的震动整个身体都听得见
我注意到模式化的容器堆在外面
十二街的运货口
无论是食品工厂加工的
为长途飞行准备的脱水食物
还是实验室化验需要的样本
在特定的温度封存
都是封闭运输

靠近的脸孔从上方凝视
拐杖或管状车轮锁
出去练习走路
停下慢慢转动轮椅
听到各个角落访客的风语
灯变换
热狗在路边递过来
午后
芥末酱番茄酱洋葱泡菜
警察乙醚和洗衣房的气味
重现

我对他们的了解不比我们的报纸多
烟囱冒出烟他们有焚化炉吗
用来干什么

他们觉得应该把那里的
空气保持得多暖和
几扇窗户像是
锡制的
但也许是反光的缘故
我想象过蜜蜂来来往往
在那门槛虽然我从未见过

谁是圣文森特

荒石地上的夏夜

黑暗慢慢笼罩
宽阔的石仍留有太阳的余温
寂静中等待雷鸣
一副躯体从树上坠落
田鼠或其他毛皮柔软的
心脏的一次搏动落在光秃秃的石上
起身跑远
高起的地平线上闪电飘舞
都散在黑叶间
附近蟋蟀的叫声各异
尖锐猫头鹰呼号
晚些时候残月会从云间升起
看不见的云雀在日落时歌唱
在那一日的黄蓟上方
我独自身处古老的屋顶下
梁木由已被遗忘的工匠搭建
也从未留下画像
我爱听不见的声音
我爱它们
伴着每一次呼吸
我离其中的一些远了
我返回即使历经风暴和睡眠
安静是一颗黑珍珠
我可以向里望当动物坠落
一次坠落一只间隔多久无法估量

九月耕犁

数个季节房舍南面
由相同的石头围起的草地
在牧羊人的照顾下生长
野草分享四月如一个秘密
小雀伪装成夏天的土
啄越发干燥的种子
老鼠掠过羊皮纸残屑八月
野兔一直向上望想起
隐秘的快乐充满蝉鸣

下了两天的雨叫醒牧场的绿
乌鸦欢叫到处有鹰赤裸裸的
尖叫幽深的橡树林跃起
闪烁多石的长草地终于犁过
终日光秃秃
我珍视一次又一次生命
哦这是秋天的光

瞬间唤回一切
又是初始的光
琥珀就像琥珀色

十月的爱

望着废墟的孩子变得更年幼
然而寒冷
并且想意识到一个新的名字
十月的我比
整个春季的我都年轻
胡桃和山楂叶肩膀的
颜色夏日将尽
到那座山已一个月
成为彼地的光
地上的长草向上
即使在死亡中也有个理由
我们谁也不知
鹧鸪笑了此刻处于早初的阴影
重临在你的好时光投下闪烁的一瞥
裸露的空气逝去的早晨
我爱触摸的轻盈
脚的轻盈羽毛的轻盈
一天是又一片黄叶
不曾转身我亲吻光
古井旁的这个月的最后一天
在阳光下
采野蔷薇果

秋夜

天色暗了闪烁的蛛网缀满我的指间
我看不到远处的尽头朝南的地方
金光在野生铁线莲里悬了很久
唤作老人的胡子沿着暖墙
此刻从我的火冒出了烟飘过红日
半倚古铜色的树叶仍长在胡桃树上
牛至菜山的乐趣又有了花朵
即使这些夜里有薄雾
还有蘑菇虽然是新月
虽然破晓前草上的影子变白
黄昏中冬天的牧场上传来牛铃声

流逝

在秋天还是这次生命
我正要离开一处首府
一只年老的动物被捉的地方
被捉时尚小
在野外
绝不会活得这么久
正望着日落
掠过不知名的
遥远的树木
如今是春天

飞行

至布鲁斯和福克斯·麦克格鲁（Bruce and Fox McGrew）

白天有时
我想象眼前有一丛火
不是我的手觉得寒冷
是需要透过那扇门
看到起初
连我们的名字也由火组成
我们以夜为食
走路我觉得一丛火
冒出来我瞥见了它
在一片林中空地在墙里
在另一座房子和另一座
前面和后面
一座接一座
我的房子透出
同样的火永恒的鸟

张开手
(1983)
致莱昂和玛乔丽·埃德尔

草莓

　　　　我父亲死时我看到　　一道窄峡谷

看起来像是始自　　跨越河流
他的出生地　　那里并没有河

我正在锄沙地　　一小块菜地
为我母亲　　暮色越发深
抬头及时　　看到农车
干燥的灰　　马已经躲藏
没有赶车人　　冲进峡谷
拉着一副棺材

　　　　另一辆车
从峡谷跃出　　由一匹灰马拉着
一个男孩驱赶　　满载
两种浆果　　一种是草莓

　　　　那天晚上睡着　　我梦见屋子里
东西不对劲　　一切都像预兆
花洒里的水　　可恶地流淌
某种昆虫　　我见过他捏死
在他的浴室墙壁　　到处爬
　　　　早上醒了　　我站在楼梯上
我母亲已经醒了　　问我
想不想冲凉　　再吃早饭
早饭她说　　我们吃草莓

太阳和雨

打开书　　在明亮的窗前
在广阔的牧场上方　　五年过去
我发现自己仍然站在　　一座石桥上
向下望母亲在身旁　　黄昏望进一条河
听着水流亦如她的　　她的人生
此刻我想起　　那天
她告诉我她最后一次　　见到我父亲
她要走了　　他在门口也向她挥手
把她的手　　握了一会儿什么也
没说

　　　　面对渐亮的
一束阳光所有的黑牛　　一起向下进入牧场
在山坡上站立　　暗雨落在它们身上

房舍

在无人望得到的山上
戴着灰色毡帽的四十岁男人
试着生一堆春天的火

在山上
唯有神和男人的儿子注视着的山上
穿着白衬衫的父亲试着
在春日午后点燃潮湿的枝条

嫩叶下方几英尺远杂草丛生的货车小道
他记得有一年到过这里
停着崭新的黑普利茅斯车从后备厢拿出
报纸揉成一团
划着火柴之际他想着另一个地方

他想着的是无人知晓的地方
火焰爬过一行行字蜷曲
渐渐隐没于日光
他需要更多报纸更多还有火柴
热狗和面包卷的包装纸
浓烟在树苗间升腾

儿子并未琢磨
父亲为什么突然来山上
大清早带着他的儿子
虽然山上的父亲显得陌生

折断树枝用报纸揩手
再揉成一团丢进火里
父亲一带他出去二人都显得与平常不同

许久之后父亲才注意到
儿子站在那里他吃了一惊
烟扑到脸上他转过身
目光与帽檐平行男孩看着他
之前说他帮不上忙在那儿看着
这样的经历还是头一遭儿子
听见自己问父亲他能不能
下去看看货车小道他竟然
听到父亲说可以别走太远

要小心赶紧回来
于是儿子右转沿灰色
石块跳下父亲独自一人
在平坦的斜岩石上生火
几步之后枝条在头顶复拢
他在绿日里行走闻着泥土解冻的气息
又走了一会儿向右拐弯
空地充足的光线逐渐暗淡
仍覆盖着去年的枯草
黑色的空谷仓他看得见有光透过

谷仓前面左侧有一座新上过漆的
白房子灰色的宽台阶通向
游廊的灰色地板窗户
洗刷过没有窗帘遮挡他
可以朝里望房间空荡荡看见门

开着他站在另一侧的窗前
向外张望天空
春草丛生在房子四周老灌木扎根很深
房子空着只等着人来
风刮得比在树林里猛烈
草丛簌簌明亮的玻璃震动

他看到灌木丛边有生锈的手柄
想起了父亲转身
进入荫蔽的货车小道步履
缓慢一棵又一棵树一块块石头
一层层绿叶直到他
闻到烟味看见一长排石头
在空地前他的父亲弯着腰
忙着生火听到儿子的呼唤他转过身
好孩子你回来了又问
饿不饿递过来一只纸碟
烟雾弥漫他们拿着碟子父亲
做了祷告后来儿子对父亲讲了

白房子新上的漆明亮的窗
屋子空荡荡望天望不到人
他的父亲说那里没有这样的房子
他告诫儿子不要编故事
好好吃东西过了一会儿
儿子让自己和父亲都吃了一惊
他说他真的看到了父亲
又责备他语气更严厉完全
甩掉了对别处的遐想重新变得严肃
儿子哭了起来说请他吃完东西

自己过去看一看

碟子也丢入火中
仔细扑灭火装好车他们一言不发
朝货车小道走去光线
似乎暗了也许要下雨
树林比男孩感觉的
远得多可没过多久他们就走到了地方
小道在那里右转看得见
枯草可是没有房子没有谷仓
儿子反复说我看见了父亲说
我不想再听到你说这些

一年后父亲觉得男孩
长高了常常独自散步
位于州中部的一片老农场
他自己在买下的小房子里忙碌
说儿子帮不上忙
儿子走下小路经过空玉米槽和谷仓
经过红页岩陡坡小路向下
旁边芜杂的草地有泉眼和蛇
走进树林来到木桥上

这仍是他父亲的土地他望着潜流
从低低的树枝下流过小鱼
映着黑色河床晶莹闪烁他
转身爬上远处的小路他看到
在他右侧下方在溪边
有漆成黄色的矮房宽宽的柱廊
枪靠在门旁狗链

系在台阶右侧不见狗的踪影

看起来屋里没人男孩继续
爬小路穿过树林走过草地
接着返回发现和原来一样
枪还在门旁狗链在原位
他又查看是否有东西变了位置
他聆听目光望穿树林想着
狗去了哪里何时会有人回来

然后他越过溪流回到父亲身边
到了晚上待在屋里他想起
问谁住在黄房子里
树林里小溪尽头
他知道那是他父亲的土地
可父亲告诉他那里没有房子

他们离开了农场驱车回家
儿子对父亲讲起门旁的枪
台阶边的狗链父亲
说是的越过溪流是他的土地
但是没有房子没有人住在那里

男孩不再讲述他看到了什么
许久之后他才再次
走下小路走进树林过了桥
看到溪流尽头只有树木

后来农场卖掉树木伐光这件事
再也没被提起父亲死了
又过了很久儿子见到了那两座房子

幽灵

它在近几年不时出现　　毫无防备
一种频率　　从未计数过
一种主题在我自己　　可谓陌生的音乐里浮现
每一次有了开头　　接着中断

我会正在向下张望　　不是从一扇窗
又一次瞥见　　它们悬停
在如纸的白色上方　　比我以为的近得多
他指节的线条　　他手指的位置
我父亲的手背　　投下种种阴影
总是显得　　与我自己的不同

是形式质地　　还是作用或观点表达
我承认它们与其原初相比　　已有差异
奇短的手指　　他的亲人会那样叫
宽且弹性不足　　有些干瘪苍白
我见过的一根根向前竖起　　狗一样温顺
剪刀便可以整齐地剪下　　平坦的指甲

变白的它们捧着　　一小叠报纸
显得好像　　它们知道如何
使用工具　　举起领结等着
握紧它们的方向盘　　或我的胳膊在打之前
向他抱怨　　它们的皮肤和关节
不曾唤起音乐　　没有美感
我可以辨认　　我却猜想

它们只是他的　　是个整体
在什么时候它们　　比我的年轻

或血管再次显现　　颜色加深
在手上蔓延　　我母亲的
吓我一跳离我　　这么近
我等待　　欧芹和杏仁的气味
我不曾想象　　在别处闻见

朝我飘来自富有光泽　　半透明的皮肤
灵巧细腻　　指尖芊芊
优雅　　轻盈
从白金　　婚戒（闪烁
带外行星的光）　我望见
另一只手的　　手指和拇指慢慢转
转　　人声持续

总在返回某物的　　手
它们在水槽里甩动　　甩掉彼此的
水像一对手套　　在洗碟布上揩干
在打字机键盘上飞舞　　快得我来不及看清
快过语词　　没有犹豫
再次出现　　我正在练习弹钢琴
已很久不弹　　与它们的年纪一样久
其中一个跃起　　在这一页的角落等候
我感觉失误临近　　我刚刚学着如何不出错

在我认出　　那手时它们不见了
它们就是这样　　它们后来也是这样
并不相信我继续望着它们　　只朝我挥舞
穿越最后一间屋子　　从远去的汽车
如今六年了　　它们没触碰过东西
或能称为　　被它们握住的东西
在变宽的圆环上伸开　　在没有边缘的表面

我当时看到的手　　我记得
洗我的脸　　系我的鞋带
有两侧　　一日围绕它们
我不知道　　它们怎么找到了我
它们不是谁的孩子　　它们向谁应答
没有人告诉它们去流血　　可是它们的伤疤就是我的
只有我　　知道它们告诉我的
有关火焰和蜜　　和你身处何地
水的涌流　　空气中的铅笔

小鸟

你并不会琢磨我知道的那些事
我想到你时
我不知道有多少个你
我猜你会觉得只有一个

你可能降生过多少次
像我父亲的其他姐妹会说
你说的脏话家族里
没有人对那类事情感兴趣

尽管有人写下你有一次
出生在四月二十日
一八七四年这样算来我祖母
当时是十三岁最令我
感到难以相信的
是她曾经十三岁
我们不知不觉间长大对她的了解不多

那么在那个年纪她有了一个小婴儿

那是你小鸟那是一个你
你知道吗
这呈现出我祖母的另一面
不同于把我带大的祖母

那就是你她十三岁时有了你

三言两语可解释不清
她严格的道德观和你的吉卜赛耳环
和后来每一个夭折的孩子
他们嘲笑你健康的肤色和有力的心跳

也许连你的儿子也是柔弱的
是艺术家在教堂墙壁上
画耶稣的头碎裂一地却不能挪走
你怡然度日在亚利桑那过世

只是你都知道
你
只是书写错误
真正的小鸟
在祖母二十几岁时降生
她第一个孩子是小女孩
这不足以说服人

清教徒观念耳环和后来出生的孩子
你的儿子脆弱的艺术家碎裂的耶稣头
怡然度日在亚利桑那去世
那是我见到的你在夏天的某个早晨
谁也无法解释因为你不一样

邀请所有人都很意外
已许久没有消息你自己的母亲

比你小的兄弟和姐妹新出生的侄子
一起吃早饭大笑挥动你的手

戴满了手镯他们没在听
说急着开车出远门
看望家人你继续
告诉他们还有什么可吃

昨天

朋友说我不是好儿子
你懂我的意思吧
我说当然我懂

他说我不太经常
看望父母对吧
我说当然我知道

哪怕是住在同一座城市他说
我可能一个月
去一次很可能间隔更久
我说噢没错

他说我最近一次看望父亲
我说我最近一次看望父亲

他说我最近一次看望
父亲问起我的生活
我过得怎么样他
走进隔壁房间
拿些东西给我

噢我说
再次感觉到冷意
如上次见到的父亲的手

他说我父亲在门口
转身看见我
看我的手表他说
你明白我想让你待一会儿
说说话

噢没错我说

可你要是忙的话他说
我不想让你
觉得为难
只为迁就我

我沉默

他说我父亲
说可能
你正在忙要紧的事
或赶着去见
别人我不想耽搁你

我望向窗外
朋友比我年长
他说我告诉我父亲的确如此
我也就起身告辞
你知道

虽然我没有非去不可的地方
没有非做不可的事

涨潮的湖

裸礁边缘　　午后
不会游泳的孩子们　　呼喊着一头扎进湖里
瞬间消失　　狭长的镜面
映着山峦的倒影

向在菠萝地边停下的游客提问

你喜欢你的这片菠萝吗　　需要餐巾纸吗
谁给你的菠萝　　你对他们了解多少
你常吃菠萝吗　　你从哪里来
和你以前吃的相比　　这片菠萝怎么样
你还记得上一次　　吃菠萝的情景吗
你知道它的产地吗　　多少钱
你记得第一次　　品尝菠萝吗
你喜欢新鲜的　　还是菠萝罐头
你记不记得　　罐头上的招贴画
看着招贴画　　你有什么感觉
更喜欢哪个　　招贴画还是菠萝地
你想象过　　菠萝在哪儿生长吗

你觉得怎么样　　这片菠萝地
你以前见过　　菠萝林吗
你知道夏威夷　　是菠萝的原产地吗
你知道原住民　　吃菠萝吗
你知道原住民　　种菠萝吗
你知道是如何获得这片土地　　成为菠萝地
你知道土地要如何耕作　　才能变成菠萝地
你知道要花多少个月　　要耕耘多深吗
你知道那些机器的用途吗　　惊讶吗
你知道那些容器里装着什么吗　　有趣吗

在大片种植菠萝之前　　你觉得这里是什么样
你是否觉得菠萝地　　代表着改善

你觉得它们闻起来　　比之前香吗
你觉得　　绵延四周的黑塑料怎么样
你觉得塑料如何处置　　在菠萝收获之后
你觉得土地会怎么样　　在菠萝收获之后
你觉得种植者懂得最多吗　　你觉得这对你自己有益吗

你最近一次在哪里　　见到了鸟是什么鸟
你还记得是哪种鸟吗
你知道这里以前　　有鸟吗
有鸟吗　　你的家乡
你觉得这重要吗　　你觉得什么更重要
自从来到这里　　你见过原住民吗
他们在做什么　　他们穿着什么
他们说着什么语言　　他们是在夜总会吗
有原住民吗　　你的家乡

你拍照了吗　　拍菠萝地
能不能为我　　拍一张
这样你们都可以　　拍进来
你介不介意　　我为你拍照
站到　　那片菠萝地前面
你想　　回去了吗
是什么促使你　　来这里
这　　是不是你想看到的
你第一次听说　　这片岛是什么时候
当时你在哪里　　多大年纪
你第一次看到这片岛　　是不是黑白照片上的
用什么词　　形容这片岛
那些词是什么意思　　既然你来了
你做什么　　谋生

你怎么形容　　菠萝叶子的颜色
当你看到成排成排的东西　　你感觉如何
你愿不愿意梦到　菠萝地

这是你第一次来吗　　你觉得这岛怎么样
用你自己的　　话说
你最喜欢　岛的哪方面
你要什么　　在你旅行时
你哪一天到的　　准备待多久
你买衣服了吗　　专门为这次旅行
花了多少钱买衣服　　在来之前
为了来岛上旅行　　合适的衣服容易买吗
花了多少钱买衣服　　在到岛上之后
你计划了旅行线路　　还是团体游
你喜欢一个人　　还是团体游
你们一共多少人　　你的票多少钱
次要路线包括在内吗　　还是另外付钱
住宿餐饮租车　　包括在内还是另外付钱
你已经付过了　　还是以后再付
现金支付　　还是信用卡支付
这辆车　　租了一天还是一周
和你自己在家开的车比起来怎么样
一加仑油　　可以开多少英里
在岛上　　你想开多远

你逛了哪里　　在刚刚过去的三小时里
你看到了什么　　在刚才行驶的三英里
你觉得匆忙吗　　这次旅行
你觉得花销　　值得吗
你多大年纪　　想家吗感觉好吗

你在这里吃了什么　　合胃口吗
打算带什么礼物　　回去
预算是多少　　花在礼物上
你买了什么　　要带回家
你已计划好　　如何摆放每一件东西了吗
你会怎么说　　它们来自哪里
你会怎么描述　　这片菠萝地

你喜欢在这里跳舞吗　　下雨时你做什么
这次旅行　　单单是为了消遣吗
和在家时相比你喝得多了　　还是少了
你觉得　　你现在住的地方怎么样
你出生在那里吗　　你在那里住了多久
名字是什么意思　　是兴旺的社区吗
你为什么住在那里　　你想住多久
房龄多少年　　你想卖掉吗

你觉得　　以你的家庭背景论
岛能给予你什么　　和你年纪相仿的人
有没有变化　　你想不想改善
你想不想在这里投资　　想不想住在这里
如果想是想住一年　　还是几个月
你认为菠萝　　前景怎么样

夜晚的奇迹

洛杉矶车流涌动
穿过白色空气
和爆炸的新闻

在环球工作室
你可以穿越一场雪崩
如果你从未
穿越过一场雪崩

拿着你的票
你可以乘坐有轨电车
在它面前红
海分离
就像它为
摩西分离

你能看到洛杉矶
一小时一小时地倾塌
你能看到大道以别处命名的大道
你就站在上面你知道你
倒地消失暴怒
伴着骇人的呼喊
在你周围
自每个人的房屋和家庭
升腾你已观望一天
开车购物谈话进食

这仅仅是一场电影
这仅仅是一束光

谢里丹 ①

战役结束　　当你抵达那里

哦结束结束了　　被焚毁
熔化浓烟不散　　把最后的
武器残片冲走　　你死我活的咆哮
大炮枪支炮架骑兵　　步兵的活动范围
扩展至树林外　　血骨骸毁坏
都消逝了仿佛你　　刚刚睁开双眼
谁也没有　　看到你所看到的
每一张脸都没意识到　　你的到达
视野内无人　　知道
你是多么可靠　　将军多么平静
当时你在做什么　　终于站在那里
比真人略小　　纪念你自己

这就是那个地点　　与别处
都不同　　独一无二
至少曾经是　　毫无疑问
这就是消息的发源地　　唯有你明白
亢奋的探子急于　　找到你
追踪你气喘吁吁　　没有你他会溺毙
与坠落的躯体的　　影子赛跑

---

① 1864年10月19日拂晓，邦联军在陆军中将胡巴·A. 厄利（Jubal A. Early）的率领下突袭了弗吉尼亚柏树溪的联邦军，陆军少将菲利普·亨利·谢里丹从华盛顿回来，行至弗吉尼亚温切斯特得知遇袭一事，便策马奔至前线，召集散兵残将，成功地实施反攻。

围捕你而时间　　飞逝第一天
转动它的长门牛群　　返回晒谷场
夜晚笼罩田野　　季节的转变
森林一同归来　　巡视
从开始　　以本身展开
你出生开始学习　　你学过的东西
它将会找到你　　在你自己的时间

以其残缺的词语　　来告诉你
先生关于你的缺席　　说一切已经发生
即使当时正在发生　　你不在现场
他们突破了你　　他们早就越过
你的纠察线他们大摇大摆　　在你的阵地
侧翼包抄实力更强　　胜过你
你的营火外　　你的士兵着了火
牛群挤过奶　　村庄沉睡
你继续　　隔着清澈的距离
你考虑着你的　　直到那一刻
词语化成　　彩纸
又化成漆好的玻璃　　朴素的灯笼玻璃
透过它你能看到　　你把左
脚踏进马镫　　敌人
你起初想象过　　在农田上飞驰

后来　　你经历了什么
战时的你是谁　　那一夜
手松开黑马　　黑路敞开
绵延　　你外套上的星星熄灭
你朝黑暗奔驰　　只有马看得见
我知道因为后来　　读给我听

上了床　　母亲坐在身旁的椅子上
街上的大提琴　　璀璨的城市
一夜又一夜　　我听着你的骑行
从未亲历　　为它欢呼
你看不到　　脚下的路
自本身生长　　如指甲
你看不到　　呼啸掠过的空气
你听不到　　身下的马蹄声

一路倾听　　不存在于当时的东西
不断地嘟囔　　雷声在
无尽的楼梯上崩散　　路途遥遥自黑暗来却
笃定为何没能　　传达给你
终至呼喊名字　　你却怎能
什么也没听见　　而仍不是
那晚的战斗越过山头　　为你所倾听
并投身其中　　你眼前明亮
如缓缓落下的火窑口　　背面朝前倾斜
填满手和熟悉的面孔　　火焰旺盛碎裂
进流动的煤　　又燃起再次形成
再度活跃　　所以你看得到他们
哪怕炮声轰鸣　　近了
天亮了　　在你周围

一排栅栏朝你奔来　　看着熟悉
雾中门窗紧闭的房子　　经过时你记得
以前见过　　那么你似乎知道
你身处何地　　老天战火
几乎蔓延至此　　你能听到
来复枪声沿着路传来　　和听起来

像呼喊的声音你能　　闻到它在早晨
你的部下正在等你　　赶来见你
马匹嘶鸣　　顷刻间夜晚
不曾在你身后发生　　整场骑行
无关紧要他们　　骑着白马
匆匆赶来　　告诉你一切
你没目睹的无法目睹的　　也不会目睹的
带你去　　你下马的地方
转身看　　你赶来为了什么
硝烟弥漫　　有你的头的人
朝它举起一只胳膊　　有你的嘴的人
下达号令　　迈步走进世纪
不见踪影　　据说
赢了那场战斗　　从那场战争幸存
死去被埋葬　　只有你在那里
仍看着它　　在你面前消失
如今人人知道　　以你名字命名的地方
铁栅栏　　干了的泉水
砖砌建筑走出苍老的脸　　晒晒太阳
人行道上的醉汉　　角落的相识
在你上方闪亮　　城市的夜
地铁车站　　绿报摊边的手
车辆等待　　信号灯变换

田野

星期六第七大街
腰身厚实的灰发妇人穿着星期天的毛衫
经过她们的货摊棕黄的影子
俯身于她们在家烤制的蛋糕
她们目光下移盯着入眠的卷心菜卷
她们拿着大汤匙搅着泡菜和土豆饺
就像在多雾的幽深高原上那样
烹制伴着马匹的嘶鸣
傍着地球另一边黑色的土地
是她们唯一记得的最古老的念想
从她们的窗户向下望望进
人人处于此刻的世界

年轻人都尚未抹去
卷心菜的味道
那些树叶整个脸孔
经过漫长的旅程
数周在船里度过
盯着雾背后初光照耀的陌生海岸

年轻人都辨认不出泡菜的蒸汽
比任何活着的人都古老
于是他们在街上弹奏音乐
有关他们不记得的
他们唱着自己不熟悉的地方
他们在窗下跳着新式舞蹈
伴着卷心菜的味道
生长在无人看见的田野

詹姆斯

消息传来,远方的朋友
病危

我抬起头,窗外一丛小花
从春草间拱出
想不起它们叫什么

贝里曼 ①

我会告诉你他告诉过我的
战争刚结束的几年
我们那时称之为
第二次世界大战

别急着丢掉你的傲慢他说
年长些再那样做
太早丢掉的话
取代它的可能只是虚荣心

他只建议过一次
调换一行诗里
重复词语的惯常顺序
为什么要把一件事说两遍

他建议我向缪斯祈祷
跪下祈祷
在那个角落他
说他真是这个意思

他还没蓄胡子
也喝酒不多可是他
已在自己的浪里深潜许久

---

① 即美国诗人约翰·贝里曼(John Berryman,1914—1972),任教于默温当时就读的普林斯顿大学。

斜着下巴歪着头如抢风航行的单桅船

他看上去老得很
比我年长得多他三十几岁
话语从鼻子涌出带着口音
我想这是在英格兰待过的缘故

说到出版他建议我
用退稿附条裱墙
他谈论诗歌满怀激情
嘴唇和长长的手指随之颤抖

他说诗歌中使一切成为可能
并且能够点石成金的关键
是激情
激情无法作假他又赞扬了运动和发明

我还没读过什么书
我问你如何判断
你写的
确实过得去他说没办法

你没办法没办法
直到死也不知道
你写的东西是否过得去
如果你想知道个确切就一行也别写

移民

你会发现
在某些方面
和你想象得一样
谁也无法预料
你会思乡
有时说得清理由
有时说不清
若有所失
如你在家时感觉到的

有人起初就会抱怨
你只和
脾气相投的人一起
可是只有做过你
做过的
有构想有渴望
夜不能寐一直等待
已经说
没有钱没有证件
在你的年纪什么也没有
才明白你做了什么
你在说什么
会为你找到一爿屋顶和雇主

也有人起初就会说
你是
暂时地
躲开你的国家
相对新的地点
你的国家成了一种分类
没有谁以同样的方式
记忆同样的东西
你要面对的问题是
什么是该记住的
什么是你
真正的语言
它的源头它的
发音
谁在说

如果你仍依赖旧的用语
你难道不会与
新的言说隔绝
可是如果你扑向新的嘴唇
不也会如打断的声音一样消失
也会如池塘一样干涸
新语值得信赖吗

你童年时的遗迹是什么
你是不是该零碎记住

染色的棉布和遭蚀的木头
细碎的声音和无法翻译的故事
干了的油漆上的夏日阳光
越发明亮的白色下午
油漆颜色越发淡了
透明的湖岸边的蕨类
或者你该忘记它们
如你在不老的语言之间漂浮
从这里询问到那里你是谁

摩登是什么

你摩登吗

想到的
第一棵树
摩登吗
是否长着摩登的树叶

谁是摩登的站在
药店的玻璃门旁
数小时
或
伴着机场的声音

或经过
动物的池塘
每周我都会在那里
用毒气毒死一次动物
谁在床上是摩登的

摩登诞生在
何时
是谁第一个开心地
感觉摩登
是谁第一个叫出这个词
像是所有物
说着我是

摩登

犹如有人会说
我是冠军
或我的
名气大也像
是说我
富有

或我喜爱
单簧管的声音
是的我也喜爱
你喜欢古典
还是摩登

摩登
起初就是摩登吗
有没有这样的早晨
在它之后
完全是摩登

今天摩登吗
摩登的太阳
从摩登的医院那
摩登屋顶升起
照耀着摩登的水箱和

摩登的地平线上的天线

以及摩登人
一个接一个
表情严肃一语不发
在通勤路上
买晨报

黑色珠宝

黑暗里
只有蟋蟀的叫声

树叶里的南风
是蟋蟀
岸边的浪也是
以及峡谷里回荡的犬吠

蟋蟀从不睡
整只蟋蟀是一只眼睛的瞳孔
它能跑它能跳跃它能飞
它背后月亮
跨越黑夜

我倾听时
只有一只蟋蟀

蟋蟀住在无光的地下
周围是根系
远离风
只有一种叫声
在我能交谈之前
我听到蟋蟀
在房子下面
接着我想起夏天

还有老鼠和目盲的闪电
诞生听到蟋蟀
死去它们听到了
光的身躯转过来倾听蟋蟀
蟋蟀既不是活着也没有死去
蟋蟀的死
仍是蟋蟀
在光秃秃的屋里蟋蟀的幸运
回响

MIGRATION

迁徙

W.S.MERWIN

默温自选诗集 下卷

〔美〕W.S.默温 著　伽禾 译

林中雨
(1988)

致保拉

春末

多年之后又走进高屋
经过海洋群山的影子和谎言的声响
经过失去和楼梯上的脚步

经过张望和错误和忘记
在那里转身以为只能
看到我认识的人
最终我看到你
端坐身着白衣
早已等候

我听得见你
用我自己的耳朵自开始起
我为你打开门
不止一次
相信你离我并不远

西墙

初光里我看得见世界
如树叶发亮我看见空气
影子融合杏树出现
虽然树枝消失了我看到
一千棵树上的杏在空中成熟
它们沿着西墙在阳光下成熟

无论那里有什么
我从未看到杏在光中颤动
我即使一直站在果园里
也领悟不了杏的一天
不懂清澈的空气如何成熟
或触摸你皮肤里的杏
或尝到你嘴里的杏蕴藏的阳光

第一年

当词语统统用于
其他事物
我们看到第一天开始了

自呼喊的水
和黑色的枝杈
仅如你指甲般大小的树叶
在抵着斑驳的老墙的
天堂之树上伸展
它们那绿色的阳光
之前从未闪耀过

一同醒来我们第一个
看见它们
我们于是知道它们

一切语言曾为陌生第一
年升起

原生树

我父亲不知道我母亲也不知道
树的名字
在我出生的地方
那是什么
我问道我的
父亲和母亲没有
听到他们没有看我指的地方
家具的表面拢住了
他们指尖的注意力
越过房间他们望得到
他们已忘记的墙
那里没有问题
没有声音也没有阴影

那里有树吗
他们还是孩子的地方
我并不存在的地方
我问
那些地方有树吗
我父亲和我母亲出生的地方
那时
我父亲和我母亲看到它们了吗
他们说是的意思就是
他们不记得了
那是什么树我问是什么树
而我父亲和我母亲都说
他们从来就不知道

触摸树

脸孔纷纷俯身问我为什么

它们不住这里它们并不了解
越过建筑物有一条黑河
从一侧观察一切
我触摸树时它在流动

黑河说不我父亲说不
我母亲说不街上它们沉默
它们依次走过戴着帽子
头低垂
穿过绿栅栏回答它们是不对的
街车驶过兀自唱着我是铁打的
卖扫帚的人如草般窸窣着经过
站在树旁触摸树我倾听树
我和树散步
我们无声地交谈

时候晚了渡船的回声锁链口哨
大街驶过轮胎窗户飘出广播
屋子里飞出的话语
石墙涂成白色为了显得好看
在树的脚下在震颤的光里
我为狮子挖了洞穴
一个狮穴这样洞穴会在那里
周围是树根等待
狮子来到树跟前

街上的夜

我住在这里的
时时刻刻都有人
出生
在窗后在街对面
有人在窗后
街对面
死亡
躺在那里怀着痛苦怀着希望
无休无止
离开窗户躯体黝黑的
内部向灯光敞开
他们等待着流血不止受到惊吓
感到快乐
彼此看不到我们被彻底改变
车流汹涌
自它们和我之间
涌向四方
灯光变换
日日夜夜
我起得晚
在厨房窗边
听着新闻
望着那对红灯
在窗下变暗滑向大街
滑入河底隧道
白光从公园方向冲我们驶来

裹挟警鸣和音乐
我在一缕消息中醒来

历史

只是我回不去

大门敞开
我在夜里离开场院
猫头鹰正把田鼠衔回家
金色的天空
乳白时刻
我转身朝琥珀色的山走去沿着
倾颓的灰墙
生着苔藓的小橡树林生锈的
拱门缀满熟透的
黑莓没入长长的影子
爬上古道
穿过乌鸫最后的鸣叫

经过最后几处有人耕作的农场
那里的石头流着暗色液体
以及废弃的农场那里的窗没了窗框
别过脸
向外望越过死去的牧羊人的牧场
谁也不曾了解
草长得很高夹杂夏末的干花
空门阶凝视
最后几棵橡树的枝干
夜里残破的烟囱望着
冰冷的流星

梁木一起倾塌
壁炉边褐色的一堆
在黑树的阴影下房屋
终于充溢它们本身的香气
蘑菇和猫头鹰
蝉鸣

一页有注释
那时留下的
书被阖上
带着一起上路
来到一个国家无人
懂得书的语言

连封面内侧的
地址
也无人能读懂
当然书就这样
丢了

这本书里有许多词语要记
没有它们我们就这样应付
没有我们
它们就这样应付

我并不想有多长

放学后

我一直想
离开那所学校
我被送去
接受最好的教育

我想沿着
藤蔓爬下
就在窗外
趁天黑

趁守夜人
转过墙角
去锅炉房
甜蜜的秋夜

我想溜过
静悄悄的食堂
走女舍一侧
通往地窖的台阶

我翻开
战争与和平
第一卷
我会从那人群中间悄悄经过

进入地窖

通往蒸汽管道的秘密门
街道底下
到达游泳池

我会说服
我喜欢的女孩
和我在那里碰头
我们会游泳小声说话

有回声
街上的灯光
照在结霜的窗户上
像月光

最下面的热屋子
一想到
水声汩汩
心就怦怦跳

可是那时我从未
逃跑过
如今我想
沿那条隧道行走

有一头黑狼
拴在那里等待着
单薄的野兽
在我右手边咬牙

而我松绑了她
我们找到了
出去的路
沿街走下

饿得慌
当时四周不见人影
一切在我们身后
闭合

空荡荡的水

我感念那只蛤蟆
整个夏天都来
到石灰岩
水盆来
石楠树下
1912年从巴西
进口用于装饰
驮在骡子背上的种子
在废弃的
菠萝工厂扎根
如今是一棵老树
在一排老树中间
蛤蟆起初晚上来
坐在水里
整夜整日
后来有时晚上
出去溜达
在清晨回来
在树枝下
蕨类间百合
剑似的绿叶
坐在水里
在整个旱季
凝视天空
透过那眼睛
状如

最稀有的金属

回来

相信影子

相信寂静和优雅

相信蕨类

相信耐心

相信雨

夜雨

这是我听到的

十二月的风终于
夹裹着雨抽打老树
看不见的雨沿瓦滴下
在月亮的映照下
忽而扬卷忽而下落的风
卷着滚滚云层的风
在夜风中伫立的树

经过树叶和羽毛的年月
有人死了
觉得这山就是钱
砍树
曾在这里在风中
在雨里在夜里
讲述并不易
他们砍了神圣的奥西亚树砍了
神圣的寇阿树砍了
檀木和哈拉树
燃着它们绿色的火焰
有人死了牛群散落
在树墩间直到被屠宰

而树又一次钻出
夜风从中间掠过

如仍然未知的海
乌云在月亮上积聚
雨落在最后的地方

被雨唤醒

生日那天晚上
我从梦里醒来
和谐的梦
突然听到
一个老人的声音不是我父亲的
我说可那是的
我父亲喘息着
叫我的名字好像他摔倒
在外面的石阶上
就在窗下
在雨里
我不知道
在我醒来之前
他可能呼喊了
多少次
我躺着
在我父母的房间
在空荡荡的房子
他们都去世了
在那一年
雨正落下
在我周围
唯一的响声

八二年夏

已是秋天
我们了解天气之糟糕
我们经历了
城市的酷热和泥泞的
街上的雨

但是对我们来说很新奇
夜晚和白昼
在疲惫的人群里我能看到
经历这么多次生命你
经过模糊的警笛和广告
第五大街上嘈杂的公交车
我终于听到了我
渴望听到的
我们在夜里醒了搂着
彼此
试着相信在那个夏天
我们在那里在那些
一样的塔之间

在第一道光里我们都想起
深掩在树叶间的房子
台阶长门廊门前的微风
一个个房间和窗户
时日和它们警觉着什么
什么都没有放弃

早晨我们被地铁吞噬
我们一起被簇拥着
走上人行道耀眼的光
我们又见到了朋友
每一次都像
从战场上归来
大笑着拥抱他们
在街角大雨倾泻

到了晚上剩下我们
搭街车前往雨林
跟随黄昏的绿色山脊
下车穿过古树走回家

我们面前

你本来一直在那里我只看到
岁月空气
夜晚月亮盈缺
汽车经过窗边的脸
窗
雨水树叶一年年
书页上的词语讲述其他
镜子里的风

一切开始得这样迟
类渡渡鸟已灭绝
还有坦纳岛的鸽子
笑鸮早已
打上问号
还有夏威夷管舌雀
阿特拉斯的棕熊
白狼海貂已
没人见过

经历太多的梦我们才醒
毫无疑问
当湖泊消失
牧羊人离开牧场
祖父母随着记忆消散
词典遍布坟墓
河流大多致命

我们觉得自己会更加青春
既然世世代代一无所知
你来了
终于经过如此的减少和航行
拂晓时在我身旁

我们一起苏醒周围的世界在它的露珠里
你也在清晨终于
完整幼年的光
因为它在这里不像其他
你怎么耽搁这么久才出现
空气的花朵树叶的温柔
谎言当道时你身在何地
手指相信钱币上的脸孔

烟雾包围我们时我们身在何地
时辰鸣响碎裂
我们在相同的街上彼此经过时
我身在何地
被同样的窗口运到同样的车站

如今我们只剩下
能在一起的时间
短促的空气消失的绿
当权的排泄物海岬上的游客
大海最后的时刻

如今我们只有我们记得的
能对彼此说的词语
只有你眼睛的清晨和我们
脸孔的一天会在一起
只有我们手的时间及其烦恼的
马达番石榴树枝头
鸫在啼叫细雨闪烁
为我们的余生

光的声音

我听到羊群经过残破的石灰岩小路
踩着蜷曲的褐色叶子从胡桃树枝干上早早落了
时值夏末关节屈伸
多么轻盈我可以
听到它们的咳嗽它们的叫声和喘息甚至是暖的
冒着油汗的羊毛摩擦残破的墙壁我听到它们
经过经过空荡荡的小路还有时间

穿着黑鞋的女人们慢慢爬着
石蹬去教堂源源不绝炫目的山
围绕青草般窸窣的声音
在用板条搭的百叶窗另一边
微浪继续在鹅卵石上耳语
一个小时的炙烤没有风今天是星期天
句子都没有开始或结束有时间

又有卡车不断地隆隆驶过刹车的
噪声从街道腾起
我忘了它们正在奔突的是什么季节
人行道上的钻头粉碎的是什么年月
这是你坐在那里的那年如你早晨
还在对我说话我听到
你经过燃烧的一天我触碰你
为了确定而且有时间仍然有时间

登岛纪念

一重重浪滑过下午
我们从岛上观望
乘着树下的阴凉长长的山脊
山脚起伏
一路通向海岬的尽头

日复一日我们在岛上醒来
光透过树叶上的雨滴升起
我们如鸟般记得我们身处何地
夜复一夜我们触摸黑暗的岛
那时我们出发前往

终于静静地躺下岛在我们怀中
听着树叶和呼吸的海岸
再也没有年月
只有唯一的山
以及环绕我们的海

白日重临

你让我想起所有元素
海想起它所有的浪

在每一朵浪里总有一片水做的天空
一只曾凝望的眼

曾有一座山的轮廓
以及与雨的亲缘

为触摸的空气和为舌头的
以光的速度

世界在当中创造
自一颗星

我们倾听我们的耳朵
组成了海

言说

坐在词语上
许久我听到似低语的叹息
并不远
像拂过松树的晚风或黑暗中的海
曾被言说的
种种的回声
仍在旋转它的某个音节
在土地和寂静之间

谢谢

听
夜渐渐降临我们说着谢谢你
我们在桥上停下隔着栏杆鞠躬
我们从玻璃屋子跑出去
食物来不及咽下去观望天空
说谢谢
我们站在水边谢谢水
站在窗边向外望
朝我们的方向

从一连串医院回来从抢劫脱身
葬礼之后我们说着谢谢
听闻讣告
无论是否与其相识我们说谢谢

在电话上我们说谢谢
在门口在汽车后座在电梯里
想起战争和门口的警察
台阶上的击打我们说谢谢
在银行我们说谢谢
面对官员和富人的脸
以及所有永无变化的人
我们不停地说谢谢谢谢你

动物在我们周围死去
占据心绪我们说谢谢

一片片森林比生命消逝得
还快我们说谢谢
话语喷出像脑细胞
城市在我们之上延展
我们说谢谢越来越快越来越快
无人在听我们说谢谢
谢谢你我们边说边挥手
尽管四下漆黑

致昆虫

老前辈

我们在这里不过是短促的时间
我们自称我们发明了记忆

我们已忘记成为你是怎样生活
你们也不记得我们

我们记得想象幸存下来的生物
会和我们相似

会记得呈现在眼前的世界
然而会是你们的眼睛被光芒照亮

我们一次又一次消灭你们
我们也变成了你们

吞噬森林
吞噬土地和水

因此奄奄一息
背离我们自己

把古时的清晨
留给你们

字母表后

我正试着解译昆虫的语言
它们是未来的舌头
它们的词汇将建筑描述成食物
它们能够描述幽暗的水和树木的血脉
它们能够传达见到了陌生的东西
远处熟悉的东西
以及无人知晓的东西
它们有描述腿弹音乐的词语
它们能够讲述在一次犹如死亡的睡眠中完成的蜕变
它们能够用翅膀歌唱
言说者是其本身的意义处于没有视界的语法里
它们的语言非常流畅
它们从不受重视它们是一切

雪

落了灰尘在空中翻落
落进下午日光
穿过友人的声音
落了影子穿过门
落了没有翻动的书页落了名字落了脚步声
落到每面墙上肖像
落了白发

落了花朵盛开
落了手触摸并停留
落了迟到的运气和迟到的种子
落了整首音乐
落了山上的光
落了云的时间
落了白发

落了河流陡然变宽
落了鸟儿在空中消失
落了我们一起交谈
落了我们倾听彼此
落了我们一起躺着
落了我们熟睡
落了白发

致继子离开

你要离开很久
都不知道该作何期望

我们竭力学习
不把建议掺杂进馈赠

或设想我们能保护你
免于改变

免于被我们不知道的事物改变
总能够躲开

哪怕是我们热爱的海
有着巨浪

以及消失的时日
墙上的影子

我们一同注视着树苗
我们读报我们嗅闻清晨

我们说不清你的小箱子
该装些什么

鸭子

我第一次
被允许划
白色的独木舟

因为夜里的
湖水如此静
趁仲夏长日
溜出去穿过光芒
自颠倒的
幽暗的树发出

我看到鸭子蒙上
火的颜色
她在明亮的玻璃上游动

我在后面划
直到她潜入水里
我划着白色的独木舟

看到许久以后
我才发现的
生者的世界

听到峡谷的名字

老人终于说起
已被遗忘的名字
和石头的名字它们来自
很久以前我问他那些名字
当他终于说出来
我听不到意义
也记不住声音

我一直不知道
一块石头流下的
水该怎么称呼
以及从另一块石头上流下的
在未知的名字背后
水的颜色整日整夜地流淌
老人告诉我它的名字
他念出来时我就已忘记

从这里到那里之间的
水的称呼
在已不存在的地方之间的水
除了墓碑上
白瓷表面
和仍在这里的地方

我又问他
水的颜色该怎么称呼

想学会这个称呼
仿佛我从来都知道
可以不假思索脱口而出

地点

在世界的最后一天
我会想种一棵树

为什么
不为果实

结了果实的树
不是种下的那棵

我想让这棵树
第一次扎根在土里

太阳已
西沉

水
触摸它的根系

土里到处是死者
云朵掠过

一片又一片
掠过它的枝叶

见证

我想讲述森林的
模样

我将不得不
言说一种已被遗忘的语言

和弦

济慈在写作时他们正在砍伐檀香木森林
他聆听夜莺他们听着自己的斧头声在森林里回荡
他坐在城外山上有围墙的花园里他们想着他们的花园在远山上
　　枯萎
词语的声音让他思绪翻腾他们想着自己的妻子
他的钢笔笔尖不停地移动他们渴求的铁令其不快
他想着古希腊的树木他们在红色的花朵下流血
他梦想美酒时树木纷纷倒下
他体味自己的心时他们感到饥饿信心低迷
他想到一首歌时他们身处秘密地点他们永远在砍伐
他咳嗽他们把原木堆在有外籍舰船大小的空地上
他在去意大利的路上呻吟他们在小路上跌倒受伤
他躺着留下诗篇木头出售换来大炮
他躺着望着窗户他们回到了家躺下
万物被另一种语言解释的时代来临

丧失一种语言

呼吸离开句子没有回来
但老人还记得自己能够说出的

可是他们知道那些已无人相信
年轻人的词少了

词语讲述的许多事物
不复存在

在雾中遇到一棵树该如何称呼
我的动词

孩童不会重复
父母说过的词句

有人说服他们
给万物重新命名更好

那样一来很远很远的
地方都会佩服他们

那里对这里的一切都一无所知
我们对彼此无话可说

我们是谬误是黑暗
在新主人看来

广播不可理解
一日是玻璃

门口传来一个声音处处
陌生除了一个名字有谎言

无人见过它发生
无人记得

这些词语被创造
来做预言

这里是灭绝的羽毛
这里是我们见到的雨

玫瑰金龟子

据说你来自中国
可是你从未见过中国
你吃光这里的树叶

你的祖先
天一黑你从地下钻出
在第一个夜晚嗡嗡盘旋
从气味辨别可以吃的树叶
你在何地初次睁眼

草莓叶子和你一样陌生
豆子兰花树茄子
蝎尾蕉的老叶香蕉几棵棕榈
来自各地的蔷薇唯独没有本地的
本地生木槿苘麻
夏威夷木槿

夜里你把它们变成花边
变成一张干燥的网
变成天空

像古代中国的天空

旅行
(1993)

致玛格丽特·麦克埃尔德里

开头的话

虚伪的读者我的
变形几乎是我的
家人① 我们好像已如此
稀少虽然
我们知道彼此
之间的词语一直
设想我们的确如此
我希望我向你表达
清楚趁我们的时日
在闪烁我们一同
攀附的世界正在

燃烧因为我并无
先人的信心
觉得一串音节
会幸存
或觉得顿悟的
终极时刻
会一劳永逸地
降临于
聪明的子孙
唯有他们才

---

① 参见法国诗人夏尔·波德莱尔所著《恶之花》的序诗《告读者》的末句:"虚伪的读者——我的同类——我的兄弟!"

懂得寂静中

是什么在经过我们
在火焰的这一边
于是远远地
缺乏吸引力只有
未来的他们才会
看到我们真实的含义
并不为我们所理解虽然我们
呼吸读者除了你的
计时器你相信
那类东西吗孩童
还阅读吗他们阅读时

你在做什么是否
认为语词会从纸页
升起说同样的
事物当它们已不再
为我们言说整座城
谁又会继续倾听
这些音节我们的
音节仍然能够
听见从它们中间
穿过高草里爪子

最后的窸窣声唯一的
猫头鹰沿着这余下的
峡谷捕猎自由的树的
舌头我们未被捕捉的
声音读者我不

知道是否还有人
等待着这些
语词我希望也许
曾对你
有意义你会携带
它们如自己的东西

安汶的盲先知 ①

我常常意识到我来自
另一种语言

即使现在我看不见了
我仍然在抵达语词

而树叶
和贝壳已在这里
手指触到它们的回声
未被讲述的光和深度

我背弃了自己真实的呼唤
也否认自己的进步
我或许多少显得古怪
花时间在照顾各种动物上
我们不觉得那有什么价值
语言冲刷它们一次一道浪

地震
房屋倒塌
我失去了我的妻子

---

① 指格奥尔格·艾博哈德·朗普（Georg Eberhard Rumpf, 1627—1702），一生大部分时间在荷属东印度群岛度过，著有《安汶的植物》(*The Ambonese Herbal*)，在他死后出版，对印度尼西亚岛安汶的植物编辑了目录。参见 E. M. 毕克曼（E. M. Beekman）翻译并编辑的《毒树》(*The Poison Tree*，马萨诸塞大学出版社，1981）一书。——默温注

和我的女儿
火焰四窜尚且伫立
倒塌
在日光下

我以妻子的名字为一种花命名
仿佛我能够命名一种花
我的妻子黝黑有光泽
已不在那里

火
烧了我的花卉素描

研究
花卉的
前六部书淹没于大海

接着我看见花朵本身
消失
它们真的消失了
我看见
我的妻子消失
接着我看见我的女儿消失
后来我的眼睛也消失

一天我看着
明亮的沙滩上
不计其数的小生物

第二天
倾听音乐
这就是我现在观看的方法

我把一只贝壳拿在手里
对它是第一次对我也是
我感觉到纤薄暖意和冰冷
我聆听海
故事在上涌
我记得色彩和它们的生命
万物使我惊奇
都在黑暗中苏醒

马尼尼 ①

我唐·弗朗切斯科·德·保拉·马林
丢失的书页大部分略去不谈
我出生时屋子里的光
最初看到的脸他们对我说的话
那天晚些时候我朝东南方
越过世界的绿烟望到了海
我会有我的花园

我起初离开的人
如今已不会认识我
当时我还是孩子
一路航行经过一条条冰河
看到平坦的兽皮从森林里运出
已远离木身
夜里最后的眼睛从篝火消失
我听到潮湿的身体在空气里行走
不再知道它们在寻找什么
包括它们的语言到了白天
我记起一些事我望着兽皮运往岛屿
有这么一天我随着兽皮一起
别人总说我杀了自己的人

---

① 关于马尼尼最全面的著作是罗斯·加斯特（Ross Gast）和阿格涅斯·C. 康拉德（Agnes C. Conrad）合著的《唐·弗朗切斯科·德·保拉·马林》(*Don Francisco de Paula Marin*，夏威夷大学出版社，夏威夷历史学会，1973)。马尼尼在 1793 年左右来到夏威夷，成为国王卡美哈梅哈一世的翻译官和顾问。——默温注

我仍然佩剑
身着制服像个长官
我记得清晨的岛
山顶的云投下蓝色的影子
从渐渐靠岸的船上我望着女人
站在树下望着我们
那时我遇到第一任妻子
生下第一个孩子
我被酋长召见
欧洲人仍唤作国王

我们意识到
彼此需要
我需要庇护
他需要陌生人的语言和意义
他不断试探我是否愿意
辨识草药治疗小疾的方法
我沿着我的路所摸索的
我学习陌生的树叶的名字
和相似的疾病的名字

国王是国王而我仍是水手
我的航行还没结束
我要到达大洋对岸
和耸立的岛屿
多得如南方天空的星星
遇到手我便观察手
和眼睛和嘴我说出
他们觉得宝贵的东西

而后返航回到我的房子和国王

我们这里没有兽皮
他便派人进山
带着斧头寻找檀香木
由受过鞭打的背扛出来
出售换来并不需要的东西
到头来白白浪费我在管理
木头的香气已散
不会再回到山上
沿着小径下去附在发红的脊背上
如皮毛紧附野兽的四肢
香气是青春如今消失
连我也无法相信它曾属于我们

国王死了他的神灵感到沮丧
我看到大使来了
青灰色的眼睛和潮湿的正义
我却仍然欢迎他们
我的生活这样教我
来到港口树下我的房屋
他们厌恶地盯着
神像我儿时的信仰
盯着我的妻子们盯着花瓣和孩子
盯着送来的酒裸露的
葡萄在阳光下成熟
听说它们曾在迦南成熟

我明白时候到了这些客人会
说服我改宗

其话语的冬天会向我袭来
毫无疑问我的灵魂
不会在他们的来世要求一个位置
如我此刻所见的这样坚持
如皮毛和香气之于长长的夏天
皮肤和流淌的汁液的味道

我希望整个峡谷成为花园
各地的果实在那里生长
我带来橄榄月桂菊苣和迷迭香
小溪上方的山坡长着柑橘
红甘蔗林里滚着柠檬
我的葡萄园被菠萝环绕
香蕉一年二熟
还有疗伤的草药既然这里不是天堂
每一天都提醒我而且我仍然渴望一个地方
像我认为是我家乡的地方
码头延伸越来越
深入港口这一年还有船只
满载货物从广州和瓜亚基尔来
我照顾衰老的王后们和水肿的大臣
我惊讶地望着我所有的孩子迟来的惊讶
下午内陆海的珍珠运来了
一颗一颗在手指间旋转
我把每一颗高高举起
这么久了我一直这么做我渴望的
颜色和模糊的光又出现了
在我的触摸里又变暖了也仍然在躲避我

兰波的钢琴

忽然在二十一岁
他的诗落在身后
他的手稿两年前就
投入火中最后的希望
有关言语炼金术深埋
于尘土追逐他破烂的

鞋底穿越欧洲和细
雪飞卷进他泥泞的脚印
朝南通往意大利的山口
即使在那时他的鞋也不
再系着里尔琴弦他的指间
又分文不剩意大利

与它和善的寡妇消
失在黑暗中伦敦的
饥饿魏尔伦的干呕和啜泣
公社的经历
他的巴黎第一次破晓
像毒药渗进他的血液

他又回到那里回到
母亲身边毕竟回来了
却并不是罗什的农场谷仓
破败至少他还有
地狱自娱是夏尔维勒

破败巷子阴冷的小屋

窗帘遮得严实像一排
病房昏暗墙体发臭
苦候樟脑和醋
旧床单和母亲的
黑板他总想转身
去另一扇门虽然外面

只有夏尔维勒
他觉得他已离开并且不断地离开
现在他的口袋里全是
词典上的一页页
阿拉伯文印度斯坦文希腊文俄文
他——诵记教授

德文给地主的儿子
冬天近了试着把
词语变成钱变成数字
那是未来所在但是
总有一些东西数字之于它们
仍意味着和谐

毕达哥拉斯称为
韵律其中的低音
光从躯体迸发知晓四处
音符是他们的路
那些数字为他们所有
妈妈他对她说我要一架

钢琴一架钢琴
他说忧伤的凝视像她
丈夫离开了她和四个孩子
两个女儿总是生病一个
奄奄一息儿子始终
不成器另外这个

她又擦又洗替他系好衣扣
是她这辈子仅剩的希望这一个
大步走在她前面
去望弥撒赢得所有
学校奖项这一个有冰一样的
眼睛可以成就任何事

可是他什么都不做
只想逃跑就像他的
哥哥留下她和女儿站在
河边告诉她们
他要去寻找一本书真的
登上开往巴黎的火车

没有车票她担心
他会遇到麻烦德国人
正朝夏尔维勒挺进她气喘吁吁
一家家寻找
进咖啡馆打听消息整晚
在街上寻找

不是最后一次他
已落入警察和

混混的手里并不奇怪在他
把那些书带回家后
他的研究毫无目的像
流浪汉一样闲荡与另外那个如今

是钢琴他给魏尔伦
写信回信是虔诚的
呕吐监狱衬得效果颇佳
清楚地表明这
冗长的借口不过是
又一个骗钱的把戏
之类于是他刻了
琴键在饭桌上
边练习弹奏音阶边听
他的学生生疏的
德语并且超越这些听到
真实的声音惹得母亲

担心起
家具租了一架钢琴由
马车运来如葬礼的一部分
抬进门时惹人咒骂
像匹骆驼放到角落
用来唤醒毕达哥拉斯的

回声查普蒂埃小姐
写的钢琴练习曲
从夏尔维勒的唱诗班指挥
借来她对同样的音程
做的注释讲述了

星体间的距离
因此他们唱得结结巴巴颤抖
像受了伤整个冬天馊臭的
房间他的姐姐躺着
等死圣诞节前门口被丧服遮住
雪落下是黑的

来自这一年的死者
落入新生儿碎裂的象牙
远离它自身巨大的苦痛沉入
他的日常它的
要求因此春天来临时他已可以
弹出一串噪声

道路又一次融化
在他眼前通往俄国的景象
维也纳的拱门小偷的脸
警察的手又
等待着远远地
一直向南和它的孔雀群岛

它的沙漠和损坏的
乐器弃置一旁又
成了骆驼病人踏上它自己的
朝圣抵达
象群的尽头它分散的
分子旋转经过不可见的

星体的和声那个冬天

敲击的音符仍然在听到它们的
头脑中回响它们源自
油帆布流苏
刺绣遮掩了雕刻的琴键
回应着渐渐关上的门

它们盘旋跟着他的脚步
奴隶路线从来自非洲的信
开头的词语中脱落没有用处
不被需要不被爱
尚未开始如那串假腿的
笃笃声弥补

他失去的腿从未用过
别人也从未听见如八人合唱
五位主唱二十个
孤儿手持蜡烛
他的葬礼没有特殊
意义如同音符中流过的生命

搜寻队

如今我知道大多数脸庞
会在身旁出现
只要形象仍然存在
我终于知道下次我会
如何选择倘若会有
下一次我知道时日像这次
在黑暗中敞开
我不知道毛里① 在哪儿

我知道身体的
夏之表面和声音的末梢
如遥远的星
音乐在何处变成噪声
我知道新闻里的讨价还价
规则整套语言公式
谋略我决不会使用
我不知道毛里在哪儿

我知道无论一个人丢了什么
总会有人说
这未尝不是好事
什么在越发过度
我知道房屋的影子
无踪迹可循的路径

---

① 是默温养的松狮犬的夏威夷语名字，意思是"真相"或"真实的事物"。

他待的许多地方都空了
我不知道毛里在哪儿

此刻你用自己的眼睛看
一切如你料想地存在
虽然我可以凝视碎玻璃
指给你看清晨去了何处
虽然我可以紧跟他们
正在爆炸的物种的火花
看到世界终结在冰里
我不会知道毛里在哪儿

遗产

据说
多达四千种（虽然
在一些方言里那个数字仅仅
是指种类之多）
就在一百年以前还在
法国的田野和公园
受到悉心照料
无比珍贵
橡树遭到清除

以及其他愿意在那里
生长的植物犁过的土地围上围墙
施上矿物灰
粪肥豆子血小心翼翼从
一片围场到另一片围场
由悉心而精明的本地人
比较他们的幼苗野生树上
或普通的木梨嫁接
珍稀品种

名称已不再流传
许多日子的幸运否则
被遗忘发现
这宝石悬在树篱上的先生
不属于那位药剂师
春天把他的梨花衬在

拔下的鹅毛上沾着金屑
为婚姻准备的
一个个并且等着品尝

它们的果实直到他获得
一种他觉得配他的名字与
兰花完全不同
这样一个出现
在村庄尽头
如今早已被城市掩埋
也无法追忆其中之一源头
消失如树叶
和花朵凋零无论

曾显得多么不朽
每个名字自然地滴答穿过
孩子听到的它的
音节因期望而成熟
因赞美而甜蜜滋润
因对一个季节的感官渴望而
沉甸甸鼓胀的金色
表皮被捧在掌中
一次举起一个

那么多那么
甜当它们的时刻来临在它之后
因为一切蜜饯利口酒
馅饼梨子酒都为了延长它
它始终是逝去的生命
被冷落的感觉才能觉察

再度失去它如此痛苦虽然
汁液淌到了肘部
而下一个渴望拥有

稚嫩的面颊上的
一抹绯红各个尽享短暂的
差异最终仅仅
是太多了围绕含混的
味道果实的名字沉
入空气毫无用处如醉黄蜂
被声音包围没被认出的
留存故去的坠落的
躯体迥异

却了解得
不够在一个村子一个品种
就有十种不同的叫法哪种
都不准确手被充满繁忙的
宗教节日舌头不闲着大家
不过是在经过时指一指周围
多得不得了
和品种一样多
似临近世纪末

那个评判团的选择谁也
不记得所有的人他们都
不年轻可以说出究竟法国有
多少种梨子
最终进了他们的
口一个接一个受到推荐的

水果当然是切成小块随即
严肃地咀嚼每位
候选人都要投票

真实地斟酌
最成熟的结论
充其量是有所助益的
准备然后企盼
那一天茂盛的自然
缠结的枝干被压弯
坠满各种各样的野生
梨子从喜马拉雅山脉
到直布罗陀海峡

日益积聚的
骚动有关人的愿望财产和
艺术辛勤地培育也许会在
合理的范围内产出
按照若干清晰的
标准十分之一的比例
黑暗中他们缩减每一口
嘴里的梨对于拥有的他们
能说的不过是

一串含糊的数字透过
胡须和餐巾意思
也十分宽泛为他们
所达成的而真实的味道屡次
从舌头掠过不曾流露不会
被追忆没有差别

或许它有了他们赞许的庇佑
在它的路上被选中
在它的季节重临

为了在遥远的将来
招待我们或是
被置于次要地位归入那
空白的目录汇总了我们波及广泛的
消灭他们吞吃的
一切都消失了如隧道里的
蜡烛如今天往往如此
关于我们的舌头我们的知识和
这些留存下的简单的梨子

时日本身
Harvard Phi Beta Kappa Poem，1989

尽管你熟悉
一切它更会让人
感到一丝惊讶夏天
尤其盼望的早晨
你脚下的树叶
你看着它们自空无中伸展无论
你是否注意到进入

你熟悉的世界
已有了它们该有的
交错的影子那河流
独一无二的长度你称为
查理河一路奔向它的尽头
终于抵达桥经过下降
收集它自己的颜色通过

你知晓的一切
此刻从拱顶下滑过
铲平的土地被它著名的
建筑物环绕寻常的地方
你不能确定
晚近的迷乱寒冷气愤能够想象
你自己通通经历去

使用去了解

不需费力思考它仿佛
它就是真你突然在你面前
发亮变成另一个
人如熟悉的
面孔显现所有的立刻聚集
还有一伙陌生人你

并不了解
在闪烁的光阴里荡漾一排
又一排不断传出叶子般的
窸窣声来自
水流奔涌向
椅子的场地其中之一在这里敞开
只为你的时刻

你应该了解
那是谁希腊某个时期的
人你记得是这样
说过还有他的同胞我们
了解甚少对方却已确定
不需见到你便

可以互相了解
无论你是谁如果你喜欢
这样也的确如此也许你就不会
经历有着不安的黎明的时日
认识不到他们
更恰当的观点片语进一步
暗示也许你

事实上并不了解
你必须先去
寻找你当你在这里毕竟
身着实在的
一天循着时间你
确信你处于对的座位此刻
你自己的脸孔后面就是你

你想要了解
不是吗你感觉你根本
没有年纪还是同样的你是
你能记得的一切
每一个你
做出的决定或冒出的念头都引你
直接来到这个座位通向你

会了解的一切
如在今天当中似乎再没有
其他你进一步呈现
是什么影响着你的
每一个选择所有的意外
他们这样称呼又如你父母的
相遇这样的意外你

尚未存在不知道
你曾从哪里来那些没有历史的
喜悦那些摹画出的罪恶那些
没有名字的旅程星星
完美的轨迹一系列的
元素一起移动

从你不曾见过的到

你如今知道的
你久久地盼望它在你面前
漂浮不觉得奇怪立刻像是
必须如此尚且
不在那里于是你不能确定
这一次你是醒着会记得
它所有的聚集起来向你显示

你必须了解的
直到此刻关于知识它如何也是
一串问题处于明显的
悬置中与余下的梦
并无不同此外
我们思考我们能够掌握它而且它趋于重复
自己如我们醒来经历的世界

如你所了解
它有自己的界限它不属于
任何人它无法给你带来爱或使你免于
感染风寒免于经历明天免于
失去或等待它能够以其自己的
方式站立所以无论你怎样凝视你都
看不到与它有关的物你

其实了解
非常了解自始至终可以放大得
充满你的视域那更加
重要你必须为你自己获得

它可是为此你需要
天赋和其他人其他地点的词语放在一边
不断积累来充实你

直到你了解
这一切当然也许不能使你更
亲切或更慷慨那并非
它的作用或者至少并非立杆
见影也许不仅仅不能让你
更加明智更使嘲笑智慧这一观念
听起来更加合理既然你

已了解得
更好在某些例子里它能够进入
你的脑袋并且待在那里可是我们都在这里
流畅地谈论它我们珍视
有关它的东西或者我们说
我们确实超越了挣钱的观点
等等关于它你

一定了解的东西
通向它的存在常常
比作光你在周围看到的
在呼吸和开始充满的
时刻你有多么
了解那是什么你很快会开始和我们
讲述我们会倾听你

艺术家的生命 [1]

学校着火倾塌之际他
开始制作那本书
年初的雪
月渐渐亏损
在他去年返回的
平原仿佛它是家携着
他们为他取的名字
他睡着了

睡在阁楼上火灾之后
所有男孩都睡在这里
在马群上方马厩里
马的气味他们整晚
听到马的喘息就在他们
自己的呼吸下方黑暗中马蹄
踏跺干草念头萌生他想
做一本书

有关他看到的以及后来的情形
他躺着意识清醒听到
他自己想画画原本呈现

---

[1] 弗兰克·亨德森的生平以及画作集由卡伦·达尼埃尔·彼得森(Karen Daniels Petersen)编撰,收录在《美国图像:大平原印第安人的画作》(*American Pictographic Images: Historical Works on Paper by the Plains Indians*, the Alexander Gallery and Morning Star Gallery, New York, 1988);"小手指甲"的故事基于玛丽·桑多斯著《沙伊安人的秋天》(Mari Sandoz, *Cheyenne Autumn*, Hastings House, New York, 1953)——默温注

事物的面貌在白日里
无处寻觅办事处湿热的
庭院空窗上的
玻璃格格震动
于自己的光

一本没有父母的书既然他也没有
它会献给逝者
没有名字也许会画上几只相同的鸟
在真实的地方它们的称呼彼此不同
他小时候在那里尾部分叉
烟雾反射白色盾牌的飞行
还会有水牛
如他所看到的

公牛轰然倒下如
生了苔藓的岩石连大地都
震动可是他该如何表现它们
奔腾的轰响从红色分类账簿
横格纸上发出他要在上面画
还有急促的喘息声他总能
听到他的朋友会帮忙
他们的年纪比他大

在水牛活着的时候而且仍然
拥有来自那里的名字你
可以画一幅画马背乌云
黑狼山人可是眼下他自己
你怎么才能画出一个亨德森
看起来像是亨德森的

地方对他来说这仅仅是
一个词

一个亨德森在夜里
离开乘着马车
去学制造马车弄明白是谁喊
"秃子"和其他人一起谁能读懂
孩童学习的新语言又是谁
养绦虫从不
满意坏的部分
总是想要

回家他会把朋友画进书里
他们的真头发编成辫子
垂到地面在剪掉以前他们会
聚在一起聊天身着华丽的
袍服他们会在战场上冲锋
指挥手下他们会放声歌唱
他会给蝴蝶
画闪电

白马马背上落着鸟没了
力气绿蛙在梦里
扩散没有子弹可以通过
他的朋友会跃出纸面
追赶蓝兵他会画出他们的
交战地点奥多比墙枪炮
在房屋间蹄印
遍布

战斗不会结束那么他的朋友
仍在开阔地上
驰骋所向披靡
他仍会是待在家里的男孩夏天
挨饿听不到他们讲述
它如何结束他们从此结束
战斗谁也没被
带去过

远处的高篱笆南边的
乌有地等待的
乌有地那里的白天那里的夜
陌生的月亮新的饥饿他们没有
语言来描述离大车改变他
尚有数年他返回
去见豪利牧师
总是知道得

更多让他成了聪明的印第安人
教他白词可是
在画里他会画跳舞的人
倒着跳各个动作他们会
在书里跳舞他会送给
安德伍德小姐他不满二十三
岁他的死因
谁都无暇

理清已有这么多人奄奄一息
无论何种死因
那么只有这本书他

不曾见过小手指甲只比他
年长几岁
被领着过南边的藩篱
和其他的夏延人一道
而蜘蛛

又骗了他们把他们领到了
不毛之地
意识到他不能在那里生活
说还不如死去
试图返回家园夜里
向北出发与意见一致的人一起
叶子开始变黄
他是他们的

歌手还有歌云会成为
他的妻子她的父亲
病得厉害孩子们学习
保持安静其他母亲带着
弓和枪的男人知道到了早上
他们会像夏天一样消失
他们离去不会带走
什么世上

能庇护他们的东西神圣的
箭头神圣的帽子
只有每天的地平线
可以藏身可是他知道他们必须
放弃等待古老的力
必须寻找他们自己的在行走的

过程中如他的手常常
自虚无

伸出生命他们再也无法看见
马匹飞翔
箭头飞翔不曾下落
长矛落在前方
没投中东西战争的羽毛
拖在身后黑色星星
是子弹你可以看到
盾牌和

他们的战甲谁参加战斗
冲进蓝蜘蛛的浓烟
布阵整齐
追击蜘蛛击中他们
纷纷坠马
逃窜缴获他们的枪和
大衣和号角他小
手指甲可以

一次次在图画上
重现蜘蛛
援军赶到继续追击
击中首领小狼站在
那里与他们交谈他们射杀了
一个孩子一个女孩而被
击退的人比赶来的援军
稀少得多他

想制作一本书记录
他看到的以及返乡路上
看到的这样他们如何战斗后来
如何都会保留可是他
一定会失去更多伙伴蜘蛛
一发现他们就开枪他一定是
梦见行走在
纯白色的世界

在他们又一次击
退蜘蛛的地方他发现
地上躺着那本书
一页页空白随风翻动
彩笔也在
旁边等他画他一心想画的
他看到他们去了哪里
他们穿越

铁路和三道宽河的
第一道前他把书
用生牛皮细绳系在背后
在衣服底下它就在
那里随他策马随他
伏在矮山上透过干灌木观察
随他迂回蒙骗
蜘蛛免得

暴露行踪随他战斗随他悼念
倒下的伙伴随着马匹
疲乏第一场雪降落

随他们躲藏不能生火随他们
骨头上的皮肤松弛有人溜走
成了蜘蛛的探子
随首领意见分歧
纷纷

道别雪还在下他们分成
两路它在那里随他们
蹲在草棚里饿着肚子熬过暴风雪
遭到背叛被包围被迫
放下没藏好的十五把
枪和自制的弓它仍在
那里随他们被带进
要塞

疯马就死在那里罔顾
承诺随
他们关在那里它在那里和
几把刀和藏好的枪
守卫看守他们等待时机
他有时间画下部分
返回的路程穿过
纸页整个故事

至此已
所剩无多它
又被系在他的背上寒夜里
他们几枪击中守卫
跳窗跃入雪中
翻过围墙跑向河边

聚集一处
子弹钻进

他们马匹受惊
在雪里乱窜
赶到河边的
躲藏在树丛里寒冷刺骨血
在伤口上冻结他们躺着
旁边有死去的孩子和女人损失
惨重天空泛白了
还活着的

又找到了彼此是他
小手指甲
领着余下的人突破
蜘蛛的包围进入
酷寒的山然而书里
只有空白的页
直到结尾最后的
藏身地

雪地最后的觅食最后的早晨
在洞里在
空荡荡的河上蜘蛛聚集在
山脚下他们的枪
最后一次装上弹药来复枪的吼声
从下方朝他们滚来越过
孩子的头和歌云的
头

还有其他人的他的声音响起最后
一首歌有人一起唱
这死亡之歌不到
二十个人我快死了
有什么艰难的
有什么危险的
让我去做
蜘蛛躲在

胸墙后面扫射仍然
移动的即使
这样他仍冲向他们举起
他的刀后来他们在他的衣服底下
发现一本书由生牛皮绳系在
背后两部夏普斯来复枪的
枪眼几乎
贯穿书页的

同一位置一个上校
从尸体上拿走了它
在所谓的交战结束后
沾了血的书他留着
因为里面的画
如今敞开摊在
玻璃罩下和其他
物件一起

在憋闷的博物馆大厅红
线从马的颈部
飞出坠着长流苏的人在

奔驰白色的天空有黑色的星星
洒下黑色的泪四周
被照亮的寂静游客从中
穿过有人停下脚步
带着他们知道的一切

新泽西的战争

这是我们如今受的教育
我们想象我们讲述
同样的地方同样无话可说

谁也没走过那片黑色的战场
我们也从未在清醒时踏足
从未跨越并不记得的
河流或滚过烧焦的平地
禁锢在钢梦里
而战争如我们所知我们所知
在谋划仍在执行出于我们的利益

基于我们的收入如此接近我们
向前航行前方举着我们的证件
一座座塔自废墟和废墟中竖立
大片报废的汽车沉没的
舰船孤零零的枝干还垂在
光中已经减少在我们经过时
在谁的名字里正被完成

一片寂静我们也是一部分
还有伤员和名字
树叶水流起初就是如此
曾在那里生活的万物
每一次进攻的根据各种原因
冲在前方无人可及的

此刻它灰色的空气布满电线

一座座桥堆积的地平线在
坦克和梁架之间闪烁寂静
延伸远得望不到边际半个传奇
同样的战争此刻为我们燃烧
我们刚刚读到这些战争
我们向外望认为那里没有人
我们走出寂静登上古老的

站台只迟了几分钟
仿佛又是和平的
一天知道我们为何在那里

绿色瞬间 ①

因此他赶回家去挨枪子
他不断告诉自己试着
解释自己在干什么
隐入墙后影子的
背面他觉得在醒着的时候
他从未见过
更别提那些军服虽然他们
说话直率他青年时期的
俄语甚至是幼时的
乌克兰语他们
坚称他的底细
摸得一清二楚却继续盘问

他为什么赶回家挨枪子
他们继续告诉他
好像是他做过的事
他的回答他已不太
记得既然他回到
言语熟悉他的地方
他们肯定知道他不是
间谍那他为什么回来
三十五岁几乎走遍
世界的一半这么

---

① 本诗的主人公是格利高里奥·格雷戈里耶维奇·邦达尔(Gregorio Gregorievich Bondar, 1881—1959),生于俄国,对巴西的昆虫学和农艺学的发展做出重要的贡献,写作多部植物学、农学书籍,包括《巴西的棕榈树》。

多年远离家乡
似乎十分自在先是

在法国的大学学习
结束学业后他
回了家走了另一条路
离开欧洲把
大陆和海洋
置于他和马拉布洛姆①
之间普尔塔瓦周围
起伏的麦浪冬天
高原寒风刺骨发霉的甜菜
挂在门口晾晒的
烟草牛圈的气味
皮革和酿酒的气味干裂的

木头教室他还
记得像是夏天
遥远得在年的
另一边他的手长大
她的画像他追踪她的草
生长的轨迹他
跟随她的血脉
看清它们的源头
从她的花择出蜜蜂
从她的叶子择出蝉她的
一种声音以及蚱蜢
部分是云部分是纸成为

---

① 邦达尔出生的村庄，今属乌克兰。

他的向导穿越尘土和冬天
和层叠的时日越来
越远辗转于
图书馆车站陌生而
耀眼的城市向西
进入言语古怪的树林
直到他懂得树叶和夏天的
租户融为一体
这声呼唤找到了他
他追随它
穿越大西洋来到
它的源头就像六年前

贝茨和华莱士那样①
他也来到万河
之河东流如
满是光和诞生的海
单岸的河可以说
欧洲人以听说过的
女人为它命名
据说来自离他的家乡
不远的地方他们称它为
亚马逊河
他到了他们以伯利恒

---

① 指英国博物学家亨利·沃尔特·贝茨（Henry Walter Bates，1825—1892）和阿尔弗雷德·拉塞尔·华莱士（Alfred Russel Wallace，1823—1913），二人于1848年前往亚马逊雨林。华莱士在1852年返回，他的收集在海难中丢失。贝茨在1859年返回，带回了上千种之前从未见过的物种的样本。

命名的港口① 邻区的钟

叮当敲响铁路终点站
铁器和引擎
比教堂的钟声更紧迫
已显得老旧正是
橡胶泡沫旺盛的时候
一个又一个小时港口
船卸下大理石
刚从卡拉拉采来建造
更多林荫大道更多广场更多
喷泉和雕像更多庄严的
柱廊公共建筑
一船船石头

向上游运观看
歌剧院② 拿森林
换来的
高高的白色门廊
模仿一时流行的
别处的设计他当起
摄影师钻到
黑布下面聚焦
瞬间脸孔茂盛的
树叶马匹踏着
影子光捕捉它们
变成灰色一切

---

① 即巴西北部的贝伦港,位于亚马逊河口。
② 即亚马逊大剧院,当时建在雨林中间。

尚且繁荣船只离开
港口回来的不多
码头生锈野草覆盖了
铁路岔线从大理石
林荫道钻出森林
拨弄歌剧院他日夜
听着夏天不间断的
吟唱伴着响亮的
合声青蛙蟾蜍天
黑后谁也不示弱尖声
蟋蟀蝉蚱蜢
他们召集他就是为了

这些吗糟糕的前景
如在眼前
在残喘的
森林下彰显
这一观点
这一切被人
握紧扭断杀戮积聚
虚荣对着
镜头微笑接着查看
底片黑色的嘴
可是说到底谁又能期待
从中了解什么只能

尝试其他似乎
蚱蜢的土地
需要他有个职位

等着他在坎皮纳斯①
研究植物病理学
研究昆虫以及它们的
生存地为了造福
人类这是森林的
入口他开始
观察夏天试着
清楚地写下见闻
不曾留意这是

他的生活他已熟练
掌握语言他听不到
其他语言俄国的
新闻也先从
葡萄牙语了解报纸
数周后才从法国运抵
俄国的信像破碎的枯叶
迟了一季
已把死气沉沉的词语
及其讲述的消逝的时间
远远落在身后
他们感到害怕的

希望他有年年落叶的
预感通过熟悉的
字迹来自那些地方这是他们的
树他们的国土无论他们
怎么说无论发生什么

---

① 即巴西东部的坎皮纳斯农业研究中心。

当时谁也不会相信
他如何讲述自己
他的巴西护照
为什么那个夏天离开
赶回家去挨枪子他在
回想长草的声音
马拉布洛姆村

儿时听到过只存在于
记忆里的细语
门打开守卫押着他
出去走过长长的
大厅见长官桌子
上撑着脑袋问着
姓名出生地他以什么
谋生他为什么回来
所有问过的问题接着又问
他是否懂得
种庄稼给庄稼治病
除害虫蚱蜢

坦言他们需要
他的学识他们派他
拯救庄稼虽然不能
确定是谁的收成
或他以为返回的家乡
到底是何地
他没有等待答案
这一次时机成熟时
他向东走穿越整个

俄国到达蒙古
满洲里韩国
日本太平洋他

环绕了地球又一次
看到熔化的平原流经
森林边缘他听到
树叶间声音的闪烁
他辨认得出虽然他无法
解译它或
猜想谁是它的目标听众
但是他听到这是他
要继续听的
试着弄清楚它如何发生
由什么组成从哪里
来为何持续贯穿

他迷茫地返乡
他在巴伊亚省
实验室的门再未打开
数十载的研究过程中
难道他没有听到过它
四百种以上的昆虫获得记录
以及一样多的植物
原住民的历史
从白垩纪到他的
时代它持续在树木
倒下后在死亡后在习得后
在一切都被说出后

手掌

都独自在这世上
有的托着花朵
只有一种性别

它们站立仿佛它们没有秘密
一朵朵花从鞘里长出
伸入空中
已有别的花朵
四周安静只有风
常常在黑暗中发生
土地将水流声传远

白天大多数花朵本身小而绿
散发香气的并不多
结出的果实却美丽
后来的种子也是
无论是否可见

很多果实不比豆子大
也有些如黑弹珠
有些里面不止一颗种子
有些充满口感各异的汁液
有些上面写着记号
比言语早得多

种子彼此相似

同样喜阴
幼时
颜色更深
需要同等的水量
和温度
各有各的应对风的方法
应对太阳和水

有些树叶是水晶有些是星星
有些是弓有些是桥有些
是手
在没有手的世界

它们了解彼此从了解自己开始
有些喜爱石灰岩有些攀上高高的悬崖
从汩汩流淌的水了解信息
以及高处流下的水和风

很久之后大象
会从它们身上学习
肌肉会从它们的影子学习
耳朵会开始倾听它们
听到水声
头会漂流如黑色的果壳
在无法测量的海既不涨潮也不落潮

终于被拾起并命名海

马努埃尔·科尔多瓦的真实世界 ①

即使像
真正的托马斯做过的事
七年
过去
他的每一寸皮肤
骨骼血液或大脑
都和从前不同
那晚雨
打在他身上
森林里没有小孩
没有大人拂晓
望着上涨的
溪流有鱼
跃动

他抬头看见他们
站在他周围
他们来自丛林
连树影都不曾惊扰
人人握着长矛
悄悄围拢从他身上
拿走刀和桶
把手反绑

---

① 感谢 F. 布鲁斯·兰姆，允许我参考他的书《亚马逊河上游的巫师》(*Wizard of the Upper Amazon*，North Atlantic Books，1987)，为本诗提供了事实基础。——默温注

在他身后
拽着他行走
一连数天
令人眩晕的绿色苍穹
他奄奄一息终于
进入他们自己的梦

梦里也有
像时间一样的东西是的
仍是一种时间
他渐渐意识到
在这里
说出的音节都无法触及任何表面
他以前的声音
到头来不属于任何人
默默思索了几天
他们不停地喂他
是不是想吃了他
在他眼前烹煮
他一个人的饭食看着
像是他自己的脸孔

又向下望着
给他的肉四处打量
先是水
他们在火边温热再倾倒在
他身上像母亲
那样接着那位老人
他们的头领
用熟悉的手指

勾画森林的标志一种
又一种颜色
根系在他身上扎根
继续生长
一天晚上他们端来
苦涩的汁水

让他吞服
他们看着他的喉结
上上下下
他却觉得这时自己可以
辨认一点
那旋转的池
他们唯一的意愿
如果打算杀他
在那里杀他有哨兵
保持警戒森林里的
洞远离喧嚣的
村庄那为什么他们
也依次喝下直到
围拢的每一个人

都醉了他观察
一个又一个
躺倒他发觉
自己也
在倒下白天
聚集在他们的森林里
他们行走
他已懂得他们

向他说的
每一个词
他遇到的每一棵树
他知道都各有
各的处所那就是
它的名字在他们

经过时什么也没
触碰天亮了
他们听到同样的鸟鸣
他正和其他人
围坐在一起
中间是灰烬懂得
他们说的大部分内容
仿佛那是穿过水的
回声他明白了
他们正在梦见
同一个梦接着他们
如水一样涌出林中空地
他认出一张又一张
事物的面孔

同时似乎
他也记起
这里和那里事物
回应他们的
词语他似乎听到了
自己的思考从那里往前
穿过森林他发现
行路容易多了

他们为他照亮
零碎的光
脚踩熟练的
节拍从未听到过
也不记得
仅有共同的

梦
他们返回
村庄时他发现梦依然
可见环绕
他在白日的前景
敞开的
存在他倾听
他仍能听懂
他们关键的
话语
老头领他的朋友
指着早晨向他
召唤世界
逐一解释

某种药物
藏身何处暗夜行路
如何辨别方向毒药
如何发作蛇如何听
树叶如何储存光
哪些恶魔还不为
人知死亡源自何处
日复一日的传授

教他说话
有些问题
在他心里萌生既然
他在他们手里
他得到老人的
思维森林的

提示悉心
指引他直到他
几乎相信他是
追随自己的路
进入唯一
活生生的地方
月亮当空他们又
站在黑暗中身处
树木的空塔一个接
一个他们从碗里饮
躺倒他觉得那是同一天
他可以看穿
他们每一个通往
森林的入口他一边

转身一边继续观察
四周那些
头领正让他
了解的东西即使他正在梦中
梦他们的梦
一同漂浮于
森林间走进
猫皮猴子的啼叫猫头鹰的翅膀

到了早晨他却发现

他在老人

控制的

梦里意识到

周围的

时日一座隐藏的

森林

他老师的

低语和手势

启发了他的眼和耳

适应了在植物

植物和泉眼逡巡的力

他们尚且不知

在他自己的睡眠里

他看到祖先

生和死的负荷者

蜘蛛掌管夜凶猛的

防御者火源处

蝰蛇闪电

听了头领的回答

他才明白

他们想让他成为

每一个秘密的

继承人做好

继承的准备

那一天

并不遥远

头领会死去

他们相信必须
有人指引他们应充分
懂得完全陌生的
人渐渐
没入
唯一的

森林他应该是
陌生人懂得
外面的词语和如何
把森林化为
能够救命的东西
把部分生命用来交换新的
死亡来自外面的人
能教他们如何
使用枪炮也可以
随他们一起进入
梦穿过
森林熟悉
祖先和神灵
决不会

那样放弃他实践
头领教他的一切
每次都似乎
又深入梦境
一些又随他
进入白昼从那
以后都围绕着他
他们给他一个名字

他向他们展示
能从树木采集什么
可以用来买
枪炮他们给他
一个姑娘跟随左右
他们几乎信任他

有人在他的
指导下他们收集了
第一批货
一批橡胶
他们抬着走了
数日来到河边
他要独自去见商人
易货交易
把他们抬来的一切
换回温切斯特步枪和子弹
他们把枪扛回家
那晚人人身着庆典服装
羽毛兽爪牙齿
来自他们的

森林大肆庆祝
他又得到
一个姑娘接着
第三个还有一位老妇
盯着他
一天的训练
结束后他和头领
单独待着的时候

越来越多
日落时分
来到森林的入口老人
递给他一只碗开始
吟唱同时他一人
饮下药水

幻象丛生
自沉郁的声音
自夜的声音秘密的声音
雨的声音根的声音
吟唱声里他看到他的
血在树木的茎脉里流
他的双眼变绿
他感觉皮肤
如蛇双手似
猴子万千树叶上
映着他的脸辨认得出
哪些有毒哪些
能救命他措手不及
骨头在身后追逐

他们就是
他牙齿的
火焰跃上
眼睛整晚
他能听到无色的
河没有尽头
在耳边回响
清晨仍在那里伴着

他的呼吸越发宽阔
一连数日
第一批枪挂在他们的
橡子上还有别的
护具男人
准备花更多

时间操练
他教的东西
把那里的活物
做成别的
东西远远地
想着远远地渴望
枪炮枪炮
越发渴望即便一伙
敌人突袭自村庄附近
隐蔽处
射箭狼狈逃窜
枪来不及
反应
剩下一人身负重伤

于是又一批人
如蛇一般
滑入先前的路线
可是此时季节
更迭他们
似乎忘在脑后
大雨整晚倾泻
无法赶路

白天雾气弥漫
他们蹚过泥地脚底
打滑终于
再次抵达河边
他一个人乘着
木筏

去和商人交易
橡胶的价值
跌了步枪更贵了
他们抬来的一切换来
更少子弹这次
他在桌边坐下分享
入侵者的汤
是一团火
他不记得
烧灼
他的舌头烫伤
喉咙在他体内
四处蔓延
他快要融化喝

再多水也冷却不了
他啜泣觉得
自己会被
烧死即使能
活下来身体也
废了丧失神志
然而灼热
终于减轻

他被扔在
河湾处身边地上
堆着足数的枪和子弹
独木舟又驶入
泛滥的河水毫无声息
伙伴出现在

他周围他看着
货品轻飘飘
一件件
自动跃起朝
树林去了
他也弯腰拿起
东西加入伙伴的
队伍步行
数日直到他惊觉
总有一个鸟一样的声音
在他前面告诉别人
他们回来了鸟鸣
欢迎他们和着
其他人的欢呼

而老头领已时日无多
慢慢变作
干尸被升腾的
滚滚烟雾熏黑
其他人神思
恍惚躲着
他发掘
敌意对他来说

无足轻重他觉得
他们正等着
埋葬头领等着悼念仪式
结束接着期待
从他身上得到什么
唯一一件

他知道该展示给他们的
是枪一种联络的方法
建立信任的方法
现在他想带他们
去打猎可是他每次扣扳机
枪都发出巨响在他们
周围不断回荡
传得很远
很远过了很久
他们才又
靠近更不
可能穿透
层层树丛
瞄准远处

他们
带着没有声响的武器
继续按
老方法打猎
据他理解只想对人
比如来势汹汹的
敌对部落
使用枪但主要

针对外人每种
季节的变化又
涌现许多状况河流
他走了曲折的路
去看森林里
一串空空的名字

他们在那里住过在
外人带着刀
采集橡胶树的白血之前
带着枪什么都要
羽毛兽皮或
他们可能会发现的脸孔
每到一处他被领着看
有过房子的地方人被
枪决的地方女人
遭到屠杀或
和孩子一起被拖走再也
没有出现他了解到
有许多想要报仇的声音
可是房子都被烧了人们

迁往所知晓的
更远的密林他被讲述
最终老头领如何
引领他们来到蟒蛇
般蜷曲的溪流会有
土地会建造
房屋如今容纳
他们的吊床和裹好的

尸体嘎吱作响烟雾缭绕的
天花板藏好的
枪头领给这个地方
取了名字意思是世界
又从这里开始或第一个世界
醒了或唯一的世界

重新开始他们
领他到他们
生命的路上
每一处过度生长的疤
他们又回家了回到唯一的
家虽然他
耐心地警告他们
提防外人倘若攻击
一支军队是什么样
为何说复仇绝不会
有尽头他们现在
多么指望从敌人手里
夺枪他们往往
静静地坐着望着

他话语的
尾端可是他们听到的
声音他说话的声音
对活人而言
没有和平可言
不是讲理的地方
对枪的渴望再度燃起日复
一日被割的树

在滴答烟雾升腾
包围橡胶货物
被扛在肩头一路
无言他与
商人的交换所得
越发少了枪的

价钱一直涨
返回路上的
重负
越发轻了
他们又抵达村庄
他知道他孤单一人
一次他在太阳落入
森林前出门
没带给他的
任何一个姑娘
只有老妇
跟着他
在一圈树中间停下喝光
碗里的他躺倒

在围拢的黑暗中望见
东西闪过
是老头领一直希望
他能到达的很快开始
颤抖跑得
一身大汗恶心攫住了
他蠕动的巨蛇
一圈圈

把他缠倒在地觉得
眩晕如飘动的
帘幕环绕
他的家庭他的母亲快死了
他看见自己躺着
一支箭穿透了他

任由别人践踏
只有到了这时他才又一次看到
老头领的脸
最后一次站在他
面前他的保护人
黑豹
从恐惧的另一边跃出
他可以以谁的外形去任何地方
朝他奔来就在破晓
之前森林的地面上
蜷曲的根是
老妇的手举起捧着
可以令他恢复的
碗她的面孔变得清晰

在她眼睛的奶汁中
他看到她
知晓一切他的
曾经可是和以前一样她
什么也没说那晚之后他
醒了有多遥远
他的祖先
无形的城他

开始觉得
反感于他们庆典的
狂热他们
又这样灵巧
打猎可能留下
人的气味

没有防备的
森林的气息包围
他们此刻开始惹他
感觉不适他们已
熟透的气味他们几乎听不见
他或者是他的想象
安静在他们之间
变宽直到一伙人
发动突袭他后来
才明白族人返回时
眼冒怒火身上布满
血迹那晚火边
他只能从叫喊声辨别
他们在进行

什么样的游戏
那趟旅程他们吃了什么肉
那时族人
干活不慌不忙很快便
有了另一支队伍
准备好再次出发
可是这次暴风雨
没有放过他们

无论白天或黑夜他们跋涉
泥地受了挫伤饥寒交迫
试着睡觉坐在
树叶下雨水从身上
淌过仿佛身处
黑色的溪流接着

他的眼睛闭上他一次
又一次看到一片湍急的河流
每一次到水上
一样的熟悉的
小船逆流而上接近
白色弯道那里
水流席卷下垂的
树枝他更仔细地
盯着
船却无法
把它看清在它
消失在绿幕之前
他醒了寒冷酸痛
那天他们到达河边

建造筏子破晓
之际他出发了
带着他们扛来的
一切在雾气弥漫的
清晨顺流
划下停泊在
商人的码头旁边是
轻舟他觉得

熟悉会在
午夜时分离开他
听商人说他们
把独木舟装上每一样
有用的东西他
从前可以买

除了枪之外
接着他乘着
独木舟回到他的朋友
等他的地方在密
林里河岸边他望着他们的手
卸下货物寻找枪
他只带来这个他说枪
还在船上新枪
射程可以穿越树林计划着
在午夜悄悄地
卸这批枪以防
落到异族人的
手上
他看着他们的表情

边告诉他们他
要乘独木舟回去他
看得到他们感到不安
知道出了差错于是他
立刻出发
划入水流中
他到达转弯处时回头
看到岸边没有人了之前他们

一直站在那里只剩下
树木到了商人的地方他
索要他们的收入
剩下的部分他
取出一切枪钱
买为了离开要穿的衣服

买了船票什么也
不吃登上船
感觉麻木而寒冷试着避开
他们的问题躺下
在黑暗里等待午夜他的脑袋
浮在漂浮的木头上
听到来自森林的
树木的枝干落进轰鸣的
炉膛望着树木的火星在
头顶暗淡船启动
驶向河里他的母亲死了
无论他或许需要的是什么
都在别的地方无法言说
仿佛那从未存在过

另一个地方

当年份不再以数字标记
如另一个夏天的时日
化作彼地的空气
又是那条街绝不曾
忘记它的孩子的眼睛

当然到那时还不算太久
四处也不是这样高或黑
街角同样的商店
更深地陷入它的气味
香蕉和冰淇淋的

旱冰鞋的声响仍在
积聚穿过翘边的地板
而铺就人行道的厚石板
被水泥固定街车的
轨道埋在晚近的

路面下一切都干净多了
如他们所说它会干净而空旷
如静止的水
窗户的或一幅白画的
在清晨被拂过的

天空下树木随着
它们的影子和时间

消失我们搬到那里时似乎就是这样
在抓住存在于瞬间的
事物以前的数年

回响着我们的
脚步声几乎一同起落
门前的空心木头台阶
通向门廊和玻璃门
棕褐色的房子

我们搬离以后会被漆白
我们和我父亲一起
攀爬他快四十岁
身着长老会牧师的
衣服撤离了

教堂有黄砖塔楼
建在悬崖上俯瞰河流
纽约在对岸
那时新教徒正在
搬离那个社区

教堂年久失修
在他离开一年或
两年后这漏水的建筑
就会廉价卖给天主教徒
然后拆除

它的地点不会再知道它
在他余下的生命乃至更久

一直空着
当他踏上新宅的最高
一级台阶他转过身

面对摄影师
挺直身体目光越过
摄影师的肩膀盯着街的
对面和广场
钟楼拉毛粉饰的墙壁

石阶雕刻的门框
圆花窗他
赞叹不已夏天
仍在光里浮动不久
以后他会找到

有才能的人捕捉
那建筑的神圣
黑白照片做刊物的
封面一周接
一周教堂的名字

是哥特字体
场面宏大的弥撒照片
下方稍小的字
牧师的名字
第一页写明

每周日仪式的
次序讲解基本教义

章节哪首赞美诗《诗篇》
和经文牧师本人
会在早上布道的

第二页是唱诗班排练的
安排基督教奋进会
执事和长老的职责祈祷者的
集会被褥缝制蛤肉杂碎羹
随意的聚会男童子军女童子军

他凝视着他能够听到
他自己的声音盘旋得越发高
飞出他面前的照片
引领他们所有人
阿门阿门会是

阴影笼罩下的圣殿
他会闷在受托人会议
积聚的怒意里
为任命程序和钱发生
口角钱常常因为钱

一年之间眼见
他的会众分裂成
一个个愤怒的小团体在那里
他自己的婚姻起了冲突
令人失望互生不满心不在焉

可是这些不会让他疑虑或

感到理解这对
可爱的孩子
也是他的虽然
他似乎从未能够

真正碰触他们
不发货就不会说话
这样长大离他远远的
在母亲那侧
告诉他没什么事要

等他来解决当他出现
他们便压低嗓门
自从他们受了教训记得
他只是禁止
一切的人

他养成夜里
巡视的习惯
早早吃了晚饭
又没有别的事要做
教堂耸立漆黑

空洞塔楼脚下的
边门
外套随风摆动一叠
小册子攥在另一只
手里他转动钥匙

从边门溜进伸手

摘下帽子停下听到
身后锁头咔嗒在他
再次触摸珍珠按钮之前
令自己集中精神高高的

绿墙被照得发黄洞穴般的
空气没有呼吸或
声响听得见没有人进来
渐渐接近第一级楼梯
在他脚下嘎吱作响

在这木制的夜里接着是
主日学校的地板声音更响
因为那里没有人
望着他或在他上方
盘旋等待他因此

没什么可害怕的
写赞美诗的人说我们不该
恐惧只要行走时更加
谨慎停顿思考
一排排椅子合上的钢琴

一道上了清漆的橡子
直到尽头伴着呼吸的
啸叫反复四五个
走调的音传到
他冷冰冰的书房

关闭的雕刻栎木门

他自己的血冲击耳鼓
像黑暗中的海
在光散落以前肃穆的
镶板的墙横跨绿色的

文件柜脚下有
苔藓沉重的桌子光秃秃
后面是等候椅
黑色皮制靠背
他并未留意它

他不断
意识到另一个
自己更年轻的
也许一岁
或两岁穿着雪白的

衬衫从未在外面
罩上外套无论
多冷散热器
肩膀旁的黑窗的
橡子可是那是

不出差错的一个
一直完成每一年
学业的不需要
帮忙不需弥补什么
或找借口或重新做起

他愿意谈起的一个

是自己也要表明自己的观点
如果遇到提问他确信不疑的
一个有回答的一个
不抬头张望

眼睛嘴唇确实不算特征鲜明
他直视过的
脸但他不曾
朝他们瞥一眼或
触碰冰冷的椅子连

在那里坐一会儿时也没有触碰
只是轻敲桌子另一次
他走向远处的门
管风琴唱诗班的席位
高坛三张

高椅在中心位置
他慢慢转身凝视
越过界线空长椅的黑水
在那里登陆
吃力地盯着拱顶

冲进黑暗褪色的
狭窄衣领上方
在那个钟点啜饮玻璃杯
他抬起双臂面朝较远的
墙一种排练

紧闭双眼小声说着

几句祝福或其他
以他在主日时的举止
手里拿着一叠纸攀上
布道坛翻阅

他的记录讲
这一段或那一段
他的声音反复
回到同样的陈腐
随机的词语没说完的

句子试图伴着热诚
易从它们磨损的末端
唤起情感拯救的力量
成为一体且无比清晰
之于静候的黑暗最终

他把正堂布道过了
一遍仿佛他能听到
自己从影子里浮现
他抵达尽头把书页
部分推迟而回声

从又一个末词的音调
回陷会停留瞬间的
声响而后和当年的
其他布道文一起
收进盒子搁在

架子上也许再也

不会打开在他最后的
说明被执行之前
所有的
白色布道文堆得很高

投入花园里的焚化炉
另一个秋天明媚的
一天更往西边接近
他开始的地方然而
此刻布道文静静地

躺在一周
无光的核里心不在焉的
黑暗同样的低语
离他的呼吸更近他把纸张
集到一处把身后的

灯都关闭从后门离开
来到小街走向他的汽车
后来越发强烈的痛楚
弥漫他的婚姻谣言
迅速流传没过

多久就发现
言语得当的年轻帮手
和牧师二人共乘
一车在什么时候在哪里
他似乎给予

她的寡母

和她生病的兄弟不少关心
住在街角的小房子
直到他被征召
成了随军牧师他的

家庭搬到镇的另一
地区接着又搬到另一个
镇谁也没再
回来过而房子还在原地
细致的涂漆下

以及楼梯顶部
他在那里转身面对街道
遥远的一端灰色塔楼
朴素的教堂正面深色的环
里面也有

比如当一只手瞬间感知
上升的水面上的
空气
上升的速度如此快
目睹的人

不禁互相询问
他们看到的是否
真的发生他们无法肯定
或是看到似曾相识的脸
仿佛是普通的一天

具备的每个特征

人们熟悉也没有东西
失去或让人惊讶也许
会再次出现以它惯常的
态度它安静的声音渐渐

从容地传达
听的人以后需要
记住的东西
突然做梦的人
被摇醒了住在低处的

房子室外休闲椅摆在一起
唱诗班的老指挥
在他幽暗的客厅里坐过的摇摆椅
一路通向角落
而非建筑和它的年纪

空无一物只有秋天
清澈的天空松木板竖起的屏障
从松树上锯下没做过处理
沿着排水沟竖立
并没有围绕着可见的东西

直到有人过来看到
边缘立着标志**危险**
远离看到后面的
山峦突出的木头上
闪烁的木炭被记住的

颜色的残片

在黑暗中携带了
这么远终于从一道
炭渣上从倒塌的
那部分砖结构

从烧灼的墙纸
扬起它们闪烁的粉末
绿藤和花朵图案的
碎片仍在波光粼粼的
池塘上方翻飞红色过道上

破碎的红瓦都堆在一起
裸露在外面的空气
被湿灰浆的气味浸润
和几天前的火
和秋天的树叶

故事

往往是在故事里
直到此刻我们认为
是我们的无论我们是谁
我们便
慢慢走进
高耸的森林
来到世界
尽头和比任何事物
都古老的无论
我们是谁能够记得
并且发现那里
和故事没有区别

森林里的某处
却无法讲述
只要故事在那里
无论激动的声音
如今在前方还是在
脚下眼睛瞬间
凝视容纳故事
像屏住呼吸影子
散出花朵
和从自己的旋转跃出的
寒冷掠过后颈的绒毛
如穿过森林的光

知道不曾被讲述的故事
都在合适的
地方等待时刻
来临无论对谁而言
最终被无知的诡计
引领穿过森林
比他们到得早面
对面初次
发觉他们
没有名字再次幸存
抓住活物
带回家逃离故事

可是从森林来的
都是故事的一部分
无论路上有什么死去
什么被命名却无法
辨认甚至是
从故事里消失的
一天天过去
也渐渐变成故事
因此不再有
故事时那就会是我们
故事不再有
森林时那就会是我们的森林

游雨

我在黑暗中醒来想起
到了早晨就要
独自启程
我躺着聆听拂晓前
黑色的辰光你
在我身旁沉睡
四周的树充满夜晚斜倚着
静静地在它们的梦里承载着
我们熟睡或苏醒我又听到
雨点一滴一滴落进
看不见的树叶我
不知道何时开始
突然一切都没了声音只有雨
下方的溪流涌
入匆匆的黑暗

登机牌背面

在机场我独自一人我忘记
身在何处那就是他们做的
一次又一次代价高昂被撕扯的
大厅伸长越过串串回声我
已忘记今天是几号在这片光芒里
会是几点钟这就是那个早晨
我的两只表都找不到
可能会找到表可以
再买早晨却不可以还有苏醒
留下的愿望和逐渐消失的
恒定感我不停地返回这个
修补篱笆的早晨黑狗
钻进水里跟随最近一场
骤雨我一直尝试在我们
住的山谷周围系一条线
我正在打结把它系牢固定在
原位没有变化仿佛这是苏醒
这似乎这通道这经历

来时路

十二年后一次死亡
在八月归来看夏日将尽
法国的天空整齐的屋顶一样的灰色
火车静悄悄滑向南方穿过朦胧的早晨
又是拉毛粉饰的墙壁郊区
勉强的临时建筑瞥见
河流熟悉其他夏天的树叶
还缀满栗子形成为了它们
唯一一次从深色的老枝坠落还有
光秃秃的山归来无眠的
夜穿过白昼如
以前一样一次又一次因为这就是路
快到家了几乎确信就是
那里几乎相信它可以是一切
尽管有了一切

敞开

北面厨房窗户的百叶窗敞着
生了锈常春藤在紧固件上
蔓延竖铰链窗嵌在石头框架里
钩子没扣下方有河流
向外望越过李子树的树顶
缠结在陡峭的坡地树枝卷着
绿苔和灰色的地衣李子坠落
从中穿过并且远离它们古老的
胡桃树一棵棵伫立各有自己的
影子立在翻过的红田上充溢
琥珀色的九月光在许久
之后无人注意的枯枝仍留存着
以前的季节高高地脱离叶子
下面是安静的一天第一批胡桃
这个夏天的开始掉落
脱离光秃的枝干河流看起来
是静止的如远处的云之前
不在那里以后也不会重临

更替

这束光我会再次
在裸石上看到褶皱的田野屋顶
这束光我会一直记得
朦胧间九月的一个下午
熟悉的声音会是低沉的如羽毛般浮动
仿佛穿过水或在时刻中
呈现沿着墙一排
老胡桃树我想永远在这里生活
恐怕已被砍伐石砌谷仓会空荡荡
石水盆空了天窗凝视
远处越过干草和
宽阔的峡谷我会看到我自己的手
在门上在阳光中旋转钥匙
向天空敞开在空荡荡的
窗边穿过屋子仍然会在那里的屋子

夏夜

多年后东边的云发光
月亮从长夜升起
刚刚度过仲夏寒冷的一年
蔷薇的气息在石屋弥漫
门朝北开山谷沉睡
胡桃树多节瘤的枝干没有了谷仓的
山顶被升起的银色夜晚衬得发黑
我已对此熟悉得感觉
像是属于我它已消逝许久
久得我以为我一直把它带在身边
不知道它在那里在白日里
经过谈话映在眼底的光线中掠过
一扇扇窗它始终在那里
在另一边如另一次
认识的脸自之前和之后
不断上升即将显现

春天过后

第一轮干草有了瞬间
安静的夜晚夏天瞬间来临
对这里再熟悉不过隐藏的山坡
绿皮肤影子不会
再伸得那么长一簇
灰发高高地悬在夕阳里
讲述清晨之前的雨
讲述发现绿水下的破晓
没有影子而一切仍是一样
仍然熟悉仍是夏天熟悉的面孔
水的面孔化作它们本身
没有言语化作它们本身

雌狐
(1996)

致哈里·福特

眠狐

多年以前我和朋友走在山道上
　　斜坡处转弯一道清澈小溪
流下冲击岩石回声阵阵
　　无法描述且叫人难忘
时值夏末秋初山谷里已是
　　寒冷清晨天边挂着残云
太阳早已升起牧草却如屋顶一样塌
　　光滑的水流抖动的黄叶
几株白杨多瘤李树依然挺拔
　　日光稀薄照得小溪旁静悄悄的
磨坊石板闪着白光在其废墟上
　　若干生命的遗物已理好
在敞开的磨坊前等着
　　日光里的苍白在敞开的山上
它们制造的都已成为过去
　　上面的露珠在蒸发没有人走那条路
谁会买走一件把它带到别处
　　成了罕见之物
无人熟悉一张木床立在岩石上
　　摇篮灰尘的颜色裂口的油罐铁壶
木头轮子铁轮子石头轮子钟的长盒子
　　还有一圈白石一个拥抱
大小下方是一样大小的石头
　　一只铁钉在边缘凸起嵌着
木把手那时让它转动一只手磨
　　凑近看你能发现上面

那圈石头当初被雕刻成
　　卧狐鼻子藏进尾巴像是
睡着了眉眼几乎磨平
　　一圈一圈碾磨谷粒和盐
旋入黑暗旋啊旋旋入记忆

☆

我以为我丢失的我总能找到
　　可是我寻找我以为我记得的
像其他人一样估计却找不到
　　我离开去寻找我该做的
我发现我生活在我是陌生人的地方
　　我顺原路返回熟悉的景象
变得晦涩以及一切表面以及在错误的地方
　　我作为陌生人待过的地方反而成了
我的家呼唤名字并且应答
　　准备好离开并且渐渐离开

☆

他们每次聚集起来他都向大家
　　讲述苏醒时总有个老人伫立聆听
并且第一个离开有一天老人没走
　　你是谁他问老人
老人回答我不是人类
　　很久以前我站在你站的地方
他们围在我面前我向大家
　　讲述苏醒有一天其中一人问我
当一个人领悟到那里究竟是什么
　　他能否摆脱结果之链的束缚
我回答是的话音刚落我变成了狐狸

我做狐狸已有五百年
我来这里想问你如何能够
　　摆脱这副狐狸的躯体请告诉我
当一个人领悟到什么是世界
　　他是否就摆脱了结果之链
这一次回答是那个人看见了本真
　　老人说谢谢指教
你使我摆脱了狐狸的躯体
　　你会发现就在山的另一边
我请求你把它埋葬就像对待自己人
　　当天晚上他举行了葬礼
仪式如常可他们说没有人去世
　　于是他领着他们去山的另一边
在一处洞穴里发现一只死狐
　　他向大家讲了经过埋葬了狐狸
就像对待自己人可是后来有人问
　　如果他每次都回答正确又会怎么样

☆

又一次我身处彼地又一次我要离开
　　又仿佛毫无变化
即使一切都在变化然而这一次
　　是一次终结这一次漫长的婚姻结束
轨道崩解又一个秋天
　　田野上的茶色阳光影子
一天比一天长安静的下午
　　填满距离直至太阳落下
穿越峡谷满月自树间升起
　　我出生也是在这个时候那晚
我最后一次看望朋友过了午夜

才回小路被月亮映得发白
我越过一道道影子望着前方
　　　　宽阔的深谷洒满银光
那土地的一角我一次次
　　　　返回如今要离开
苍白的石砌成的墙脚下我看到
　　　　草地里的躯体是狐狸是雌狐
刚刚死去丝毫看不出迹象
　　　　没有血迹毛皮温热周围的草布满露水
没有伤痕完完整整
　　　　我把她带回家她在清澈的秋晨
离去我把她埋在花园里
　　　　我站在原地天光越发明亮

　　　　　　☆

有景天黄色的珠子干枯的鸢尾
　　　　扭曲的叶子捻进了苔藓的
洼地粗石灰岩构成波浪般的矮墙
　　　　常青藤沿着它们攀爬鼬跑过
光芒燃成金色樱桃树残留的叶子
　　　　垂在小路上傍屋子烟囱有屋顶
窗户望向花园
　　　　夏天和冬天有田野在屋子下方
有宽阔的山谷在远远地下方蜿蜒的
　　　　河流一一经过一缕天空从它穿过
铃儿叮当从它发出如烟般消散
　　　　那里越过山谷越过墙的边缘
山脉的轮廓我觉得像一行书写
　　　　归来了在我以为它已被忘记之际

橡树时间

暴风雨缺席如我启程之前的年月
　　屋外一点点森林度过一季季
几棵橡树倒了高耸的旗帜接骨木
　　战争结束余下的接骨木
与冰慢舞时间尚未发现它们
　　少许原是它们的光滑织物最后这些
已倒下裹上了多花蔷薇和黑莓
　　稠李荨麻缠绕的常青藤
预言消失并且已经
　　没入活着时留下的影子
那里的夜莺白天也鸣叫
　　牛铃回荡在漫长的夏日黄昏
常青藤知道路哦聪明的常青藤
　　从不会错如今鸟儿多么稀少
再没有家畜牵出谷仓
　　挤奶以后来这里吃草消磨夜晚
都已从村里消失爱多亚走了
　　直到最后还领着它们吃草
留心路旁还是绿色的胡桃
　　猫头鹰在橡树上观望夜里
我会听到狐狸的啼叫啼叫消失

门

我回去过树叶刚好在落的时候
　　落入喜鹊的尖叫在树顶穿梭
飞行越过长长的田野被残梗染成褐色
　　四散的羊慢慢旋转
如星系散出灰色的光它们的光
　　汇入它们的影子茎秆在它们下方
低语天光穿透茎秆
　　径直穿过墙上的缝隙小路向下
通往老树林在尽头转弯沿着
　　悬崖的一边我和以前一样停下张望
目光越过灌木篱墙牧场仰面卧着
　　被日落之前的热力充满
一个接一个堕入河边的雾
　　每一个都比我记忆中的宽
如一片片天空羊群跑过熔化在它们之间的小路里
　　羊的钟铃叮当作响飘向远方
我望着影子爬上田野我向上
　　攀爬来到高处的门和最后一座谷仓
太阳仍然照耀我的影子继续
　　伸展进入高地我看到他们在挤奶
是时候了似乎我所有的朋友都在那里
　　我们互相招呼我们走回大门
聊天望着最后的光我们的影子沿着
　　山脊远远地招呼直到黑暗把它们汇集
我们仍然站在这里相信还有其他词语
　　我们站在这里谈论我们秋天的生活

门槛

燕子飞进飞出一排破损的
  玻璃窗越过前门继续它们的交谈
后来又想到的念头它们争论着
  夏初的安排筑巢迟暮的天光
还有屋梁下的空巢
  让它们的尘土下渗如我带到我的床上
门敞开石头门槛光滑似水
  住在这里的人踩踏我对他们一无所知
我转头向后望并不能辨认什么
  飞翔的声音嗡嗡掠过远处传来呼唤
燕子静静长大蝙蝠发出呼吸般的光
  包围陌生人回声阵阵
我要做的是我记得的
  我所不知道的一切继续在我周围发生
我原以为它晚些才会到来其实它已在等待

西窗

开裂的灰泥和拼补的薄砖
  作隔断用的干朽木板不久前还有生命
通通落下房屋显得空而完整
  我看见一直在屋里的东西
历经多少出生岁月死亡却无人注意到
  这些房间一直从属于一个整体
无言的光抚摸地上的碎石
  仿佛很熟悉以前也曾这样抚摸
窗户继续活着仿佛它们
  自成一体站在外面每一块都有自己的一块天空
朝南残破的门槛朝着山坡和村庄
  朝北面向田野和山谷
然而西窗才是迎接似乎即将到来的
  时刻天光默默地移动穿过
高窗和藤蔓停留在石框
  劈削的边缘台阶在垂直的岩石上蜿蜒
在小路和花园的墙下落在坡顶墙上的鸽子
  它了解得多么彻底甚至包括我脚下的尘埃
和地板上的窟窿灰浆碎片
  它们以前在那里也会在自己的时间里持续
就如在那扇窗透进的光里映照的那样

权威

起初最年长的人坐在路边
  花园墙角在一棵繁茂的
胡桃树下谁都知道总在那里
  他下午返回阴影洞穴
宽檐黑帽黑外套灰条纹
  羊毛料裤子以前只在冬天去教堂时穿
一手一根拐杖靠着石头
  他说等你的腿也不听使唤了
你只能这么坐着没办法我相信上帝
  已把我忘记但是我想我还记得
他的话这就是我在做的
  我如今想通了比别人抢先
他经历过多少意外还是孩子时
  手被杵锤砸中拿出来时
像卷烟纸成年后两条腿被碾压
  晃荡着女人遭谋杀他的父亲是铁匠
铸了铁篱笆围住
  她坠下的秃斜坡我不是
打铁的料我父亲才是他常这么和我说
  不是我不够好你知道可是我
对大镰刀刀刃家用刀具缺乏判断力
  我们乐意用车厢弹簧做原料
在谷仓外的锻造场他的东西抢手
  噢等他带到集市上的成品都卖光了
才轮到别人卖再没有比在刀刃底部烙上
  村庄名号更好的事我敢保证

行路的人

接着我可以走上一整天登上石头
　　山脊经过倾颓的墙小路布满
黑刺李丛继续穿过橡树林和泉水
　　矮崖洞穴入口来到开阔
山坡眺望远处闲适的山谷
　　经过年久失修的牧场最后的羊群
树枝围成的栅栏会只剩下鹪鹩的严厉的颤音
　　从石头间发出或林莺反复的啼叫
跟随乌鸦的鸣叫生了青苔的废墟的静默
　　蜷在山坡的褶皱处
在深深的阴影里有獾秘密的窝
　　没有其他声音这是安静的边缘
即将成为的仿佛它从未如此
　　在又一次出现前的时刻没有中断
有一次我抬头望堤岸正好望到一对小眼睛
　　是野猪盯着我我们盯着对方
四下安静后来他转身走了继续他的
　　溜达有一次我的口袋里装着干无花果
遇到一位老妇人笑着说就是这样
　　她每年都来她用两根手指
拈起一颗无花果说哦多可口
　　还有一个男人总穿着暗色西装闲晃
系着条纹领带或许是从谷仓现身盯着
　　天空喃喃唤着啊啊他经历过事情
在战时他们说他从不拿什么
　　还有饱经风霜的妇人来自偏远村庄

步履匆匆低着头从不看别人
　　她在这里有座房子空着伫立数十载
擦拭桌子清扫地面清理
　　花园里的杂草堆起来阴燃
插上窗户锁上门匆匆往回赶

网

我们坐在河边盛夏的天光
　　渐暗缓慢得无法觉察
一团粉雾聚在岛上的
　　白杨树梢晚燕捕食蚊虫
自光滑的水面处处浅滩
　　灰雾的羽翼渐渐浮现
鲑鱼跳跃声如拍掌前方低语
　　伴着湍流谈论钱
从它们中间跑过靴子尚且潮湿
　　堆叠的网有死鱼味我将知道
在河流看来夜晚如何降临
　　接着天黑了我们借河水的光
最年长的先站起来拿起一卷绳子
　　下去消失在声音里我们
一个接一个踏进冰冷的
　　水流脚下的圆石滑远
我们打开网几乎听不到
　　声音闪烁星光的表面
我们彼此隔得远只听得到河水
　　扶着网看不见的鱼从身旁拂过

花园

在我踮起脚才能碰到门把手的年纪
　　我想着为什么上帝不管究竟是谁
创作了天上和地下的一切
　　知道一切井井有条没有人会妨害
却仍然决定另外种植一座花园
　　在万物之外并且放些东西进去
把我们身处的世界全都排除在外
　　因此花园坐落在我们看不见的地方
我们只知道我们对它一无所知
　　藏在卵石里的球茎在一杯水里
在日光下的窗边你也不会想要
　　那个花园丈夫想了想才说
可是我说是的我想关于它我只知道这个
　　即使这词语听起来如此陌生多籽的
碎屑从它一簇簇灰墙上飘洒
　　高原陡降成了山谷
通往村子的路两旁古树荫蔽
　　闪烁的地衣虬结的李子树树枝望不到
枝头沉重的门摩擦石头门槛留下的擦痕
　　门槛下陷它的擦不掉的
纹路在我知道它之前一片枯萎的
　　茎秆在高温里闪光下方有土豆
别人种在那里的在一丛高耸的荨麻间
　　还没到时候瞥见陶土
在雨里淋得深了颜色在夏日浅滩里生锈
　　在生了缝隙的零散分布的石灰岩上方

几乎在表面还没有人指给我看寒冷是如何
　　　令它变软鼹鼠用它做了什么
蛇在它上面微笑自墙角下红尾鸲从里面
　　　看到了什么又是什么会在里面生长它会
变成什么我尚且不知道它在我眼里会变成什么样

纪念物

这一天枪炮安静下来
　　在老历上在我出生前钟声
敲响说永远结束了一次
　　又一次年复一年同一个
时刻发现黄光照在杨树间
　　西卡莫棕黄的叶子在广场上飘过
远离世界远离记得这一天的人
　　先是结束坐在桌边他们手里
握着影像想着我们在这里
　　话语激荡他们的脸庞
我们在这里我们生活这是我们的脸此刻我们歌唱
　　这是我们自己站在同一棵树下
吸烟谈论钱我们还是一样我们生活
　　我们的胡须我们发福的身材腰间的
赘肉来自我们时代的眼睛十一月
　　寒风飒飒有铜的气味我走上山间
道路曲折另一头没入栗子林
　　猎人曾在那里追踪冰的边缘
我循声来到溪边跨过石块一只野兔
　　像一重影子般跳跃松鸦在秃枝间警鸣
下午朝冬天逼近十字路口
　　一个个路标早已生锈

白色早晨

夏季渐渐逝去的夜雾霭
　　笼罩橡树林黄杨树丛蔓生
多花蔷薇它像一只对面貌犹疑
　　不决的手一样移动触摸毛茸茸的野生百里香
和缀满露珠的野豌豆藤它茫茫然
　　循着牛群的蹄印
幽暗的鸟巢空了许久树皮独自悬垂
　　石丛狭窄的路将它纳入一片云里
整夜不可见如在我浮起的思绪中
　　当它渐渐转白我正拿着一根覆盖
地衣的潮湿小枝因为我认为自己知道的
　　一切都得从一根枝条传到下一根穿过空荡荡的
天空无论届时我抵达哪里能够辨认云里
　　是什么朝我而来天空依然是我
继续观望的地方直到我站在
　　宽墙上沿着小路通往榛树林
我们曾去过去砍制耐用的手柄
　　乌鸦在白色空气里啼叫
我能听见翅膀扑闪听见小鸟鸣叫间
　　天边破晓寒冷浸透了我经过那个早晨
我终于相信曾经本会接近我的故事
　　我看到一辆马车从橡树林间
驶过白昼消失我盯着那里的动物
　　我和友人一起在树下坐着他们都已消失
大部分故事都是消失的故事

色彩商人

他们本身没有颜色没有一处
　　暗示他们正靠光谱
谋生刚刚抵达的这个有
　　在城里老广场上开店的经历
额头架着眼镜向乡下人
　　打包票懂得各位的
需求可谓细致一位色彩领班
　　抑或那个远赴巴黎
要做个画家的人战时归来不再
　　年轻头戴贝雷帽引人注目
他低声说话纸一样半透明展示
　　艺术家的颜料在没有艺术家的城
还能想起他和几个老人
　　农场男孩伏击德军占领后
正朝北向海峡进军
　　交火持续近一小时后来
日复一日他坐在画架前
　　在矮桥的一端炮火染黑了
那个夏季的下午听到欧椴树
　　悬铃木的叶子沙沙响听到
小河低语一个音节在奔赴
　　岛屿的路上他反复琢磨空荡荡的街
流水的反光该投下什么样的阴影

被遗忘的溪流

无足轻重的溪流的名字已纷纷
  被忘记音节冲走了
而溪流从来不是因名字流淌从来不提出问题
  被讲述的和被遗忘的是否属于
遗忘的另一部分来自从未记住的
  没有人还记得 Vaurs 和 Divat
溪流 Siou Sujou Suzou 对每一个
  说这种语言的人来说那些名字全都成了
莱尔姆溪我们说的不是同一种语言
  从一代到另一代我们
描述不了几句我们曾住过的地方
  我们的一生更别说邻里或周边
我们父母年轻时在哪里待过或是我们朋友的父母
  我们如何能说声音是什么声响或
一张毛皮是什么触感或一张嘴它的各种功能
  以及舌头眼睛的光芒动物毛皮
无足轻重的呼吸离这里不远一个无名
  石匠挖出了一把剑已有五百年光景
现在关于它唯一能确定的
  是它布满锈斑
继续蔓延不会逆转

礼物

她告诉我她有一棵香黄李树
　　说是这一带唯一的一棵
她不想声张弄得人人皆知
　　也许几年都不会结果
和别的李树一同开花却没结果
　　来年可能会结香黄李
你知道它们不像别的李子那样大
　　吃过的人才明白它们多可口
她答应我如果结了果就给我尝尝
　　她住的房子小得随手
能拿到任何东西她的花园
　　也不大她在冬天种野苣
在球芽甘蓝之后噢这片冷园
　　朝北春天生长缓慢夏天适宜
其中一棵多结的灰树倚着墙
　　南面是香黄李树花开繁茂
在清晨的阳光里遍布山谷
　　三月的一天一小时一小时地移上山坡
她后来告诉我她觉得结果的
　　年头来了只要别受霜冻她在地里弯腰忙活
消失其间要花好一阵时间
　　才能站直转身走向
大门去忙别的在我这年纪
　　什么都不缺她说我要穿暖和些
那个夏天某晚她站在墙头上
　　递过来一只褐色纸袋底部湿漉漉

香黄李她凑近我耳边说她不想进门
　　我们坐在墙上打开纸袋看哪她说
你怎么能看透它们我们一人
　　一只金色的李子充盈夏夜

路过

到了早上房子烧得几近坍塌
　　　临近季末树木枯干
扬尘被梁木支撑的地道四处整修铰链的
　　　旋动铰链新玻璃窗四边柔软的油灰秋日
明媚入夜火燃起来
　　　黑暗中挟裹散发芬芳的门和天花板
火焰甚至窜进了地窖
　　　我们来回奔忙湿透了熏得漆黑红着眼睛
脚踩黑水坑所有邻居拿着葡萄园用喷雾器
　　　拿着软管朝废墟喷水辛辣的水气压迫
我们的呼吸一条消息从村里捎来
　　　电话上是我父亲他
一时兴起出游想让我大吃一惊
　　　没有问一句火灾而是想问
兑换法郎问我可以在哪儿见他
　　　问去圣地的火车我开车到
车站接他兜远路这样他可以看看这个国家
　　　他头一次来他似乎并未四处张望
我不知道这是唯一一次

鸟

也许像这样接着会归来徐徐落下
  穿过被裹的灰色时刻据说是梦
会被相信的时刻幽灵返家的时候
  最后的星星还在远方闪烁沉入寂静
水一样愈发深下沉柔柔地朝着它们
  去寻找曾经熟悉的首府半已溶解
如冬天它的脸孔堆积在它们自己的残骸里
  在它们之上尚未竣工的空镜之塔
立着映在空中的轮廓接着是青灰色的河流旁
  在黑巢下在光秃秃的白杨林里随
犹疑的初春到来薄叶纷纷
  颤抖和蕴含其中的光寒冷的四月树木
都笼罩着白色毛蕊花在冰雪融化的岸边开放
  樱草和芥菜清晨黄褐色的牛在绿色的山坡上
奔涌的云成荫的柳树鸫鹩的歌声
  既容易辨认亦正被辨认伴着些许
相信既非陌生人亦非真正的居民
  既非熟悉亦非不熟悉最终
来到门口在阳光下看着如穿过遥远的
  玻璃从前的要求留下和离开的渴望
树木新长的高度孩子们变得高了有礼貌
  不在了的动物几乎没有碰触任何东西
毕竟拥着它那样不确信
  如曾经的白色花朵已被吹落
大多在一夜间或是这半个空空的
  鸟蛋被从摇摆的秃枝抛出

季节归来

当春天的阳光照射到村庄如今空荡荡
　　可是起初就是后世
并非一目了然一代人的消失
　　这些屋顶还在见过那些名字出生
在冬天的夜里回来休息在战争之前
　　穿过寒风刺骨的夜狗在牛棚里蜷成一团
黑暗中的羊群挤在一起
　　如今只有货车倒在那里还有废弃的犁
锈迹斑斑的机器残骸久远的钟声
　　凝滞在比冬天还长的寒冷里
再无用处不会在任何生命中苏醒
　　当来自一个更好的世界的休息开始
一年又一年谷仓寂静
　　如今太阳落山城市的灯泡注视村庄
直至午夜枭掠过低屋檐
　　和漆黑的花园借着远逝的星光

弗朗索瓦·德·梅纳德 [1]1582—1646

如果无法看到我的天使我宁愿
  目盲并且忍受磨难我曾写道
连花朵的季节我说也像被
  涂成黑色经过那些岁月无法
想象我如何在地上逗留了如此久
  四月已有三十个它的音节
如冰滴进山间我倾听
  流水像倾听一首我也许熟悉的歌此刻
秋天已近尾声日复一日期望越发
  稀少我离开钟爱的庭院
已多久当时的热情清晨的纹理
  骄傲五月的颜色我的希望往往系于
别处本质一样却越发希望从不泯灭
  更多赞美更多荣誉更多爱更多赏金直到我
能够相信我就是龙沙我写道我会拥有
  一尊雕像为半神塑造无论
何种名号在我终于长眠之际
  如穷人一样悄悄埋葬被蒙住的一张张面孔
从此消失一年将尽像一道无所装饰的墙般
  被人纪念立在教堂冷飕飕的小教堂儿时的我冻得发抖
待在父亲旁边一袭法官黑袍那时
  士兵列队走过街道武器铿锵作响骑手在
窗下起了冲突夜里城墙外受伤的人

---

[1] 弗朗索瓦·德·梅纳德(François de Maynard, 1582—1646),法国诗人,担任过法国国王亨利四世的第一任王后玛格丽特的秘书,以及奥弗涅地区欧里亚克镇的长官。

喊叫不断农田上大火熊熊燃烧
到天亮天空被浓烟和鲜血染红水渠
　　山上塔楼脚下的水渠
一次又一次在我眼前浮现一根根手指
　　在从手上失去自灰色峡谷扬起的手
远远地越来越近成为此地如从前那样
　　我母亲需要我的地方我结婚的地方
河边晚宴随我的歌声闪烁的地方
　　我女儿死的地方房子立刻变得寒冷
我看到战争回潮席卷此地的我们
　　我闻到迷迭香刺柏因瘟疫燃烧
我离开走得远远的我在罗马谋了职位
　　染了风寒我奉承过恶人
并未得到什么好处我坐在妻子身旁
　　她再也动不了我坐在这里在她身旁
我看着白杨的金色树叶漂过小溪
　　很久以前帕克托勒斯河① 的金色河流
曾被比作永恒白杨叶在数年里已消失
　　我骑马去欧里亚克我曾在一处
停留群山像是在我眼前敞开
　　转过身我仍能看到返回此地的路
都是我的生命我在其中睡着为了在
　　黑屋里醒来对着影子谈论爱

―――――――――――――

① 传说里，能够点石成金的国王米达斯在把女儿变成金像后，想去除这一法力，便在帕克托勒斯河里洗手，使河流变成了金色。

河边的荷尔德林 ①

冰又出现在我的睡眠中跟随在人的身后
  黑暗里它以为是我我也认出它的白舌头
我被它寒冷的射线包围最终我
  成了一棵树我倒下携
我的枝干穿过黑石呼唤夏天
  你在哪里你会在哪里我怎么会错过你
金色皮肤多花蔷薇丛下池塘静静地闪烁
  手里握着温热的桃子午后花丛
我一直在寻找你我无话可说我又是谁
  直到世界的最后一日我能远远望见
大峡谷夜晚降临光线退去
  如一声号角后来黑风卷走
我知道的一切而这里是陌生的早晨飘着云朵
  游于水上越过颤动的黑白杨木
天空屏息围绕其炫目的火白色牧群
  在遥远的岸边水的牧场经过
沉默的牧羊人如今我只听到一次
  锤子砸在铁砧上在我不曾见过的地方
冰鸟唱着它自己的土地
  倘若有何存续都不会是我

---

① 从 1807 年直至去世,精神失常的荷尔德林都是由内卡河边的一户木匠家庭照顾。

门口

来自石头门框手掌触到寒冷
　　黑暗的呼吸时而来自凿刻的
表面及其他来自它们之间的地方
　　并非季节的寒冷与空气辛辣的徘徊
臭鼬的鬼魂没有欢迎的欢迎
　　没有承诺的忠诚没有回声的回声
它又在那里此刻在石门里新的地方却不是它的
　　离开并返回的地方归属的呼吸
是遥远的雨黄杨树丛
　　它的一部分冬天的羊五月对叶兰的
绿茎持久的气味
　　不做停留的一缕晚风只记得
狐狸影子经过秋天的苔藓苦涩的
　　常春藤刀刃的气味寻觅的气味
再无更多了解只是听见触摸的气味和消逝的
　　踪迹触摸的气味和不存在于那里的

一次生命

如果我没遇到那个红发男孩他父亲
　　　跳伞降落普罗旺斯时摔断了一条腿
为了加入战争末期的抵抗运动
　　　并因此牺牲德军撤出意大利
北上之际如果不是他死时
　　　身边的朋友没有长兄也年纪
轻轻在和平时期死去
　　　留下两个孩子其中一个体格孱弱
因患病辍学整整一年
　　　如果我在表格上方填了
其他那表格问你的
　　　大学志愿又或者如果那天问题
换一种问法如果一个在基坦宁的女人
　　　没有教我二十岁的父亲开车
就不会到匹兹堡那座大教堂
　　　做事我母亲也在那里工作如果
她没在儿时经历双亲去世
　　　就不会投奔住在匹兹堡的祖母
我也不会发觉自己躺在一张铁床上
　　　在一间石砌农舍头侧有壁炉
这里空了很久在我出生前就空了
　　　我也不会长途跋涉因为伤风
躺着发抖我把能找到的都裹到身上
　　　也不会看到医生装模作样借窗边
十月的雨光举起针头
　　　也不会透过有裂纹的窗看到暗沉沉的

山谷河流过琥珀色的群山
　　也不会惊醒听见李子在凌晨掉落
想着我知道我身处何地在我听到它们掉落之际

夜歌

奥维德写的菲勒美拉的故事
　　早已无人注意哈菲兹和叶芝的
诗歌早已被评论覆盖
　　在学校被机械地讲述艾略特早已从
圣心返家兰色姆① 早已唾弃
　　人的青春他觉得不过是幼儿学数数
名字已变得有些令人难堪
　　干燥的皮肤生出细纹磁带
放慢被分析再也没有什么
　　可以让我说一只夜莺正在附近的
橡树林里啼叫可见的只是黑暗
　　只能倾听熬过长音符
隐形的光束膨胀迸发自它的
　　陌生的星持续持续持续不曾返回
不曾相同不曾被捕捉穿过五月的
　　嫩叶从自己的旅程星光闪烁
曾经在这歌的源头我母亲游览过这里
　　闪电击中山间的机车
以前从未发生过有这么多
　　事情可讲她刚刚看见无法
想象此刻一块田地之外我听到另一

---

① 奥维德的《变形记》中写过菲勒美拉的姐姐化作夜莺的故事；波斯诗人哈菲兹、英国诗人约翰·济慈的诗作中常常出现夜莺的意象；"艾略特……"一句指诗人 T. S. 艾略特的诗《夜莺中间的斯威尼》中的相关诗句；美国诗人、"新批评"派评论家约翰·克罗·兰色姆也写过诗歌《菲勒美拉》，本诗化用了这首诗的末尾二节。

个声音响起山坡上有第三个
不是回声是不同的在生命之后
　　在道别之后在脸孔和光之后
在认出和触摸和眼泪之后
　　那些声音继续升腾如果我知道我会听见
在前夜那歌声我知道我会如何倾听

不可触摸

即使在梦中如果我在那里我一直试图
  理清遗失了什么我离开年轻时的友人
我离开绿野间回荡的声音
  我把谷仓留给猫头鹰把午后的草地
隐蔽的夏天反反复复
  我转身离去不再回来可那不是
正被遗失的东西在那之前事物往往
  已不在那里我离开披着厚厚积雪的墙
埃斯特黄昏时呼唤母鸡仔仔–仔仔
  维勒斯凯泽吮吸故事的最后几节
爱多亚弯腰没入阴影捡拾胡桃
  趁叶子还没掉落我把臭鼬留在藤下
过了午夜的小路厨房里盘碟碰撞
  易弯曲的门闩无论我遗失的是什么
都藏在在场的每一件里
  我离开在长满苔藓的悬崖下流淌的小溪

罗马式建筑

光里有石头他知道
　　　石头里有光他终日都在
发现光里的世界是石头的
　　　由石头制成由石头支撑你始于一间
石屋你站在石头地面上火燃着
　　　在石壁炉里窗里的天空在石头和外面的
门间经过你的脚跟随
　　　石头田野在光里翻转
它们由石头制成水从石头流出
　　　有些石头是面孔有面孔在石头里面
如每一张面孔有些石头是动物
　　　有动物在石头里面有些石头是天空
有天空在石头里面他一直和石头
　　　打交道触摸石头破开石头再往里望
他看到一天是石头过去是石头
　　　里面总有更多黑暗未来的时间
是门口上方的石头他用他的手做
　　　一只石手抬起在石头面孔中间
在石头太阳和石头月亮下他发觉先知
　　　是石头预言石头他展示孩童的石头四肢
和老人的以及之间的生命支撑着整个
　　　石头天堂和地狱我们所有人的母亲
在她赤裸的石头里石蛇盘绕在
　　　她的腿上一直朝某物微笑他
已被遗忘许久她依然朝他熟悉的某物微笑
　　　朝他不曾知道的某物微笑

蛇

我会觉得彼处将我拥有
  假装任由我离开却每每驱使我
回去好像我从未离开
  了解我了解我隐藏在那岩石间
我会觉得无论那究竟是什么在我离开的岁月里
  均不曾改变当时也不曾变化
曾经在一天的中间时段那时迟了
  我起身桌上的东西还没写完
没有回声的石屋俯望峡谷
  我打开门站在石门槛上
那些年不时遇到
  卧在阳光下的蛇我发现
石头上的空蛇皮如烟时日
  仍在其中移行我触摸它
把它拎起轻得像一次
  呼吸我离开了时光辗转
我又回来许多年过去一天
  在石屋外门槛旁
我又看到一条绿蛇卧在阳光下望着我
  真的望着皮松了留下从中
经过的颜色它不见了颜色还在闪耀

浮现

会从多远的地方我又
  抵达发现自己站在裸露的岩石上
在古墙一角在山岭上
  黑刺李丛羊踩出的路灰色废墟
橡树林深深的山谷高原坟墓
  在我身后远去远得我无法估量
面前小路穿过岩石和野百里香
  通往村庄一片片垒好的屋瓦被太阳晒褪了色
树木在逝去的时日里闪烁微光树木背后
  峡谷是蓝色如血管难以擦除
有时是春天白色的花朵绽开
  它们的光拂过单薄的秃枝
有时是雪落在谷仓屋舍小片农田
  墙上的一丛丛苔藓然而常常是秋天
包含万物如倒映在水面上的天空
  夏日折叠进石头我并非
在那里重新生活并非留下并非触摸
  并非理解从越来越远的地方抵达
从陌生城市的时间从车流的
  呼吸从无眠的大陆从水之眼
从高地的飞行任何东西
  都无法幸存从黑暗从后来抵达

光的速度

那些缓而又缓的夏天
　　　山巅的星群暗淡
漫长的时日仿佛并非离
　　　我们远去连鸟儿都醒了叫声彼此呼应
露珠在蛛网上闪烁明澈的晨
　　　在空中绽开仿佛是我们拥有
我们保存的东西我们无法触摸的明亮
　　　无法握住的空气充溢
仿佛永远不会消失轮轴
　　　我们听不见并未转动老掉牙的车
在修屋顶的人的谷仓里喀喀作响回声阵阵
　　　进入小路的第一个东西村里唯一的
拖拉机隆隆启动一阵锈涩
　　　嘟哝才驶出它的披屋
碾过牛粪驶进酸橙树的树荫
　　　我们看不到燕子掠过尖锐的
叫声起伏穿过空心轮的
　　　辐条转动我们随之转动载着我们
走远如有面包店主的货车的轮胎
　　　一轮轮面包码得高高的像日历上的日期
来去倏忽无论我们在说什么
　　　触摸什么我们听不见其中时间的边缘
我们以为它就在那里并且会好好待着
　　　唯有下午在它的表盘上变长
万物的影子伸得越来越长之际
　　　我们才开始倾听

离我们远去的东西太阳落山我们听到呼喊
　　　在村里回荡呼唤家畜归来
接着是天黑后的蝙蝠越来越近的寂静

佩雷尔·维达尔 ①

我看到狼在冬天的秃山上瞭望
　　我夜里站在黑塔顶上唱着歌
我看到我的嘴顺着春天的河水漂远
　　我是孩子在一间间屋里的毛皮越垒越高
均孤身一人它们也没有眼睛没有脸
　　内里一无所有唯有故事
但是它们从不呼吸像在草梦里摇曳
　　我唱出这世上最动人的歌
在歌声停止之前它们纷纷来到我身旁
　　我驰骋我爱刀刃和吹嘘和呼喊
仿佛我万物发出的最明亮的光
　　我爱女人爱她们的呼吸她们的皮肤
一想到她们我就想乘了风
　　我对别人开口无所顾忌
那时一个吻的代价是割掉舌头
　　我依然启程前往维纳斯岛
见君士坦丁堡皇帝的侄子
　　我本可以自己称帝
我征服我征服了每一个女人
　　都爱上我我的渴求就是她们的渴求
我这样想谁知人人都欺骗了我
　　我是世上最愚蠢的人我是头号傻瓜
我曾获得宽恕如愿以偿回到故土

---

① 佩雷尔·维达尔（Peire Vidal, 1175—1205），法国吟游诗人，据说参加了第三次十字军东征。

船渐渐靠岸我看到他们跳舞歌唱
我曾看到朋友死去我身着丧服砍掉
　　所有马匹的耳朵和尾巴以示哀悼
还剃光了我自己和手下的头发
　　我曾是个穷光蛋住在阔佬家里
我曾返回深山那是为了一个女人
　　我曾披着狼皮牧羊人的狗群
扑倒过我我曾奄奄一息
　　曾返回听到他们大笑毛皮
挂在老地方我曾见过
　　不在那里的东西我唱它的歌我呼吸
它的时日它对你来说微不足道你当时在哪儿

古墙

当这一年在它的山上流转夏日的
　　星星越发暗淡鹪鹩醒了开始
歌唱我等待四周由松散的石块围成的
　　围栏远离谷仓的矮门
绿色的繁缕在新光里闪烁仿佛
　　仍是春天不再有脚印穿过它
唯一一棵苹果树在自己的角落没怎么生长
　　常青藤爬满东墙朝着橡树林
还蔓延到稠李丛这里我听着
　　老人的锄头铿然作响在给白蜡树下
旱田里的土豆培土这里我抬头张望
　　墙上的椴梓开出了花朵
我想自己远远的如我熟悉的一条
　　河流的表面这里我望着秋天的光
想着这里是我也许会被埋葬的地方
　　这里我在网里挣扎并且继续编织它
伴着每一次转动这里我继续让出
　　过多的信誉给一个陌生的要求这里我
遇到自己在一场冬雾里石头上结冰
　　我穿过墙上的裂缝结束了
这里我以为我看到了自己以前的自己
　　我曾经确定我摆脱了旧日的锁链

财产

丰厚得数不过来
　　　当然它们全都来自土地
来自黑暗的地方在有记录以前
　　　它们被手捧着如一串被熄灭的火焰
土地本身被捧着直到它有了
　　　主人描述它在法官面前
把它清点划分广阔的土地
　　　主人多了城堡扩大
房屋花园田地树林牧场面朝
　　　阿让塔山的部分以及贯穿的
路被唤为缪拉的土地田野柯蒂斯山的
　　　树林和其他被划定的
附属地区小教堂马厩鸽棚额外的
　　　土地小路南面还有因婚姻
死亡购买赔偿增加的部分
　　　合法继承人不止一个
遗嘱加长不会遗漏任何
　　　家具餐具桌布每面镜子和框架
木桶牛群马匹母猪羊群
　　　有帘子的床若干厨房的物什
此外一切私人物品如钱财
　　　和珠宝单独列出清单数量可观
等唯一继承人子爵夫人清点
　　　觉得乏善可陈婚礼之后
她常常回娘家走亲戚
　　　把城堡留给她的

公公看守他耳朵聋得厉害
  有一天晚上惊雷
滚滚一个劳工的儿子一路
  攀爬至一扇高窗进了夫人的
卧房他用犁的尖头撬开了
  她的首饰盒把东西通通拿走
隔了两晚那顶镶着贵重宝石的
  金冠为庇护九世所赐
也不见了这些消失了的东西
  在下一次家族婚礼上被人想起
子爵夫人颈间和手腕
  系着粉色丝带代替她的珠宝
丝带让她被后世铭记

红

那是夏天阳光明媚的一天小路
　　　越来越窄四周的橡树
比我在那里平常见到的高得多
　　　颜色深得多苔藓丛生如看守看起来
比我见过的一切都古老
　　　脚下的土地变得潮湿悬垂的蕨类和
灌木丛之间有一条条水洼
　　　透过树叶倒映出天空
在那个时刻鸟群沉寂我继续走
　　　穿过凉爽的空气聆听我碰到
一截墙小路通向
　　　林子里的一片空地条条小路交汇
树下的残墙时隐时现石砌房子
　　　没了屋顶的梁拱在茂密的
树枝间树荫里动物的足迹
　　　引向一块高耸的石头中心比那个地方的
石头都暗四面光滑一道道红
　　　线贯穿我走近了看到
一个个名字刻进石头每一个名字旁边
　　　都有出生日期字母数字刻得清楚
那鲜艳的深红色我读着没有数
　　　到底死亡日期他们
遭遇了什么夏天的一天他们
　　　从住的房子里被带出来
大部分是老人从出生日期可以看出
　　　男人女人还有他们的孩子

德语喝令他们到那个地点
　　　枪决后德军把房子一一点燃
动物在里面完毕
　　　他们顺着小路走了火焰冲天
浓烟淹没夏天的黄昏淹没温暖的夜

完成

事后看去时间像是
　　一整块当然是的可它往往
看起来相反当它正在发生是
　　空气透过空气我看见它我继续想着
别的时刻别的地方无论消逝
　　还是绝不会到来这样它就被划分
无论我活了它多久我在何处
　　它不断涌来不断散开
家并不是适合每一时刻的知识
　　既熟悉又陌生如没有命名的时日
我知道的好过我期望的跟随我
　　进入花园我会和朋友一起站在
夏天的橡树林里在另一个时候在
　　某个城市早晨迎来可怕的消息李子树
默默开了花我不能放任
　　我期盼的就那样消失它会发生
没有尽头我觉得没有结束按性质
　　划分接着一个声音会从夜晚的田野
响起或狐狸在寒夜的悲鸣
　　那个瞬间及其每一颗星星就处于
无法返回的路线即使在当时也像是
　　一个整体和它本身事后才会看到的一切

经过

世纪中期一个阴沉的下午
　　　雨在酝酿
帘幕般飘过裸露的荒地
　　　橡树林已被忘记许久
漫游的人和最后的
　　　骑手载着国王被抬高的时刻也被遗忘
还有几只麻雀从灰色的碎草钻出
　　　飞到前面躲在苦涩的百里香
下面掠过多石的平原一群羊
　　　影子般挪动雨在身后
停下嗅闻四处的草两只狗
　　　默默跟着肩上披着毯子的
两个男孩轮流捡起石头抛远
　　　示意狗收紧散乱的羊群
最后面的
　　　已没入雾中我站住望着
他们不断捡起石头抛远
　　　狗跑去接石头羊群
挪了几步又停下了它们像
　　　一朵云一样散散合合
我继续站着我想叫
　　　他们渐渐走远我仍然站着
想呼喊一声趁他们还没消失

物质

我能看见有一种距离
  从当时正值盛年的脸孔后面射出
我这样觉得我却想不出
  任何词语准确地讲述它也无法指明什么
除了当时就在那里的东西它已
  渐渐消逝当然无法被证明
或拥有可是我也许能接近它触摸
  温暖的地衣石头的质地河流的
皮肤那么我能知道是
  动物本身是一小时的
重量和地点在它发生之际是一片牛颈
  燕子掠过鲑鱼腾跃是
它正经过的地方它们都能感觉到它
  毫无疑问凭借无言的光之云

最短的夜

来临时我们一定是在熟睡
　　漫长的夏日渐渐绽开的
清澈毫无阴影包围我们
　　似乎不会变化或褪色日落
之际红色从天空流干一阵
　　寒意几乎无人注意掠过
刈过的田野和淡紫色的山谷颜色止于那里
　　声音的末尾穿过寂静
遥遥而来燕子
　　归巢布谷鸟的叫声
沿山坡回荡挤奶结束
　　牛犊和狗被圈进了谷仓
我们坐着怯声交谈大多户
　　人家早已睡了灯还没点亮
我们交谈想起我们走了多远
　　才到那里颤动的蝙蝠从
头顶墙上的小孔钻出飞远
　　叫声我们还不想睡想看看此刻的
夜晚牛犊都睡了
　　狗蜷在它们旁边爱多亚
和埃斯特比这个世纪还年长睡在
　　另一个时代孩子们仍睡在
同一张床上母鸡在栖息处睡得正香
　　石头睡在花园里墙和树叶
睡在天空中仍然有光芒猫头鹰
　　滑过像影子一样鼹鼠在听

狐狸在听耳朵脚爪彼地的某段时间
　　　我们想必忘记了为何
熬夜一切都在远离当我们不再
　　　注视我曾觉得我漂过世界的
边缘我可以说我仍在飞
　　　必须醒来才知道翅膀是否真实

蓄水箱

不时地穿过皱巴巴的荒地
　　黑莓和黑刺李牵引腼腆的橡树
触摸倾塌的屋顶树叶拂过平板石下方
　　一个个音符被覆盖的音乐向上
凝望黑暗听着一曲终了
　　许久之后伏在深石里一动
不动不曾呼吸不曾忘记
　　无边的寂静声音几近消失
从开始起就被水铭记
　　载在云里嗡嗡作响坠落的叹息
饶舌的溪流雷鸣回声阵阵
　　黑暗中不断从石头上滴落的
时时刻刻声音的回响
　　牛鸣的回响麦秆窸窣每一副
喉咙的呼喊一切的回声汇聚在潺潺的
　　水声而回声本身也
沉入水的记忆音符时而这里
　　时而那里失传已久的技艺

祖先的声音

古老的黑暗深深的黑暗影子仍然深邃
　　　无声无息沿自身滑过整个夜晚
春天的微星还看不到
　　　远远的山谷间兀自燃着几盏灯
无所期望黑鹂
　　　一声啼叫循着光线而发
参差的山影
　　　一道道没入黑暗
光芒再次逐渐显现仍然沉睡浮在它们的
　　　梦里群星突然消失只有黑鹂的
叫声在幽暗的树枝间穿梭远远
　　　消失橡树林里一只夜莺继续
吟唱延长着自己隐秘的星光
　　　这些声音越发尖锐很久之后
才能听到我们的第一声
　　　迎着微弱的光嫩叶缀满露珠
黄雀飞离黑莓灌木丛里的巢
　　　它们为这一天挑选了各自的颜色为自己
歌唱它们苏醒时的记忆

古老的声音

屋墙古老我这样想着它们
　　　一直是古老的
残破的石灰岩枯草的颜色补
　　　缀着暗淡的砂浆包含本地
赭色的土石头也被纷纷
　　　掀起立在阳光下谁也
不知道有多少代
　　　多少生命在屋里开始并结束
跨过石头门槛从窗户眺望
　　　看到树下来了客人树已
不在以及树后泛白的天门
　　　从里面封牢方正的石框
让石头一角泛红
　　　断裂的火已变冷其传说也已失传
屋子经历的结束不止一次我见到它时
　　　已空了半辈子
一半屋顶被黑莓丛掩盖
　　　我踩着碎石小心接近透过墙上的
洞往里看常春藤
　　　在小北窗上摇荡如今又
过了多年屋子还是留在我记忆里的
　　　古老其实在继续变化
如今它的古老已无所谓时间是一种声音
　　　只有离远才能听见

绿野

此时还相信
　　动物的人不多了雕像不是动物
盘中餐也不是自板条货车发出的鸣叫
　　似影子发出没有未来
仍有打猎以满足杀戮的乐趣
　　孩子也养宠物可是遵循
自己的生活并非我的动物已不合时宜
　　在我们之前迁徙有些
已走得很远彼得脸庞瘦削
　　一把白胡子上了年纪的劳伦斯·
彼得的脸在异时异国生活过
　　见过无数事物生生灭灭
仍然相信天堂他说他从未
　　怀疑过自儿时在农场起还是
使用马匹的时代一战最艰难的时候
　　以及战后也不曾怀疑他来到
可以被他视为地上的天堂的
　　地方六十几岁时向南走
那时已可以熟练运用这种语言
　　他选了一条最细的路
进入从前的世界
　　他几乎忘记的野花一起劳动的
邻居割清晨的牧草
　　午饭前翻动干草挤奶时
收进来人畜兴旺
　　他崇敬的所有美德在一个外国人看来

回馈丰厚他留在那里
　　度过余生看见他想看到的
冬天到了他不能翻耙花园里的
　　土地便放弃了
他的房子土地一切
　　待在一处老城堡等死
他躺着有时会觉得被身体不便
　　或神志不清的人包围他告诉我
床边的墙几乎每天都会敞开
　　他看见那里到底有什么他立刻意识到
是永生他看到他耕耘的
　　花园儿时的绿野
他的母亲站在那里墙会阖上
　　把他包围那就是世界的尾声

遥远的早晨

我们是我们自己的一段时间橙尾鸲莺又立在
　　耙柄上耙子直插进
潮湿的土地呼啸的黑风筝
　　在河流上方高高飘扬天气转暖
鼬溜过常青藤如一束光闪过
　　歪脖鸟就像影子
待在一棵枯李子树的树干上远处白日下的
　　人影掠过它那双黑水晶的眼
茶色猫头鹰栖在橡树上听着纸
　　喇叭迅急的敲击暗示着茶腹鸭
可能藏在那里灰色的极北蝰蜷成一团
　　在它灰色的石头上一只蟋蟀的叫声
在周围萦绕夜行人在屋里蜷着睡了
　　灌木丛里的刺猬獾和狐狸
在地洞里蝙蝠挂在屋檐下
　　均不可能拥有或否认或唤回
均不会后来赋予意义

雌狐

寂静的彗星终结公主
  并不颤抖的高音没有声响
彻底的黑暗被守候的秘密的保守人
  被毁的故事的保管人逃脱的梦不曾捉住
词语的句子河流流向的管理人
  其表面的触摸灭绝之物的西比尔
隐藏之地的窗另一次
  路边墙角并未等待的病人
我出生时秋天的满月
  见到我时你不再像火焰一样熄灭
你仍比照耀你的月光暖
  甚至到现在你也并未受伤依然完美
一如既往你轻盈的爪子奔跑在
  无风的夜在有一端的桥上我记得你
我听到你时我的脚掌作出应答
  我看到你时我已苏醒并从日历滑落
自不同的信念和组成我的一生的矛盾
  所有崩溃的捏造
一直持续直到我们这种东西
  终结当你不在时
让我再看一看你翻过墙去
  趁花园还没消亡树木还不是
屏幕上流过的影让我的话语跟随
  动物在寂静中找到自己的处所

被给予的一天

醒时我发觉已是深秋
  暴雨季过去阳光还远
暗色叶尖仍是它们自己的影子
  我在家里它正朝我返回
我忆起清晨逐渐绽开的甜蜜
  此地清澈的春天一日一日
默默升起不曾中断亦是唯一
  接着一次一个我记起却不理解
有些已消逝的仅仅是不在此地出现
  午后从桥上走过想起一个朋友
还活着的时候一扇门从建筑物
  拆下穿过逝去的城市
年纪尚是我现在一半的母亲站在窗前早已拆除的窗
  同处一室的朋友在我们之间梦见的词语
注视我的动物的眼睛它们都在这里
  在清澈的早晨中在第一缕光中
这光此刻记得去冬之花朵的路

河声
(1999)
致保拉

路人 ①

一天森林里来了一个
从没来过那里的人
这个人像猴子但是更高
没有尾巴也没有那么多毛
直立并且只用两只脚走路
走着走着他听到有个声音救我

路人于是张望他看到一条蛇
巨大的蛇熊熊的火焰
把它包围
蛇试着突破
可是无论转向哪边都是火

路人便弄弯一棵幼树的树干
爬上去接近火焰他
向蛇伸下枝条
蛇缠住枝条
路人把蛇从火里拉了上来

蛇见自己已获自由
便缠住了路人
越缠越紧
路人大叫不不
我刚刚救了你的命

---

① 原是瓜拉尼传说，由厄内斯托·莫拉莱斯记录。

你却想要我的命

可是蛇说我这样做符合
常理即
善有恶报
他把路人缠得更紧
路人不停地说不不
我不相信那是常理

于是蛇说我证明给你看
我可以证明三次你看好了
他仍然紧缠路人的脖子
双臂和躯干
他松开路人的双腿
走吧他对路人说一直走

他们就这样上路了他们来到
河边河对他们说
每一个人我都帮助看看他们
怎么对我没有我他们都得渴死
却只换来泥巴
和死尸

蛇说这是一

路人说我们接着走他们就走了
他们遇到一棵蜡棕榈树
树干布满创口汁液流淌
树呻吟着每一个人
我都帮助看看他们怎么对我

我给他们吃我的果实为他们遮阴他们却
割我吸我直到我枯死

蛇说这是二

路人说我们走吧他们就走了
来到一处地方听见抽泣声
一只狗把爪子探进一只篮子
狗说我做了件好事
却落得这样
我发现一只受伤的豹
我照顾他帮他恢复

他一有力气
就朝我扑来想吞了我
我逃脱了却被他撕下一只爪子
我躲在洞穴里等他离开
在这篮子里有
加拉巴木葫芦装满凝乳医治我的伤口
可是我把它推得太远够不着

你能不能帮我他对蛇说
蛇喜欢凝乳胜过一切
于是他从路人身上滑下钻进了篮子
等他全钻进去时狗一下子把盖子合上
用力把篮子砸向树干
砸了又砸直到蛇断了气

蛇死在篮子里
狗对路人说朋友

我救了你的命
路人把狗带回了家
像路人对待狗那样对待他

合唱

湿竹噼啪夜雨
黑暗里呼喊轻轻抽泣
空心的竹管碰触彼此
摩擦随着空了的
空气摇晃这些声响来自有声音以前
比悲痛古老的姿势来自有痛苦存在
以前据我们所知高得惊人的
树干直入天际摸索挥舞
在我们渴望它以前或我们
熟悉了它失去以前或感觉
能够辨识音节
对它们而言也许就是它们自己的呼喊
像黑暗中的名字给他们讲述的
无关丧失无关渴望更无关
尚待回答的一切

晚香

今我已活到足够的年纪记得
人们谈论不朽
仿佛那是真实存在的东西
可触摸的或许要
在厨房里使用
日复一日无论那里在制作什么
之后也一直如此他们把这个词
用在文学上用于命名事物
命名人也命名其他东西
毫无疑问他们重复
那个词带着相信的意味
当他们命名一个属包含
一百种热带树木和灌木
有些树的花朵夜里更香
以詹姆斯·西奥多·塔博奈蒙塔努斯命名
是海德堡的医生也是植物学家
生前声誉很高已是
四个多世纪以前不朽
也许就像这样四散的物种
继续各自的演变
花朵在白天或夜晚盛开
并不知道承载着一个人的
名字即使芬芳有记忆
忆起的也不会是他

忆

一串串熟悉的声音反复听到
莎士比亚的词句或莫扎特极光
晨曦纤细的指挥棒从中浮现
进入黑暗几个迁徙的人
经过夜晚的高音与古时候的鸟群迥异
与余下的词语迥异与乐器迥异

另一条河

友人回家了远远向北那条河的
峡谷流进谁的河口
从英格兰来的人在有生之年
及时出海看已消失的森林
镶着黑边壮阔的河流
最偏远的边缘对我而言
他到达时总像是
刚刚入夜
临近夏末表面在汇聚
像一面巨大的镜子向上
凝视珍珠色的光已
染上日落的第一道
金黄迁移的鸟在高空摇曳的
痕迹向南飞仿佛它们眼里
没有尽头风止息波浪
和水流似瞬间
静止树木咔嚓
一下子消失熟悉的声音
逝去气味轻轻摇动
旅途的饥饿都成了
他们身后的一次睡眠他们静静躺着
他们的半月号① 的倒影
天空炫目时间把他们
托起黑暗的通道他们不曾为之命名

---

① 1609 年,英国探险家亨利·哈德逊乘坐半月号沿河航行,如今这条河以他的名字命名。

有回声的光

我开始阅读我想象
桥与鸟有关
与像是笼子里的东西有关但我知道
它们不是笼子应该是秋天
多尘的光从街车的电线上闪动
和那些照片上正在燃烧的橙色地点
此刻的确是秋天光线
明澈离海不远微风
轻触干草昨天还是绿的
空了的谷粒颤抖而立下方的
幽灵花遮盖了被忽略的田野
以及各地我无法把目光
从那些色彩上移开都是红色连宽阔的溪流
也是红的这是迁徙的季节
夜间飞翔感知旋转的大地
在他们身下我在城市醒来听到
鸻鸟的呼叫一声又
一声在我睡着之前这里深入河水下游
正在聚集回声距离河岸很近
最长的桥张开了它们纤长的翼

黑暗中返回

想必很多人都已
死去出租车司机
端坐在我前方
二十甚至三十年
也许四十年
以前时间无所谓
那次我去了哪里
如果那天结束
灯光亮起

到时候我就能看到
麦哲伦云
从黑色河水上升起
白色电路系统
命令我们跨越
桥汇入人群
和城市的峭壁
仍那么熟悉
我不熟悉我的生活

我穿过另一个时间
观看它
每一面漆黑的建筑我思索
张望如从前一样
闪烁仍是一样
从陌生的生命发出

在其他的世界那些白色
窗户在燃烧相比光的
诞生是多么不同

韦弗利广场 227 号

离开后我想象他们会
修缮安全通道处的窗户
朝北面对大街
通向哥伦布环岛我熟悉
那峡谷的光线每时每刻
穿过没洗刷过的窗玻璃只是观望没有
结论河水向我流淌
径直从模糊的远处越来
越近愈发暗了突出容易辨认
越来越快经过我奔向
隧道一直流淌那样流淌
穿越自己的声响很快成了
我自己的一部分滚过
隆隆声响铁的鸣叫汽笛声
在凌晨一齐归于平静人行道
传来的声音回响两岸脚步
匆匆窸窸窣窣松动的
玻璃跟着震颤像忆起的蜜蜂
北风从冬天的窗台溜进
掠过窗边的小桌
我的右臂终于疼痛变得僵硬我拉开
椅子抵住床站起来
走向另一间屋子充满
东边的天空时日重现
从窗户一户户屋顶
友人来过的屋子我们坐着交谈

我们一起吃饭生活的地方
蓝漆从天花板上飘落
我们开着灯听音乐听到深夜
听着街对面的医院
传来对讲机的声音伴着莫扎特
十楼呼叫卡普兰医生
反射的光在墙上涌动

走上六楼

过了下午四点在这里的最后一天
冬季的光渐渐暗淡
东面掠过灰色屋顶
掠过垒齐的砖暗色水桶
钟楼天线顶层公寓的窗
生锈的门露台花园里光秃的树
远处一架飞机驶来
被慢慢燃烧的太阳照亮下沉
还有两周是冬至完美的秋季
徘徊似乎还不会
消失公寓的墙壁和长
镜子成了影子最新式的
电话已经切断缩在
墙上以及已听不到的之前的电话
搬家工还没回来
光秃的床光秃的桌子沙发一摞
唱片大椅子在这个钟点
我请住在莫顿街的朋友来坐过
告诉他沿着大道每扇
朝西的窗都反射着
一幢红色建筑像火炬在燃烧
上方靠近老邮局
克利斯托夫街汽笛声汇成一片
各种钟声敲响天空晴朗
如此刻他们在摆放圣诞树
又沿着篱桩下方街角
地下铁轨呼啸通往布鲁克林
二十五年

堤道

这是一座桥黄昏时他们听到声音
远远地从湖和沼泽传来或者他们说他们听到声音

桥在振动这个时刻没有人过桥
沿着这里走会到达他们听到声音的地方

这是唯一的桥虽然总有变化
有人总说他们听到声音

声音吐字古老来自影子
时而压抑时而清晰

在古老的音节里能辨识出什么
吓着不少人在另一些人听来是叫人别害怕声音

跨过桥的旅人忘记要去哪里
走在由远声近音构成的通道

如今有了关于桥的故事比这一个早得多
早已苍老在我们的语言和唯一的声音出现之前

当哥特人离开在锡西厄的最后的王国
他们感觉得到桥在他们的声音下震颤

河岸和头几个跨度很快消失在眼前
那里似乎没有尽头马匹车辆人和他们的一切声音

雾中黄昏整座桥都沉了下去
沉入湖和沼泽只剩下他们的声音

他们仍说着最后一个王国的语言
没人还记得如今听着他们的声音

那些声音的残片转换出的意义
说服了一些听到它们的人觉得熟悉

从未见过的祖父母儿时的长辈
如今沿着现在的桥它们听起来格外珍贵

有的也许已说着较早的语言说出我自己的名字
活着时他们在他们声音的王国里吸入空气

中国山狐

如今我们可以说
有一段时间
经常出现
也许随时

可能冒出来
他们常那么说
也许在他们的
年代的确是这样

我们如何能够肯定
毕竟眼前的证据
稀少得很
他们经常提到

经历了数百年
其时或许
确实常见
于是他们提起它

它的存在他们
肯定人人见到过
会觉得熟悉
他们那时就这样

暗示直到它成为

他们毫无疑问的习惯
如名字的一部分
在那样的环境

完全出人意料
忽然出现
瞪大的眼里的烈火
只有在那时

才注意到
很近的某地他们
一辈子都在打交道
每天经过的

也许都是同一个地方
他们自己刚才
站立的地方有活生生的脸
盯着仿佛它肯定

在跟踪他们
毫无防备地出现
他们可以探究
或逐渐了解

虽然他们研究运用
各种方法
当时他们信赖的
推理演算计策

能告诉他们下次可能

在哪里在何时遇到它
如果他们料中
好像它的行踪

有规律他们可以追溯
如彗星或行星
遥远的
光的路径

可是它从未出现在
他们料想的地方
从未连续地呼应
他们的观点

没有实体的存在
他们常常怀疑
古老的故事和幻觉
来自想象出的过去

都纷纷归结
到传说的角色
同时另一种
传说却在萌生

戏耍那动物
即使它在那里的时候
那无法预料
未被捕获的生物

部分照亮部分生锈

奇闻流传
带着不曾减少的信任
而一次次目睹

变得不同寻常
间接的怀疑
无法证实
渐渐转变成鬼故事

都再容易不过
大多数时候
它仅仅被
单个的人看到

不像它的近亲
低地的猎物
那一代代的
都那样生活

它从未被猎捕
吃下毒饵或被一群
猎狗追赶或被击中
吊起来或被骑或非常疲惫

甚至从未被
同一个人见过两次
它待过的地方
他们又回去探视

无论他们如何

讲述只要他们
还在讲述揭露
更多的往往是他们

观看的方法
看到的是他们的东西
和他们的想法也许可以
让他们在某个

瞬间瞥见
在实际生活里
其实很难看到
在此刻和它自由出没的

地方只隔一瞬
在他们到来之前
山脉葱郁
也没有名字

诗人的挽歌

我还记得
小时候我总是
　　一群人里最小的
　　后面还有一个妹妹

从我能够
在餐桌下走路开始
　　正因为这个挨了罚
　　活动面板或许会砸到我

仰头看到父亲和母亲
在和来客交谈他们说的
　　大多是已经说过的忧虑
　　教导对我来说过于苍老

在学校我跳了一级
从此打乱一切
　　一年年人人都
　　比我大我总是特殊的

到了大学不少朋友
刚从前线回来
　　能够服众
　　我敬佩他们

像待小几岁的孩子一样待我

于是我结了婚半是为了显摆
　　怀着从未有过的虚荣
　　听他们谈论我

我多么年轻感到多么惊讶
我是台面上最年少的
　　我想这是我自找的
　　我相信这影响了我

也像是属于我待在那里
待一阵接着有一天
　　我身处另一个国家
　　有另一些比我年长的朋友

年轻被看作理所当然
并且发现它已被某本诗选里的
　　笔记取代
　　在我之后出生的人

那持续了多久
我如何能摆脱年轻
　　不再注意也不再
　　有人特意告诉我

虽然我天真的希望比原本期望的
花更久时间实现在我年纪更小时
　　这个词语来得更频繁
　　向我暗示它自己

可是秘密仍在那里

安稳地待在不受保护的空气里
　　只存在于自己词语里的呼吸
　　只在儿时对我歌唱

我被迫无助地去表达它
除了词语没有其他方式
　　虽然那些词语完完整整
　　鸣响时我清晰地听到

和从前一样的泛音
从此我常常倾听
　　音符响个不停
　　每次都不同

我试着寻找它来自何处
会产生什么词语
　　之后永远存在
　　描摹萦绕我的念头

觉得我母亲和我们
每一天的生活都会溜走
　　就像夏天一瞬间
　　一切都会失去

但是我知道当时写下的
词句有时就不会消失
　　如果它为我开口哪怕一次
　　它便会停留并且成为我

无论能选择的词语有多稀少

描摹事后的倾听
  我会在那里苏醒看到
  一个看起来没有变化的世界

我觉得这就是我当时的想法
年轻的我音符
  从某人的作品里传出
  二十几岁我看周围

尚健在的每一位诗人
他们的诗行是
  养料是陪伴
  数年间对我都是一束光

我初次看到他们的肖像
一排椭圆形
  是在奥斯卡·威廉姆斯的"精粹"①
  那么他们早已被确定

他们不会改变
趁着遥远的声望
  牢牢地不朽
  在他们活着时而我周围

全是从火车上望到的树木
转瞬即逝
  可是那些不朽的诗人可谓

---

① 指美国诗人奥斯卡·威廉姆斯编辑的《英美现代诗精粹》(*A Little Treasury of Modern Poetry*, English & American, 1946)。

持续地鼓舞我

第一个是迪伦·托马斯
从白马酒馆离我们远去
　　到我醒来看到的砖墙
　　一连数年在街对面

接着是史蒂文斯去世的词语
带来寂静新的感知
　　最终是不在的无
　　麻雀说让我们合一

他漫长的晨曦在
头顶的黑暗上持续了多久
　　自我从我的雪莱
　　和艾罗史密斯① 抬起头第一次读到他

距离他的死不久
埃德温·穆里静静地落下
　　当代的警钟
　　我却觉得没有被仔细倾听

西尔维娅·普拉斯遵循自己的
方向探索未知
　　自她最后的星星和诗
　　住的地方离我只有几个街区

---

① 即威廉·艾罗史密斯（William Arrowsmith, 1924—1992），古典文学研究者、翻译者。

威廉姆斯不久
被黑色的激流带走
  流经帕特森如他
  所说湍急的声响在我体内

那是召集弗罗斯特
进入黑暗的时刻他迷失其间
  遥远得无法看见
  他的声音不断地在我耳边回响

接着消息突然传来泰德·罗特克
夜里被发现浮在别人家的
  泳池里死了然而对我而言
  他仍然活在他的诗句里

麦克尼斯① 望着冷光愈发坚硬
当那一天离开花园
  步入黑暗的庭院去张望
  它去了哪里却从未告诉我

没有辋圈的轮子上
艾略特感到眩晕而贾雷尔② 被
  汽车撞倒他酷爱观看
  赛车后来有一天

有人敲花园的门

---

① 即路易斯·麦克尼斯（Louis MacNeice，1907—1963），爱尔兰诗人、剧作家。
② 即兰达尔·贾雷尔（Randall Jarrell，1914—1965），美国诗人。

消息传来贝里曼
　　从桥上跃下二十
　　年前对我引述过

克兰① 写的东西有句俏皮话
从无言的篷车坠落
　　朝邦斯和亨利② 挥挥手
　　朝他告诉过我的一切挥挥手

我梦见奥登坐在床上
我却听不到他说了什么
　　当时他已经
　　死了次日早上有人告诉我

玛丽安·穆尔进入方舟
庞德不会再从黑暗中讲述更多
　　他帮助我解脱束缚
　　我想着我周围的散文

大卫·琼斯会休息直到
时间流转在山底下
　　他却从亚瑟的睡眠
　　苏醒跟随我的回声

洛威尔以为朝他来了的
轮廓线影子是曼哈顿

---

① 即哈特·克兰（Hart Crane, 1899—1932），美国诗人。
② 邦斯先生和贝里曼的另一个自我，亨利，在贝里曼的诗集《梦歌77首》和《他的玩具，他的梦，他的休息》中描述过。

却在出租车里失去意识
他给我读过他的笔记本

他对司机说的
数字一个最后的词
　　那个警觉的最孤独的
　　漫游者他的词语跟着我

走遍各地伊丽莎白·毕肖普
孤独地死去
　　他们早早离开聚会
　　我们的长者我熟悉它

而针在我们中间移动
总是引起惊讶
　　一闪而过快得看不清
　　触不到在我之后出生的朋友

詹姆斯·赖特在他暮色笼罩的河边
听到夜鹭经过
　　拿着他的蜡烛走下雾气弥漫的
　　小路在我眼前消失

霍华德·默斯① 感觉到对他名字的
啃噬发觉什么都无法
　　对此改进他风趣
　　连那种态度也让我觉得风趣

---

① 霍华德·默斯（Howard Moss，1922—1987），担任《纽约客》杂志的诗歌编辑近四十年，同时也是杰出的诗人、诗歌评论者。

格雷夫斯① 在九十几岁时失去了现实感
忘记之前他已死去
　　天真地找到了归来的路
　　他指引过我

内梅洛夫② 比他的诗更悲伤
说新的一年不会更糟
　　苦恼的黑色锚爪
　　沉下去把词语留给我

斯特福德③ 注视他的手捕捉光
看到该是写作的时候了
　　纪念他们的故事
　　署了名是我面前的平原

此刻听到吉米·梅瑞尔的声音
如后来的咏叹调
　　我们知道他已不会变老
　　谁对我说

在寒冷的街上那最后的晚上
他的心跳跃发现了
　　尚且陌生的诗
　　穿过窗户朝我招呼

---

① 罗伯特·格雷夫斯（Robert Graves，1895—1985），英国诗人、古典文学研究者，默温为他的儿子做过一年的家庭教师。
② 霍华德·内梅洛夫（Howard Nemerov，1920—1991），美国诗人。
③ 威廉·斯特福德（William Stafford，1914—1993），美国诗人，做过各种各样的工作，曾在甜菜农场和炼油厂当工人。

在那个我们出生的城市
一个接一个他们纷纷消失
　　离开我们共同的时间
　　和语言那把我

带到了这个季节在他们之后
最好的词语不曾阻止他们
　　最终离开他们自己
　　如今天正离我远去

他们曾在倾听的清澈的音
从未保证过什么
　　可是简洁那真实的音
　　会在我身后继续

遗言 ①

过了今年我便七十岁
难以置信的年纪
我仍觉得自己愚蠢
和以前每个阶段一样
但我相信和别人差不多
也尚未积累足够的
智慧可以坦然面对伤害
不至太过伤怀

尽管我已啜饮过烦恼的
边缘应该知晓那滋味
我却仍不懂得
领悟的痛苦失去的
最终如何转化成光
有些自诞生时便照耀
有些会暂时渴望
最后的和大地之手

而有些显然会把开放的
不可重复的他们在其中苏醒
和生活的此刻给出去
瞥见他们小时候待的地方
或相爱过的地方而且能够

---

① 这首诗受法国诗人弗朗索瓦·维庸的《遗嘱集》的启发而作,默温原诗遵循了维庸的分节和用韵。

在那第二次看见时捕捉到
朴素的原初时
他们错过的这次把它纠正

他们会懂得如何在那里维持它
静止的生活仍然活着懂得
现在该做什么该把它
悬在哪里如何不从那里
再次离开也许虽然
在他们生活在它的时日里时
他们盼着快点儿过去
盼着离开

时不时地
有人紧紧地攀附如此绝望
仿佛他们
落入白水快要溺死
攀附的其实就是
他们大多想要甩开的东西
继续坚持忍受种种痛苦
仅仅是爱

骗术在街区移动
总能吸引人群
诺言脱离时钟的时间
在任何瞬间足够精明的
那个会放下
此刻并且计算
后来它会价值几何
同时屏住呼吸并且等待

希望和它珍贵的建议还在徘徊
抵达每一个人的方法都不同
长大意味着你放弃
你中意的东西如今知道那换来的
是假日里的香槟
和舒适用品意味着久居
到达那个状态就如别人所说的
此刻又有什么意义呢

当然我反复被他们
每一个欺骗
无论我一直用的什么词语
我一直是从记忆中
抓取任何浮现的词语
通往某个计划或许诺的路上
尚未到达在许多
观察后我得出了这个结论

接着我听到的是什么在早晨的空气里
我听到同样的朱顶雀的叫声
我以前来时听到过
如今新的光芒触到那里
蜷曲的树叶纷纷向它伸出
它们的手一动不动
年轻的白昼将它们充满
我仍然是倾听的孩子

某个春天从农场
走出来独自走进那悠长的一天

穿过老苹果园爬上
一座山向下望进
绿色山谷闪烁的
光芒令任何词语都显得苍白
后来向别人讲述
他们说那是夜里的牧场

我是计划建造方舟的孩子
在屋后时间
充裕不配马鞍骑上黑
马穿越夏夜直至
白昼发觉我们身处叶子落光的山上
夜里站在湖边
望着湖我会一直望着
只要我在这里醒着

看白昼的来临
又来到这里只有一次
它仍然陌生如
第一次照耀在我身上
没有其他人变成我
在我穿着的衣服底下
我明白我还是我
自出生延续至今

河上的船只看上去
并没有漂移
它们闪闪发光像无声无息
穿越明亮的阳光
我在窗边俯瞰

帕里萨德斯悬崖向下望见
教堂的后墙望到
高架桥和霍博肯市

从没疑心这也许
是唯一一次
我父亲今天问我
无论他也许怎么想
如果我保证我会
保持安静如果我随他
前往他准备
他的布道我保证

钥匙在沉重的门边作响
漆皮开裂
我们的脚步声在倾泻的地板上回响
通往黑暗的过道通往高坛绿色的
窗帘我们的轮廓
顺着阳光闪烁穿越
这次睡眠深水般的
安静我们苏醒着进入

楼梯回旋向着高窗
我跪着观望明亮的
河我听到身后无知的人
接着是打字机敲击
停止他重复今夜
在他的呼吸下重又
变得确定无知的人今夜

必要你的灵魂 ①

而我假装听不到
我知道他正对着
不在这里的某个人说话
我一直望着窗外
我能看到船只不再
航行涌动的水
他对着讲话的房间
话语早已消失在空气里

我们在那里生活了多少年
离开以后我们得知
年久失修的教堂卖了
空空矗立很快
倒塌那片地
和长草都遗忘了它
石头上再无石头
树木从腐朽的地板钻出

影子往墙上伸展
是隔壁的砖砌长排
房子漫过南面
各个楼层
孩子在里面长大那些
框架一直在那里的树枝
影子后面的家庭
变老迁移他处

---

① 见《圣经·新约·路加福音》12：20。

在那个地址度过一世世
期间那里的荒地始终都长着
野生的树
白杨树和被人看轻的常见树
有人叫它天堂之树
战事拖延慢慢结束
最后那些邻居也忘记了
那里有过什么

再过几个月
距我父亲死去的那晚
将满四分之一世纪
按照这边的时间计算
当时外面大雨倾泻
过了午夜过了凌晨一点
我从街上返回擦干
不曾听见电话铃声

我躺在床上
听着雨
击打头上的屋顶
看着灯光映在
蓝色的天花板上又翻个身
身后传来门响
我最亲近的朋友顶着暴雨
带来他走了的消息

就在刚才
一小时左右他们

一直在给我打电话
不过是几分钟
指针的位置他们说
和我出生时相比也许我们
一样地经过时间很近又一样地错过
过去发生过的

无论他和谁说过
回到他和我说话时我
听到他声音时我仍能听见
尽管现在话语几乎消逝
我当时听到的我现在听到的是谁
一次次他会
讲起利默顿①
笼罩在他童年时的火车吐出的烟雾里

望着伊利市的铁轨
从前窗和后窗
下陡峭的护坡在遭偷窃的房子
背面和那一排排
夏天的卷心菜土豆
并不齐整
后来河流经过
他们都走了之后

他说得它像是
一座花园早已遗失
一个遥远的许诺的些许光芒

---

① 宾夕法尼亚西部阿勒格尼河畔的村庄,是默温的父亲出生的地方。

为他最喜欢的词语染上色彩
形容他们最困窘的日子
他母亲有七个孩子
活了下来他最小
在和她结婚生下

孩子的男人出走以后
她独自抚养他们
他顺流而下
去了匹兹堡过城市生活
他们说他酗酒这已足够
大多数人都会这么说
没有人演奏《向总统致敬》
当我祖父返回家

她拥有的是线把他们都
缝补过他们构成了她
基座上的古老雕像
在我有她的记忆之前
坐在她的摇椅里
在窗边读她的《圣经》
她的针停在空中
我只知道这些

传下来的片段
像补丁在一代代间
没有哪个能讲清她自己的
生活是如何展开而起初的
一瞥她挥着小手
那么小不懂为什么要挥手

年轻人的队伍走过
奔赴内战

他们反过来和她描述
是不是妈妈他们会说
向他们挥手告别记得吗
因为旁人让她那样说
她再讲讲那天
在门口她被举得高高的
她会笑着扭过头
无话想说

我父亲和他们其余人
一直是这样
讲述发生过的
只讲他们偏爱的老片段
他从未讲完一个他讲了
开头的故事任何问题
都会把它中断
所以过去的就过去了

他死在那个凉爽的夏天
每次有人问起她要做什么
我母亲都会回答
她会在那里独自生活
每一片花床都播种
她喜欢待在户外
一个人照料它们
有人说她会疲劳

跌倒某天被发现
她也点头说她
想不到比这更好的死法
不禁笑了可她
真是这个意思他们感觉得到
有人还记得她说过
就这个话题她
从不害怕死

她第一次感受到是
在四岁她父亲去世
从此以后再也没能
对父亲有更多了解
她之前见过的是他吗
眼里含着那一天
已经走远或者
在他死后

她脑中的记忆残片
组成了她听到的
在床边的最后一分钟
闭着的眼贴着冷
额头没什么能让她
紧握相信这就是他
他的照片都显得老
没有一张像他

但东西还在那里
他写过的纸
穿过的衣服变成了他

那些时日影子纷纷落下
黑蝴蝶悬在
门上告诉街该哀悼
地板上的盒子敞开
下面是她出生的房间

房子位于科罗拉多
丹佛诺言的微光那里的
医生都劝他离开
反复强调也许是因为
山上的空气他们的话越发微弱
他可能继续巡察
铁路线也不错
希望那是他们要的结果

火车载回夜晚
还在击打她的思绪
与光的丝线同样节奏
环绕着被称为盲人的
有位善良的陌生人
她感觉得到她母亲躺在身边
温热的身体伸手碰到
她兄弟的胳膊如收拢的鸟

他们已远去
在他们从不曾听说的地方
终日翻滚黑暗
都是很久以前
她在俄亥俄醒来
如此陌生可是

人人和她说话好像
她一直住在那里

熟悉卧室和床
她母亲的
以及房子她母亲说
等她长大成人
结婚就是她的那仍像是属于她的
我母亲想单是那些名字
就是熟悉的
她刚刚看到的一切

那里没有山脉
像被遗忘
她哥哥莫里斯说它们
还在那儿地平线那边
还有在自己的花园穿行的天神
她听说过他们推过她
推过她的马车在被隐藏的
时光里在她能够记忆以前

下一次醒来是在黑城
匹兹堡把她紧裹
她祈祷它们也许能被带回到
河畔的房子
在俄亥俄她父亲的
出生地在那里被叫作柴郡
他们与她祖父一起生活
为什么不能继续在那里

也许有朝一日她母亲说
眼下他们只能在此地
落脚她说着一日三餐
所有投保的钱
都打了水漂只有
这里她能谋个营生
养活子女和她的娘家
现在这里就是他们的家

他们不时游览俄亥俄
第二年夏天
她母亲似乎没有觉察
那时自己已病得多重
泛黄的照片
前景里她是影子
为孩子们拍照
遮阳帽和宽发夹

白马和花园秋千
夏天还没结束
暑热不退她已奄奄一息
所有的影子都来了每个人
都在低语在楼梯平台
拐角痛苦这个词传来
传去接着是俯身
吻她她也走了

大家又穿上黑衣
颤抖的面纱仍在耳语
孩子们怎么办

她如何承受
有人记得
她以前是多么美丽
饱尝艰辛却依然美丽
直到这一次

后来在匹兹堡
她由母亲的母亲抚养
肯定他们真是幸运
吃饱穿暖一起生活
时常搬家
家里的人
无论舅舅姨婆或是祖母
都不能存住钱

也许她母亲本来
能够打理一切
她找到的工作
与数字有关是女子互助中心的
簿记员她的
手指修长我母亲记得
她手持钢笔时
利落的优雅

从去莎士比亚学校那天起
她就憎恶莫里斯也是
她讨厌她度过的每一天
在宾街的房子
她得知一位姨婆
母亲的姐姐莱德为玛丽受洗

也搬进来时越发难以忍受
母亲去世没过多久

莱德正准备离婚
与杰克舅舅他们听到莱德
说这当然要怪他
他们至少在让他有准备
在他说谎之后
在她身后跑来跑去
在她说个不停时他们能够听到他的观点
谁都喜欢杰克舅舅

那时我母亲正年轻
觉得莱德傲慢又虚荣
后来她想自己也许
抱有偏见但是很清楚
她感觉莱德辜负了
在一起的生活
又抛到一边
一份在她看来不够好的礼物

而我母亲一直在想
她究竟对父母了解多少
她深信他们相爱
他们竭力抓住每一个机会
哪怕他们已不在
她也能感觉到他们试图攥紧的东西
正滑出他们的手
那一切却从来没能讲述

她连一个词也
描述不出
她会记在脑子里
像一个数字循路
落进下一天的行列
她陆续做下速记
无人能读懂她敢说
无人知道她是什么意思

她下定决心不会
半途而废不管她
该完成什么她会
在学校遵守纪律
好好完成各项作业
长时间练习弹钢琴
衣服的接缝缝得非常平整
一切都井井有条

只是她母亲还活着该多好
她喜欢琢磨也许有一天
他们又奇迹般
搬回俄亥俄
不需等待太久他们可以住在
苏珊姨妈附近她有时
能记起她母亲的话
说那会很合意

她相熟的表亲
山姆和密涅瓦
她列出其他人

住在附近的就像在眼前
也记得她去
他们家或在河边
玩耍顶着夏日
一天她祖母去世

那次死亡是在不同的地方
告诉她并不容易她一直
缺乏感激
在这个小个子女人的影子下
她把他们一个个都领进来
直到他们说她的门
挡不住任何人
她还接收寄宿的人她一直穷困

莫里斯搬出去了找到工作
仍怀着大学梦可是
从在铁路管理处
职员薪水里他为
我母亲支付了
保险直到他确信
她能挣钱养活自己
虽然谈不上有多照顾她

她在北方教堂
是出色的秘书意识到
那神学院的热忱
为牧师开车的学生
谁都注意到她
当时的美

你仍能从照片里看出
一张模糊的复制品

她母亲的美在那儿重现
记得的人都这么认为
莫里斯也不否认
他们这么说他听得见
他明白他们为什么这么说
但他不相信谁
长得像谁不他觉得
人人都长得不一样

她和乐观的年轻人
开车去传道
不久后一起外出
去剧院和游船上的宴会
搭别人T型号的汽车郊游
接着是戒指筹备
婚礼莫里斯刚好赶上
他死时她二十四岁

她母亲的遗嘱用铅笔写就
纸对折内容还没填满一半
微小得也许会从
一个世界漂流到另一个
无人注意得到她敢这么说
一人拥有她的胸针一人拥有戒指
都被拿走
没给她留下什么

莫里斯喜欢阅读
完全沉浸其中
他的心脏里有一处瓣膜在冒血
他们注意到不对劲
爬门前的台阶
他都喘得厉害
没留下什么
他的毯子他的借书卡

她父亲也没留下什么
这次模仿短吻鳄的情形
紧抓过道的地面
作为铁路督察员
再没有值得运输的
再没有人可以转让
没有她认识的人已出发
时刻表上的大多数车站

年轻时他们三人都看见过
空虚穿过光阴到来
他们在他人中间移动
它随之移动它从未消失
他们不知该说什么
只是说他人说过的话
在教堂闭着眼睛祈祷
盯着前方并未看到什么

她看到他们望着它
熟悉它投射在他们眼里
每一次意识到不在

那里的东西每一次都是
一样不变的惊讶
而每个人反过来告诉她他们
相信永生
有一天会重临

她相信这些词语
听得多了当然不会假
那些日子她后来也这样
说过像以前那样
她还小时还不理解
为什么要反复说这些词语
也不懂它们指的是什么
以后她会理解

同样的词语由其他声音讲出
都在故土等待
他们搬到头几处教堂
位于亚特斯博洛和乡村谷 ①
站在公墓里
和以前一样听着祷告
要歌唱我们不久会在美丽的海岸
相见的

那一天可是这仿佛
没有脸孔的真实犹如空气
她清楚地看见过她自己的死

---

① 亚特斯博洛和乡村谷,都是美国宾夕法尼亚州西部阿姆斯特朗县的小镇。在默温出生之前,默温的父亲曾在那里布道。

他们在她脑中浮现离她
很近一直等候在那里
外面词语在说着什么
婚后的第三年他们的
第一个孩子在孕育了

她不敢相信
一个新生命要来了
她从来都是送走
生命
一个接一个他们
离开她留下空了的位置
这个生命也许要来了会留下
她看不到它的脸

可是肚子渐渐变大
她提前写好了信
给未出生的孩子她说
万一她不能陪在你身边
有了信你会确信她要你
从她知道你存在的
那一刻起这就够了关于你
她不需要再多犹豫

遗嘱的错觉
如此小心如此精明地规划
如此细心地调试他们的乐器
时常重新考虑
词语和符号重新校准
来决定一个未来

此时此刻会明白
他们有的会在那里迎接他们

他们还没受摆弄牌就换了
有时只有词语留存
他们说的一切
和做的准备早已消失
大楼如水上的
面包变成了历史
整个书写又为人所知
讲述当时应该是什么情景

寒冷的一年黑暗又年轻
他们的孩子出生她会说
无论那钟声何时敲响
方方面面都完美
是个男孩她说他们
告诉她他真漂亮
可他们把他抱走
她连一眼也没看到

弄不清楚
他怎么忽然死了
还不曾在世上睁开眼
一股血进了脑袋
这就是原因他们说
可那是生产时
受了伤还是后来发生意外
没人讲得清楚

如果是男孩
她想以父亲的名字给他命名
他们还是这样做了
同样的名字
一同逝去多年后
我这个儿子读到
回形针夹住的纸条和她的信
已是在她去世以后

这是在我之前的她的一次次死亡
到最后她能听到
外面的声音向她来了
寂静仅仅是部分在这里
以及她珍重的
甘心付出去照料
她的目光越过它没有恐惧
迎向她感觉在等待她的

可是我不清楚我父亲
究竟怎么理解死亡
我听到他在一场
接一场的葬礼上就那一主题
宣讲天堂
花束的气味令我害怕
在同窗好友家的客厅
我跟着他们从逝者面前经过

我熟悉他常说的话
别人教他说的
以那副语气他读着

经典章节说让我们祈祷
他告诉我死亡的到来
就像睡眠使我们安宁
我们看不到什么在逝去
但埋入土里的会滋养树木

听起来并不像
他对我说的这般好
我希望完全相反
我不会去那个地方
我永远是我
他告诉我我们都会疲惫
到头来安宁让我们欣慰
就像犒赏等候着我们

他对这些话相信几分
这些回答来自哪里
是他一直
打心底肯定的吗
独自在旅途身患
不知名的折磨人的病症
他坚持请求回家
不想待在退伍士兵医院

我们看见彗星的夜
在西北边星星出现
说着我们为它取的名字
如今只剩下名字
在消亡的语言里上次
从我们站立的地点看到它

是数千年前我们的名字
它依然一无所知

下次它滑过那时
站在这里的人的眼前也会是一样
在我们的知识和赞美诗后面
拖曳消失的天体的尾巴
经过忘却的一年
我回想着我怎样看他
接着审视自己又试图听到
他会发出的声响

在响亮的经文宣讲
年轻的希望和诺言的黎明
失眠的人为未来烦恼
在一排空教堂里
婚姻分头几路
孩子长大变得遥远
这些钱
用来买更多保险

多年后我领悟
他苍白的脚有多冷
锃亮的新鞋
踩在薄冰上
下决心不沾酒不作恶
不吸烟不打牌不跳舞
乐意在街头游荡的
坏小子们和万物包含的凶兆

接着是属于他的大教堂
他没能完成学业
那耸立的长老会
残破的黄砖神龛
他们告诉他以前不是空的
在它后面路人能望见
河对岸闪烁的城市
静止的轮廓

在大萧条前夕
他已在那里待了数年
才转身走过
当代建筑
大多靠信仰和信众维持
有限的薪金姗姗来迟
数十年后他流着泪
说自己一事无成

可我见过他一个人或者和老人
病人垂死之人一起
有时人都需要他
一次告诉我总要有人
倾听他们那时他已明白
声音在变小
床铺的气味等待的骨头
墙上一直挂着的画

痛苦难忍的嘶喊
深夜窗帘都震颤
又在费力攀爬的呼吸

吓得乱转的眼珠
反光的液体
色彩在床上展开
手仍然怀着希望当白色的
影子裹紧脑袋

苏珊姨妈皮肉萎缩
到后来他们找不到
一根静脉扎进针头
他听到他们在想什么
躺在那里目不转睛最后
仍然有什么在传达给他
他和他们祈祷他这么和善
他也想变老

要依靠人
由人照顾他总说
哪里出了毛病他们
却查不出来尽管尽力了
直到那晚有人坐在
旁边为他读《诗篇》他读道
我们也不会害怕① 他死了
说着他不曾害怕

我真希望如此信任曾是如此
保留的东西那时被
归到一旁也许他们不知道
也没有人能肯定地说

---

① 见《圣经·旧约·诗篇》46：2。

什么一直陪在他们身边
除了给它起的任何名字
躬头三次晚安
她对着渐渐阖上的棺材说

她独自生活
自己的房子收拾得
比之前更整洁
在门廊上的玻璃桌前
她吃一日三餐阅读
来信她向花园望去
那个寒夏多雨
不适合待在外面

她在那里写信
洗净擦干碗碟她的
麻烦用她的话说终归
会是别人的负担
有一天
再也照顾不了自己
她决不想活得久到
亲眼看见

她知道不少这样的例子
去看望老朋友
已经听不懂
她的名字或她说的话
却从床上盯着她
当他们发觉她在
有些老友早已去世

她感到阴云掠过她的脸

然后是养老院和医院
助步车轮椅和输液管
病情的详细说明
丧钟敲响各项机能丧失
肿瘤和不能自理
中风梗塞从病房小窗眺望外面
和什么也不能做的瘫痪
谁也改变不了也承受不起

朋友向她建议她可以去的地方
为老年人规划的社区
她坐在窗边书写
灰色的日子继续她写道
野草长得太高低温
使浆果又晚熟了
想采摘的话她要在雨里
撑着大伞

但是她并不想搬家
冬天是她唯一
担心的她不会离开
那晚她的邻居过来
她的电话铃声一直响
门却打不开
被脚下的身体绊倒
一直在原地

她以前说过我死时

请让救世军来
东西都给他们
事实是我来了
来到他们生活的房间
清空壁橱搁架
抽屉橱柜地窖厨房
东西本身并不值钱

马上是秋天
叶子转黄光线明澈
我望着时日化作
枝叶浮在
窗边年复一年
我醒来望进它们
林子里的枪声意味着某地
有鹿乌鸦跟在身后呼号

我父母去世他们的友人
都来吊唁每天都有人来
把他们想带走的
零碎物件赠给他们
听他们要说的话
什么吸引他们以及原委
雕花玻璃器皿或玩偶或托盘
用来记住的生命

衣物会交给几个
念叨出的名字我十分陌生
大多数都来了
听着他们的话

我沉默
留给他们新的背影
他们二人的另一方面
我确信我熟悉

我的妹夫有天
终于租了一辆卡车开来
我妹妹和她的家人
搬走了家具
我们站在屋外说着
仍然要说的话
接着他们赶路
去密歇根载着床

我待在那里回响不散
准备最后的
收拾晴朗的天接近
秋末我还有一件
事嘱托催促我
烧掉这些这捆信件
上面有我母亲的笔迹我知道
是谁给她写的这些信

以及我父亲所有的布道文
他的笔迹丢进火里
连小时候听过的
那次也有询问
我们丧失了什么倾听什么
答案却从来不能肯定
它会在炼尸的柴堆里显现

我会像从前一样忽略

我把它们搬进花园
经过篱笆到了铁桶边
父母就是留作焚烧东西用
点燃第一页看着火苗
窜进纸页再丢进些
近年写的然后是信件
把烤架稳稳罩好
火烧了几个小时

辰光流过光秃秃的地板
一切都料理妥当
没剩下什么供来日追溯
我也分辨不清是什么消失了
是否消失我们是否都知道
照进空屋的光
直到此时我才看到
没有故事没有名字

我把那些从来不
属于我的东西给了别人
彼时生活又属于谁
谁的装饰品谁的记忆
连看着像是我的
时光也兀自去了某地
在我面前消失
来不及看清

多年前我年轻时

熬夜读中古法语
杰出的维庸
那时我就明白如果
真的想听懂他们那粗糙的元音在讲述什么
就需要懂得他自己的语言
越过某种行为
为别人留下的东西

他的声音早已与诗分离
浮于空湖上的影子
那些名字穿过它的回声
如今发音只为
表演他刻意制造的
拿他们开玩笑他们
坐在他们能占据的每一样东西上
任凭其他人仰头盯着他们看

它们已散作尘埃
其显赫的名声
已缩成末尾的脚注
读诗的人
只因遇到陌生的名字
才去查找
但这并不是他们
读诗的目的

当时的语言
早就变得陌生我这样想
没有人那样说话
一百年过去了啊

某些词语能保留
只因他的笔记录下来
在他不满三十岁的某天晚上
钟声在巴黎大学敲响

如此艰难若想捕捉声的
轨迹那些音节从
陌生的坟墓发出的声音淌出
不会是别人的坟墓
土里发出音节
自从我听到时起就没变过
它自己的时刻没有随后
鸣响不停的钟声

夏夜我出去散步
沿街茂密的
西卡莫树
他的用词让我觉得
在他的年代写诗
一定容易得很
我还不到二十岁
看到那朴素的容易维庸

需要偷猫贼的第九条命
被归类各种抢劫
教堂也不能幸免亦涉嫌
谋杀被捕受刑离死不远
在一轮大赦中被释放
到他的地下世界鬼魂出没而放荡
耗尽消失无影踪在三十岁

没有悔恨的意思

谁能相信一句他说的
尽管他凭一只睾丸起誓
就是爱
使他落到这般
田地中止了他对诗歌的
信念使它全部泄露
再真实不过
如在戏里死去的某个角色

二十岁最初陪伴我的
是他长而缓慢的音符和几场雪
再过几年
我就到了他初写
别离的年纪墨汁冻僵
那是他会说起的青春
如此迅疾
突然无影无踪

没有人会再那样写
据我所知再无第二人
可是我那时做过梦
不止一次爬上
阁楼径直去找
不准打开的箱子如方舟
谁也不曾探查过
在橡子下面黑暗里

我父亲打开过它

他说过去多久了距离
那些靴子在夜里出发猎捕浣熊
我母亲也搜寻过
拿出一件连衣裙和缎带
对着重见天日的它们哑然失笑
她父母的衣服和遗物
吓人的手套蕾丝面纱依然洁白

我在梦里打开那口箱子
除了我记得本来就有的东西外
发现还藏着
几捆写有字的纸
被我遗忘的诗
在一只手里聚拢是我自己的手
越读越觉得眼熟
它们听起来都像维庸

我把它们留在那里我这样以为
而接着我愈发接近
急流一头
撞进三十岁
我觉得我应该趁着终结之前
写下一声道别意味着
终将消失
我正在远离那青春

时钟的脸在注视
我写出几首以彼时
我觉得恰当的方式
却发现自己离安定

有多么远时光匆匆
把三心二意的事放到一旁
也许会再捡起来
日后某天

现在已是五月
有天晚上升起的星星提醒
鸰鸟北飞的时刻到了
半路消失不见
我们尚不知晓的日子
它们已触到北方的光
和白色的光阴正在接近
它们最初启程的地方

我们感觉到那呼啸
把我们又一次射进跑道
被抛得很远在我们自己
扬起高过时日之前
影子海岸退去
云的时间睡眠中行走
在回程载上我们
另一束光穿越深层

没入苍老的年纪向着那
灰光下沉那里是鬼魂的家
不久后的时间
回声穿过它一个个厅堂
他们的声音落在后面
打着旋卷入幽暗的空气
另一次是南边的路

重新浮现却仍要前往那里

旋啊旋如同
水中漂浮的叶
每个都是一串里最新的一个
在晚间到达这里
垄边河上
花园和房子长久的天光
渐退我们刚好
赶上观看在夜晚来临之前

他们的季节都被藏起
花园不记得
而手更苍老如
钥匙在孔中转动
木头的气味四处的
房子从其影子中苏醒
穿过黑鹂机警的夜啼
在窗下树上

命名先前的暮光
已有星星初现
从外面露台的门
村里的片片屋顶上方我们看见
今年的彗星漫过
持续照亮天空
山谷点点微光
星座布勒特努

晚春的夜来得迟

五月初依然寒冷
把我唤醒想象着
一束光的路径
自远处我们离开的那座房子
接着我记起我们在哪里
那些沿路而下的光
我们也沿着来到这里

后来歌声唤醒了我
又是悠长的音符自
黑暗响起树冠
橡树林缓缓上升
又滚落进急促的
溪流远方沿着
山脊传来另一声鸣叫
夜莺开始歌唱

在这屋檐下我听过
它们祖辈的啼鸣
从不了解祖辈
四十多年了
距离我第一次透过窗户
窥视空屋
墙体衰败碎石满地
已多久无人住过

几乎和我第一次在那里过夜距今一样久
架起趁着星光
带来的折叠床
燕子在头顶嗖嗖掠过

飞向筑窝的梁木
也是这个季节我后来
听到暗屋发出的声响
以后后来的那声啼鸣

我在另一时间里沉睡
一地的谚语
在夏天来临前
对我来说更容易辨认
比起我自己的点滴记忆
虽然我并非来自那里
我自己的语言也绝不会是
我到达的平常话语

我能相信的只是一部分
我的光阴将我引向什么
或许从起初就属于
别处我想我以为你
也不想要花园
他说在他签房契之前
我马上回答我知道
这是我需要的花园

蒙蒂埃勒的长了一年的土豆
接着挖开泛滥的
酸模和荨麻在秋末
想种一片莴苣
挖出碎铁
坏叉子手打的方头钉子
牛蹄钉掌贝壳纽扣

埋在地底许久

接着聆听树仍然
光秃秃春天寒冷的清晨
花园门在门槛上刮擦
老德索尔来了
领着牛群一头头
穿过门
来耕犁花园听从他的
吆喝如往常一样

他的声音遂返回它们
此刻像是近在咫尺
它们的呼吸彼此
交织它们排成排翻动犁
从翻好的犁沟昂起肩头
脑袋又纷纷拱下去出现在
我望着的地方后来它们
穿过门沿着小路走远

那门的声响穿过石头
词语呼喊安静的生物
紧跟着花园
曾消失的重又出现
一个跟着一个
如初生的叶子和被爱的脸孔
自岁月的折扇渐次展开
它存在于它们的影子间

若是如此我会匆匆

拟个草稿字里行间的
想法此刻会被带走
青春奔着
黑暗而去
向它自己的北方飞去抵达今天
一路跋涉只为
寻找这里无人说得出

我觉得我可以在这里开始
我住过的房子
一样所知不多的地方
那时年轻我走进
那扇门如今通向有壁画的
岩洞的路几乎全部堵死
也许仍有一道光掠过
发现从前的生命留下的脚印

尽管我的确没能了解
之前在这里生活的
人的多少记录
遇到一个出生在这里的女人
可是无论我问她什么
她能说的实在不多
她嫁到别的地方
对落在身后的故乡

我想象那时她见到的
第一扇窗在哪间屋子
床在哪里他们
工作死去如今那些家庭连一个名字

都没留下
还有在学校教课的修女
在世纪之交
战争临近

只剩下我眼前的
我能否希望那能当作指引
从这间屋子向北望
越过山谷屋子里有烤炉
那时候为这里
烤面包我也被落下了
经常如此方方面面
往风中放飞羽毛

仅有一半诚恳的维庸
积极准备遗产
在他充分开始之前发现
容许他有各种离题和
拖延的形式
会推迟痛苦的清单
我承认吸引我
但宁愿把那留到最后

我的生命从未像现在
这样宝贵詹姆斯·赖特曾写道
看着他的词语
他说被他所见到的
吓了一跳可是类似的想法
却留在我脑子这些年这些天
以光的速度

领我去看它的发生

春天的早晨明亮的云
比我记得的更亮
第一缕光线跃出
山脊跨越河流
掠过峡谷照亮
嫩叶保拉醒了
我还在赶来这里的路上
长久地凝望尚未相信

这如何就是在它的路上
对准整个的它的时刻
在门边扑灭
从未说出的分别的话
大多是应该说的
尽管我知道那会是明智的
既然这一切不会久存
不会如它飞行那样学习亲吻它

试着做些准备
或者至少装作
如此伴着合拍的优雅
虽然书面记录
传达的是另一种含义
在签署的时候实在预见不到
会适合后来的形势
另一种头脑的天资

维庸的继承人是否收集过

他留给他们的东西
可事实上他能期望什么
他给他们留下些消息
数量不一有些
也不是登记在他的名下
从未属于他过
这让他们很难作出主张

然而说到那个却有
我视为是我自己的东西
我想有个好家来放置的东西
会幸福地传承
只是我看到我连
它们此刻的价值都不拥有
去计数可以传下去
那么什么也不会丢失

虽然我也许留下的
我很清楚我如何能说
一个继承人事实上将会接受的是什么
连此刻我说出的话语
也时而听走样
什么都不可靠
当我仍有机会我也许
仍会赠予东西

我留给保拉这个晚春
花园里它的夜晚
它所有的年月自我
在弗兰的客厅见到她

那一刻起隐蔽的绿色
树叶刚吐出那晚我们
在树下散步仍是四月后来
我们一起生活

留给保拉我母亲
称为可触知的东西之外的
无论我错过的是什么样的歌声
源于黑暗墙的另一边
那些夜莺悠长的鸣叫
在我初次听到之前已响起
它们独一无二的呼喊
歌声似乎绝不会终止

唤醒深夜的鶎鶎
日出前的黑鹂
我们躺着望着月光
记得一切
老屋的石头闪闪发光
光云遮蔽山顶
底下的河流闪闪发光
朝上仿佛静止

当然会有别的东西
和保拉一起总是如此
自后来的年月看见早先的光
渐渐消失的每一样都在
纪念我们的光阴
忽然是在我们身后吗
仍是我们的却是之前的别处

我们相信它们正离我们远去

或理解它们会如何像那样
离开我们来不及看清
尽管我们了解不少
本会尽力把它们留下
它们已经上路
并加快速度当我们赶来
见面在那里懵懂地
开始那些恋上时间的光阴

今年野草莓
到现在才渐渐熟了
沿着墙边在房屋上方
我走进花园
天刚亮自我自己的
影子漂浮轻得
如影子如果眼前
掠过黑色的红尾鸲

在几尺远的地方缓缓飞落
赭色的尾羽在颤抖
如它的飞行一样轻飘
一只手在一根弦上的颤抖
和眼睛一颗黑珍珠攫住
我清晨我们周围每一片
叶子上的崭新的天光
在那一刻真不可及

我在别的季节伫立

同样的花园许久以前
听到那些小石头在水下的
咔嗒声让我知道
这影子的一个祖先
有同样的歌和文字
如今却已远离我们二人
当时就在身旁一只眼睛注视我

沿着那一排排光阴
观察我当时正在做什么
从屋顶或年幼的梨树上
跳下又出现在
我叉在地里的耙子上
远远地并且转身
一瞬间那只鸟在那里
我刚好转过身像今天

这样近如它会出现在
那些当时站在这块土地上的
人们面前在我出现之前
那首歌在那里在他们
向上进入橡树林
先被引领他们周围的石头
总有些他们做的事
使这影子跟随他们

我后来去做的某些事
它会立刻认出
不停地返回
每次都令我惊讶

虽然我在它眼里是什么样子
我说不出可是作为把
黑暗带到表面上来的人
向这一古老显示了新东西

有些人绝不会注意任何
这样小的东西他们觉得对自己
没有用处而有些人不停地找到
名字命名它如何跟随
会消失在犁沟里
就在他们面前出现
没来得及看见就已飞走
溪流上影子的把戏

离得这么近从不会倚靠
仿佛毫无重量
一片停顿的茂盛谁的翅膀叠起
在尾巴上方黑如斗篷
那不会静止不动的颜色
我在第一缕光中看到的
渐渐退去终会重返
随着阳光的照耀

我们能了解彼此什么
借着同一个早晨的光
我们在那里的时刻
我能看到它的配偶在附近的
灌木丛等着
婉转的音符反反复复
第一个音的回声

像是我在这里我在这里

我离开使它们又一次
从我的影子浮现的东西
在今年一个五月的早晨
在我身上它们也许看到了什么
受到的惊吓不比它们表现出得更多
安全距离无论我们之间
有什么永远不会被它们或
它们的后代知道

我留给让娜·阿诺
在今天她满八十岁
她返回的老房子
离开每个城市的那些年月
她处理的事务或
获得的名声在关于她的
美丽的长长的故事里
她总是重新开始

自从第一天她向里凝视
穿过门槛陌生的小孩
年纪尚小不能上学老妇人
亲吻她的脸来自
世界的另一边
她经历了海难
那时叫印度支那海
他们说他们是她的家人

与其他人不同她失去了

中国裔母亲也甚少了解
法国裔父亲他的兄弟是神甫
无法独自抚养她
于是送她回乡下独自
离开只要上帝希望
他们都变得萎缩阴暗
在一个孩子的记忆里

长大后去制作高级时装
一根黑辫子快触到地上
先为里奇① 工作接着是地方行政长官
妻子在门边微笑
战前的外交官
抵抗运动时的单人牢房
盖世太保纷纷死了
在维希法国的一条小街上

正是二十几岁当钟声
不停敲响宣告战争结束
伴着它难以计数的埋葬
看起来并不比
她初次走下那辆火车时老
来到巴黎她的学生时代
她投身变换的时尚
中国人精明她说

在首都待了数年
她的青春却仍伴随她

---

① 指巴黎的里奇时装店，由意大利时装设计师尼娜·里奇在1932年开设。

无比自信当她遇到
在酒吧里画湿壁画的谢尔盖
他们便开始设计他们的
布料从附近的集市广场的
古董店获得
巴黎科西嘉马提尼克岛的

所有的商店和房屋
在遥远的地方度过的季节
这仍是他们居住的地方来到
同一所房子的门前
听见房间听见他们的声音
仿佛他们从未离开
他们一直计划离开年复
一年分歧越来越大

我留给她南山上所有的
果园道路攀升
穿过格兰内斯耕耘过的葡萄园
桃花绽放
归家的时刻
汇聚成一体重新显露
仿佛它是今年春天
正被归还的东西

致谢尔盖和善的朋友
画家音乐家厨师
如此具有天赋有些就
自然绽放白白浪费
园丁被这样的速度吓了一跳

夏日的黄昏
渐远终于清理好
凝视其余的

我翻过科尔纳克以远的
层层山脊一道道峡谷里
雾气愈发弥漫颜色深了的
葡萄遍布古铜色的斜坡等待
秋天的光正在成熟
收获的时候如一只梨子
接着寂静的雪他珍爱的
沿着喀朗特—佩勒的梯田

越过一年遥远的尽头
我留给费尔南德·德尔索
春天还在我们身边
墙外传来
她的锄头铲地的回声
凉爽的早晨露水未干
她的孙子孙女去上学了
她的厨房空空的

她的帽子浮在那排
嫩绿上那个时刻
在古墙上投下影子
她的背部紧缩因常年卧床
苏醒咳嗽难以呼吸
一个女儿死了另一个走了
此刻说她正在获益
而这一天尚未开始

说到底我能留给她什么
会让她感到开心的东西
一直很难分辨
给她什么才算合适
她崇尚朴素穿戴也是
如此过于明显的
会让她觉得尴尬
对新的东西也觉得难为情

从来没有浪费时间
在为自己祈求拥有更多东西
我却听到她一次又一次
祈求自己健康他人的健康
祈求干旱的夏天下雨
祈求孙辈继续无忧
无虑数年
然后顺顺当当地结婚

祈求未来的日子远离
仍在潜伏的灾祸
我每次都点头并且同意
祝福我们都和善健康
好天气和运气等等
虽然给另一个人一件
礼物总有风险
给予的一方愿意拥有这个礼物

把早晨留给她
清澈安静来自下面的

钟声穿越山谷抵达我们
又一次报时
于是我们能够注意到
此时是什么时候
抬头注视处于报过的时刻
和下一个时刻之间的这个

看着一直在那里的东西
一道道犁沟穿过田野
在同样的地方
她看着他们如孩子
嫩叶在老树的枝头
闪烁映在她的眼里
她不曾观察的一天
直到令她大吃一惊

我又一次离开房屋本身
关上门想起
安静地睡吧，我亲爱的 ①
在另一个春日听到的
那些音符闪烁飘
过敞开的门多年以前
其中的一些仍在回响
从我们经过朝北去我们

走下山脊头顶是呼啸的
风筝高高地盘旋而太阳
越过了它们升至清澈的天空

---

① 是莫扎特未完成的歌剧《扎伊德》第一幕的高音咏叹调。

此时所有的轮子都在转动
远得看不清我们继续飞
光延续又一次
返回嗡嗡的桥
至我出生的新星

晚上在华盛顿广场
玛格丽特① 到了家门开着
约翰和亚历克桑德拉② 都在
一起吃晚饭聊着
婚礼的最终计划
宾客花束音乐服装还有
不到两天的时间去彩排
过程和练习说诺言

此外要切合实际
我现在留给他们以后能用的
他们都熟悉的东西
大道上的长光
第五或第七或他们选择的
当那时刻来临
或早或晚春季的
一天或秋季的一天

我留给马修和卡伦③

---

① 指玛格丽特·麦克埃尔德里（Margaret McElderry，1912—2011），儿童图书出版人。
② 指保拉·默温的儿子、小说家约翰·伯纳姆·史沃茨和他的妻子亚历克桑德拉·克拉潘扎诺。
③ 指保拉·默温的儿子马修·史沃茨和他的妻子卡伦·勒维斯克。

从旧金山赶来

参加婚礼

带着婴儿卢克

一道参加距离满周岁

还有几个月的光阴

我现在就给他留个信息

他们后来会给他

也给他们自己促使他们想起西方

另一座岛的闪光

点亮远处的海岸

咸风自远处袭来

磨快的影子陆地在那里

消失在夏天宽广的

白光下它徘徊的声音

穿过时日他们记得那里

如别人多年做过的

返回那里要感谢玛格丽特

她的兆头从她拥有的东西显现

楠塔基特岛整个海岸线

她一眼望去如第一次见到它时

沙丘上的海岸警卫站

捕鲸船出海的时代

祈祷他们能返航

她拥有的也为她留存

窗外初雪

她独自待在屋里阅读

狐狸掠过

她不知道他看到了什么
冬天的阳光照耀
天鹅收拢翅膀游过
小康普顿①的狭长水塘

此时我又在她的房子里醒来
在星系的那一部分里
这一轮的观点开始
在石云里在城市里
火花在我周围飞舞
是一切的瞬间我走过
如此远的时日为了看清
其中有些我能辨认

有些我以为长久地燃烧
在天空的同样区域
我的路与它们如今接近
它们是在我眼前经过的世界
那么当它们的光芒消失如果我
闭上眼睛似乎仍然
有一天在眼前浮现
使得黑暗更难看清

曼哈顿我没有名字
可以用我出生的时刻
一点一点盘旋
进入地点被缓缓撕碎
我会看到它返回

---

① 罗得岛上的小镇,玛格丽特·麦克埃尔德里在那里有一所房子。

如发光的反射以星团
漂泊依次穿过
尘埃浮动的塔

那么时间已经不早了
当它初次在我眼前燃烧
它们向光敞开
凝视一个表面
没有脸孔的特征浮现
旋转再次离开
那是唯一的路它是
也是它一直成为的路

原来世界很老
我伫立看着苍老的它
我听过的所有故事
都发生在很久以前
世上已无人知道
在何时真的发生过
在那之后他们去了何地
只有我的倾听是新的

光芒在我看来
一瞬间以这一天的形式
呈现对我而言是新的
虽然它走过长路
整个夜晚在它身后
沉寂自从它在任何人之前
开始穿过黑暗
显示它的路唯一的显现

在荧幕上移动的城市
此刻是一列中最新的
我见过的其他的
在这里在曾是我的年月
变成彼此透过
鲜艳的颜色到处闪耀
我看到我又在哪里
知道什么已不在那里

就在表面下的年纪
我住在韦弗利广场的
高窗旁北边和东边
醒来望着太阳升起
越过干草垛和屋顶越过
村庄日日夜夜
长镜子玻璃小路
随着移动的光移动的墙

在我离开前往他地以前
即使不算久
我爬上最后一段台阶来到门前
来到屋顶随着指南针
转身沿着黑暗
张望越过河流
我年轻时
曾试着看清这里或许有什么

如街上的汽车
在我身下涌来一股

红灯一路颠簸直至
隧道我希望我能够
回到那个城市无需等待太久
发现一切
和我离开时一样我们
下一次会在那里醒来

它如何消失甚至在
我站在窗前观望时
黑暗中我听马群
十一点钟它们会
排成双列经过
小路震颤把白日
纳入它所有的蓝头盔
带去谷仓再向下走一段

它们经过我觉得我听到
寂静跟随了一会儿
后来走入大街
或许只持续到
医院的灯光变了
夜班出租车在那个时刻
越发稀少向前猛冲
沿街留下平行的车辙

随着时日本身流逝
友人也突然不见了
这么多人一个接一个离开
每一个人占据一个城市
我们明白那不会再次

被看见直到昨晚的谷仓
又有了回应进入下一天
大笑的格鲁阿格赫① 的儿子

这么多人不见了那些燃烧
石火焰如它们那样攀升
再次闪耀这一日转换
颜色没被捕捉或记录
没被唤起从未重复
这次的火我的一个城市
光记得的东西使
明亮的此刻慢慢变成灰

自那时留下的
友人已比之前少得多
这仍未完成的城市
余下的比我们能使用的多
放着它的老电影水星
悬在角落在脉搏上方
脉搏有力的搏击像活人
匆匆赶往别处时间来不及了

还是孩子时我走上一座桥
在白河上架起的桥
我向下望着远远的边缘
水边伫立着一个个影子
一个接一个闪闪发光
缆车一辆接一辆掠过

---

① 格鲁阿格赫(Gruagach),是苏格兰民间传说中的淘气精灵或小妖。

之后没人了我们还在那里
可是我见到的地方消失了

我及时明白他们是一样的
虽然我说不出他们是什么
这几件传家宝来自哪里
我必须整理
友人仍住在河流之间的
各处虽然一段时间后
我才注意到他们的
真实状况

留给迈克·奇利① 我相信
我们一直是朋友我们
一起开始刮胡子我留给
他自由地使用
莫顿街最令他开心的那一段
选择喜欢的邻居
一根魔杖把他的吸尘器
轻松抬上楼梯

招待他的来城里的客人
他自己的家人或玛丽的
或杰奎琳和克拉伦斯·布朗②
我留给他盖蒂的老房子

---

① 迈克·奇利，即埃德蒙·奇利（Edmund Keeley, 1928— ），小说家、诗人、学者，尤其翻译并研究现代希腊文学。
② 玛丽是迈克·奇利的妻子；克拉伦斯·布朗（Clarence Brown, 1929—2015），普林斯顿大学比较文学系教授，默温和他合作翻译了俄国诗人奥西普·曼德尔施塔姆的诗。

可以让他们记起一点儿希腊
那些剥落的白色柱头
那时留下的建筑
墙古朴的线条

我猜盖蒂有一段时间
没待在那里了之后
也没有人那样钟爱它
所以大种植园空了
房子也自然如此
有围墙的臭椿园子
在它前面给迈克和玛丽
春天的夜晚可以在里面散步

我留给加尔韦·金奈尔
长久的朋友从在食堂里一起
做服务生时就开始了
我们年纪太小
不能入伍后来从欧洲
回来远游数年
再次相聚半是相信
会在城里比较笔记

整条格林威治街沿
哈德逊河码头
摇晃嘎吱作响浪头上涌
水边没有理由地抱怨
它们的声音被汽车发动机淹没
摩擦石头路面的轮胎吼叫卸下
大块肉搬进仓库

铁架子互相碰撞

我尤其留给他
自建筑物正面的高墙
朝西面向河对面
泽西城和帕里萨德斯
木头楼梯
在一个香肠厂的上方
让人容易想起回荡着碎裂的脚步声
终于到达最上面

落满灰尘的机器和棚顶
黑色的滑轮门上的
隔窗半开这应该是
盗贼进入的地方
他有次回家时遇到过
却没拿走什么
我希望他一直如此
什么也没有丢失

留给杰·拉夫林 ① 他便有了
地方可以枕着休息当他
在这城市停留现在我留下
韦弗利的西端
银行街上的砖砌房子
他曾在那里获知门的真实高度
所以无论他在哪里

---

① 杰·拉夫林，即詹姆斯·拉夫林（James Laughlin，1914—1997），美国出版人、诗人。

经过这么多年他也知道

我留给詹姆斯·贝克·霍尔①
像白鸽一样盘旋
在那些屋顶上方仿佛他仍然
住在阁楼
走上第七大道
他的双脚又走到了高处
他来来去去
经过蓝门他停车的地方

我留给本·肖恩伯格② 整条
第8街在第5街西侧虽然
火焰不断地造成损害
我想他只知道
里亚尔托
另一次游行的一部分
如今赶来排演
猜测正在玩的是什么游戏

留给理查德·霍华德③
他一直是天才
从他理解的第一个音位开始
我留下韦弗利的那一端
大学上方

---

① 詹姆斯·贝克·霍尔（James Baker Hall, 1935—2009），美国诗人、小说家。
② 本·肖恩伯格（Ben Sonnenberg, 1936—2010），美国作家，文学杂志《大街》（*Grand Street*）的出版人。
③ 理查德·霍华德（Richard Howard, 1929— ），美国诗人、译者。

东边和西边的村
彼此呼应回声无穷无尽
在垒起他的窝的书底下

在那样的时刻到来时
他转而厌恶词语或其他
艺术感觉话语或天赋
保留他的注意力我留给他
请他抬头瞥见并且重现
浅橙色的光
在夕阳消逝于河水之前
沿着第11街闪烁

留给他温和的邻居格雷斯·舒曼①
他们已分享那个角落
韦弗利街向西
通往华盛顿广场
乐师杂耍人街市
一条看不见的河
汩汩地在她周围流淌
她仍然静静站立她现在听到了

留给比尔·马修② 可以再次听到
他喜欢听到的每一个乐音虽然
他现在看起来很舒适
我留下那些音乐久久地
从我的窗下响起

----

① 格雷斯·舒曼（Grace Schulman，1935— ），美国诗人。
② 比尔·马修（Bill Matthews，1942—1997），美国诗人。

先锋① 他的几个已故的

英雄曾经出现

黑盒子里装着太阳

留给哈里·福特② 他便

有个地方用来维持身体

和灵魂的和谐我此刻

离开格拉莫西

餐馆和联合广场咖啡馆

以求变化持续

要求花费时间和精力的艺术

虽然它的味道也许短暂

致阿拉斯泰尔·莱德③ 天生的

浪游者岛屿的孩子从

一座岛到另一座岛满足只带

能整齐地装进一只手提箱的

东西我留给他在这块石头上

它经受水流的冲刷

他熟悉的每座岛屿

从彼此中渐渐浮现

留给弗朗西斯科·帕利齐④

---

① 即格林威治村的传奇爵士俱乐部"先锋村",俱乐部的后部正对着默温住的公寓,韦弗利广场 227 号。
② 哈里·福特(Harry Ford, 1919—1999),默温的长期编辑,起初在 Atheneum 出版社,后来在科诺普出版社工作。
③ 阿拉斯泰尔·莱德(Alastair Reid, 1926—2014),苏格兰诗人、译者、南美文学研究者,尤其以翻译博尔赫斯和聂鲁达的诗歌著名。
④ 弗朗西斯科·帕利齐(Francesco Pellizzi, 1940—),意大利作家、人类学者、艺术品收藏者,尤其钻研恰帕斯印第安人的历史和文化。

他心仪的地方
我留下水的静谧
一个冬日即将结束
南街炮台海事大楼边
河流汇聚成一条
变成天空的颜色
光芒越来越亮

我留给杰拉德·斯特恩①
他那老公寓的窗户在
第106街虽然
仅仅是外观
能看到他自己当他在那里的时候
面孔仍在石头间
在范达姆船的五次航行之前
注视住宅区的窗户

俯视一排低屋顶朝着灰塔
从另一个平面割下
分隔影子显得时日
处于谁的天空
难以相信空中的塑形
以另一个帝国久远的形象
命名的幽灵
那万丈光束此刻是夜里

我站在那座建筑旁在我
上学前的夏天

---

① 杰拉德·斯特恩（Gerald Stern, 1925— ），美国诗人。

我母亲带我出门
为我穿上抵御秋风的衣服
我们乘坐渡船到那时的
运河街车两侧可以敞开
用来散热
一路上微风吹拂

那天的自动扶梯
梅西百货的我觉得也许是
贝斯特的鸟笼她说过
她从没喜欢过那个城市
但是有时候
站在那里也觉得心情舒畅
站在喷泉旁告诉我
像要飞翔的金质雕像是谁

我们走下莱克星顿
她说我们马上会
经过世界上最高的
建筑她说的建筑我知道
我们常常
望向河对面而今天
我可以站在这里
一直望到高顶

之后她说
我是否思考过那个高度
有了时间和地球
生命尚未在上面开始之前
是的有高处的尖顶

和避雷针然后生命开始之后的
时间会伏在上面
如她给我们读过的一本书

我们熟悉的这种生命
被称为人类的和我们自己的
所度过的整个时间
伏在那本阁上的书上
比起书里的时间
不过如明信片上的邮票
一样厚可是我们却
看不到那些今天我们身处哪里

我们沿着大街散步
在我看不见的邮票上
贴上邮票的
明信片会寄往哪里
我会看到上面写下的
是什么吗无论它什么时候寄出
我们边走边带着的
几个词语又是什么意思

那种音乐

到了我真的去听它的时候
我确信那并不存在
不人们相信它是一长串
身影中的又一个
却从未存在过不起初
它不曾在黑暗中回响
不在群星间没有歌声
无论当时或之后不单个音符响起
串起巨大的缺席不空间里的
空间的回声不沿着光处处
都没有呼喊不它不在
水流潺潺中念出一个
名字时黄昏的歌鸫或清晨的鹟鹩
传达的并非活着或警告

鹧鸪

回形针在纸上生锈
在我返回听到钟声以前
听得出来自另一个年代
某个白色五月清晨冷雾的
回声一只鹧鸪还在鸣叫
墙角的灌木丛

那是一种没有提问
也没有回答的声音如某颗
星的光熟悉却并非了解串起
时间和时间它一路上孤零零
我又一次听到它没有理解
不会对新的一天有所分隔

正想看见

有的苔藓像是书本的颜色
书里的羽毛都是黑与白
那样更好他们说服她
翻动书页不要信任纸上
鸟的颜色真实的鸟
与那不一样真实的鸟在一日里飞行
自从它们被去除有人看见它们
穿过它们的名字向外张望在漆黑的树丛里
在你出生之前河流变白

拟鹂

拟鹂的歌声如回声一样开始
可是今年无论之后或
之前从未听见过直到后来
才会注意到缺少了什么
布谷鸟又叫了
啼叫的影子并非黄雀
一身金灿并非穿过瀑布的声音
拟鹂从窗下掠过
掠过树林此刻在宫殿
厅堂的尽头圣奥古斯丁
讲述的宫殿之一这里他说
你走进记忆的
宫殿是谁的宫殿
我起初想觉得他
一定是在说他自己的
记忆自己的宫殿
他自己的岁月在厅堂里回响

羊群经过

蜉蝣悬浮穿过它们光的
长夜崎岖的小路
羊纷纷跑过其间影子鸣叫
古老的喉咙又在漱动山坡上
再次沿着熟悉的地方也来自
由前辈承载的钟声音符凝滞
如木头咚咚之于小小的蹄
轻微的震颤踏过磨平的石头
羊羔的叫声飘扬
一浪一浪诉说询问
一个问题进入白日为它们所有
谁也不会知道仲夏小路两侧的墙
比任何人的理解都古老
小路想必是小径在很久以前
在第一批石头在它两侧竖起以前
一段时间里想必是河流的延续
向上穿过树林在那之前
一蹄一爪一足在另一个之前
它们走过的路都还在那里

海岸的鸟

我思索它们的时候它们变得越发稀少
经过一路跋涉
第一次飞向终点
追溯一段它们没有的记忆
直到它们开始记起它
一小时里忽然天色晚了
新的寂静白的
在它们周围变白接着它们飞起
发出同一个音每一个都独自处于
月亮的引力和地球嗡嗡的
低音之间在它们下方
玻璃帷幕不断地在它们周围降下
它们边飞边寻找它们的地方
在到达哪里以前在风暴肆虐以前
它们飞过有塔楼的地方
经过塔的灯火有的消失了
当它们的长脚蹚过阴影
有些被捉了待在网里
被粘鸟胶黏住
有些加快速度躲过了枪
第一缕光下它们的数量比我
记得的少会到达这里发现
夏末的光
沿着湿沙与黑暗戏耍

八月的浪

远处有战争
距离越来越近
玻璃般的水域伏在手边
为了把它远远地隔开

我想我已不再执着于
重拾孩子气的
期望生活在别处
我知道不可行
现在我发现自己期望
待在这里在这里活着
仍怀着孩子气的愿望
实在是不可行

少年时在水边灌木丛下
我藏了一条船
觉得我以后会用到它
回来会发现它在那里
有人划走了船只给我
留下水的声音
伴着它眩晕的低语
平息惊骇的安慰一阵古老
古老的悲伤我们貌似
十分熟悉离别
可我们还要学习领悟
只要一物尚存

夜里西行

我记得在河边醒来
看到无眠灰桥的梁架
从睡眠中浮现来自水流
来自夜里凉爽的空气充满秘密
凌晨时的煤烟夜里的路上
没有行人沉默的收费人
大门和缆绳并不新鲜的不满
桥面的吠叫从我们下方跃起
表面发出膨胀的咝咝声就在
我们身下声音不响可是它响起
就听不到其他声音除了远处
遥遥的呼喊意味着我们
已经到了那里在漆黑的国家
在到达河流尽头的土地前
一个接一个经过蜷缩紧张的睡眠
漆黑的国家期待着我们
在我们前方等候在遥远的
岸上没有变化记得我们虽然
我们已忘记我们继续
进入无言的黑暗穿过每一条
河想着我们正在返回

这次

小时候似乎很多事我都是
倒着做的我想长大
如今我试着回忆为什么
必须伪装是什么情形
日复一日我看见的地方我
辨认不出直到后来
它们所剩无几
相聚和别离如火车车窗
从我身边掠过时日
从它们中间滑过许久之后
我想起那个瞬间和对它们的感知
燃烧我认识多年的面孔
只有它们开始慢慢遗失时
才开始接近痛苦难耐的
季节我回想起喜爱的
种种不知不觉间失去后来寻找
却找不到它们最后出现在哪里
在我身边以及爱别人觉得
它属于青春我找到了它
我能确信那就是
我一次次遇到它有时
没意识到有时
徒劳地坚持名字而我遇到了
最好的它虽然也许
这样更短暂对此我觉得欣慰
本会随时痛苦充溢

我早前寻找到的大多
已丢失在我循路来到这里的过程中
这将是我后来才会知道的

音符

我的年龄不适合开始
学习拉小提琴
帕贝托博士告诉我父亲
我四岁就是这双手
在他看来我们年纪太小
还是已经太大
现在我没有做好真正的准备
可以弹拨灭绝的乐器
我只知道它们的名气
经过这些年试着倾听
以及学习我在倾听什么
我试图听到的是什么
我开始试着去听
一切未知的
在那天之前
伴着它对琴弦的解释以及在你能
弹出音符之前如何辨识它们
我连如何听都从未学过

弦

夜黑色珠子
弦穿过它
伴着呼吸声

光还在那里许久
以前的光当时
它们在早晨

尚不可见
我听说
那颗

我们叫做晨星的
也是
晚星

瞳孔
(2001)
致保拉

预言

年终星群熄灭
空气停止呼吸西比尔歌唱
先唱起黑暗她可以看见
唱啊唱直到她面临
没有时间也看不见黑暗的时刻

她继续歌唱无人听得见
唱我们经历的每一个冬天一个
接一个在我们周围焕发颜色

来自眼底深处的光
她尚未看见其发射

在无人相信的词语间燃烧

彗星博物馆

那么感觉事后才出现
其中的一些要在很久之后
才会为我们感知那个时刻
本身难以判断

无所谓时间无所谓记忆
仿佛它不是在天空中
移动亦非把过去燃烧得
更彻底更不会
再如期来临
它消逝之际感觉苏醒

经历一直等候的一天
这是某人拍下的
照片我们当时错过的东西
直到此刻我们才记得

十四行

它从哪里开始仍会是疑问
至少目前如此也就是
说此生没有
另一次生能重复此生
唯一之后它去往哪里
在会知晓的时候
虽然我们默认其是一虽然
我们偶尔提醒彼此

单簧管多久会独自
练习独奏在唯一的时间之前
跟在其他所有的之后被听到
讲述它们都在讲述的唯一之物
这是生的独奏
归来吧我对它说面对水流

阴影的时间

这是马雷向我们讲述的时刻
在我们出生之前
太阳在非洲大陆落下
世纪的幼年
他日渐苍老又开始
使用最大剂量的吗啡尤金·马雷 ①
观察黑暗中的我们的祖先
我们的同代人身处其后裔制造的
陌生的世界阴影向
他们接近在他们的影子里他辨认出
一片自己的
该自夸了趁着天光未尽
大步走玩耍选择
睡觉的地方近水边
孩童的时间玩耍摇摆
在石头池塘旁太阳落下
四下安静游戏
静止老人
悲从中来接着传出
哀悼声未被命名的一切损失
他称之为日落的
忧郁可是他知道它能够
在其自己的时刻造访就是这里

---

① 尤金·马雷(Eugène Marais, 1871—1936),南非博物学家、诗人,著有《猿的灵魂》(*The Soul of the Ape*)。

教堂里唱诗班的位置已烧毁许久
蓝袍子童年忽然
没了声响而失去之深陌生的失去
无法弥补无法命名眼泪
没有词语能描述虽然也许
在后来的黑暗中会再玩耍
在月光下玩耍很久
黑树林又发出歌唱

黑暗的时辰

当词语再次
排队等候
我发现自己盯着
一位老人的
眼睛我以前见过
拄着白色的长手杖
他的目光越过我的头顶
说起诗歌和青春

他身后跟着影子
我原以为看到的是一张脸
问道你想没想过
每隔多久你就会重
拾看不见这个主题
重拾目盲状态
无论你是否这样叫
如此频繁
是否有意而为
有何寓意
我张望那一年
黑王后尚且能够看见
异光的那年
向她显现随后与
其他的一同消失
黑暗之井的年
奔涌没有

月亮也没有星星

它一直在那里
白日之眼后面
朗弗安斯① 见过它
他还没写下什么以前
离他描写
寄居蟹还远这些
浪游者住在陌生人的
家里思考
它们来自何处
我们的同代人弗尔迈伊②
从未见过任何生物
无论是活的还是化石
却能通过触摸讲述
生存了四百万年的
宝贝贝壳的故事
伤疤祖先它有关
深海的知识

在那里博尔赫斯谈论
弥尔顿的十四行诗
弥尔顿听到了参孙
对别人说的话
荷马讲述
没有地平线的风景

---

① 参见《安汶的盲先知》一诗的主人公。
② 即荷兰裔美国古生物学家海尔特·J. 弗尔迈伊（Geerat J. Vermeij），自 3 岁起双目失明。

和盲骑士谁的剑
也触不到他
我的脑海说
只有黑暗
所以他们找不到我
我却知道他们在哪里

此时是光
仿佛在变化化为繁多
成为今天
如树叶轻颤
辨认树的年轮
会重返
有一颗星来自
宝贝贝壳的时日
一颗来自花园里的时光
我们看见幼年的光
贯穿始终
我们看得见它动物的
光点
许久以前发自夜晚

一天多么渺小
七色时间
光倾泻

马尔法怪光

它们白天在吗
城东通往派萨诺帕斯的路
上升无人看见
以狭长的弧度攀越米歇尔平原
正午端在手上的
蜡烛没被命名过没被拍摄到
没人相信它们爬着长长的
光梯想秘密滑行或
在炫目的厅堂起舞无人看见
在那上方空气像海面一样颤动

只有当黑色的格拉斯山脉
光的帷幕变得稀薄
最初几颗星星开始闪烁
才有人说看见
它们可能在任何地点发生面对
那残破的一段段的地平线
虽然如今大多数看起来
在 90 号公路附近
面朝南方基安蒂山脉
路旁有标志

汽车在太阳落下前
陆续停进路边紧急停车带
顶岩折叠椅
都准备好趁着天光

放在垒好的石头间
以为像是海崖壁上的
穴龛期待他们的老捕鱼人
三脚架支好还有望远镜
他们似乎都知道他们在等待什么

接着是载着一排排脸孔的巴士
从窗口窥探彼此
要游览的地方
曾经意味不同的东西
如果你说你曾在外面看见过
那光可是几乎谁都
见过无论他们看见的
是不是相同的东西都被同样的解释
所遮蔽在有汽车或大农场之前
就有人见过那光

它们出现在火车上方
自山谷冉冉上升有人看见
它们在山道上成群牛角移动的
秃森林上方闪烁有时一道光
会漂移膨胀忽然
颤动飞升从一种颜色炸裂成
另一种有人说
它们其实很简单
大气的戏法
有人不屑一顾

觉得什么
都有人相信就像

基安蒂的牧人牧牛人
百年来的低语
说那光是首领的魂
被俘虏的阿拉萨特
活活拖死他的随从
也沦为奴隶被贩卖
已进行过数起调查

至今没有结论
告诉我们什么是我们不知道的
证据也许指向什么
理论能走多远
暗示这些光芒
在思维的眼里意味我们从
一开始就知道黑暗
超出我们的理解没有对
黑暗的解释我们始终觉得
该解释光

露天

飞机盘旋的夏夜
那个夏天似乎每晚都来
在晴朗宁静的白日之后
我一直告诉自己它不是
我感觉到的下午的
光变深化作持续的
余晖为它的离开染上颜色
那是我返家就会穿过的光
一次又一次一日将尽
小心行走绕开白厅穿过
著名街道新出现的瓦砾堆碎玻璃
在墙壁裂缝间闪烁
坍塌的建筑物正面土墩之间的浇水管
穿着橡胶靴的身影来来去去
在废墟间或聚在一处低声
说话他们全都低声说话
我如今回想起来是这样我听到的
就是喃喃的低语我仍能听见
在那建筑里我听到了多少
类似的另一座又听到了多少
接着是安静的街店门都开着
人们排队等候不说一个字
夜晚临头不那不是恐惧
我对自己说不是这个词
无论我听到了什么当门关闭
当我们谈论白天当我们倾听

当叉子触到盘子像一句问候
当窗帘垂落当猫伸展四肢
当播报损失的新闻响起
夜里的警报当我们拿起防潮布
和折叠毯当我弯腰
想起蒂姆猫的毛皮
当门关闭黑暗中的楼梯
领我们回到街上夜晚
又在我们面前大幅摇摆在公园里

在警报解除后往往会
突然变得非常寒冷不过是
那样的提醒我理解的
黑暗的酷寒包围
我们比我能相信的还深
那时她常常已睡着
暖和呼吸轻柔我能想象
她的模样嘴唇长长的弧线
高高的白额头我好奇于
她的眼皮它们达成了何种沉着
而冰触及了我大部分夜
已是碎片在我身后堆积
如瓦砾均落入同样的
混乱枪声从山那边传来
嗡嗡声和机群的呼啸声
警笛大作投下的炸弹越来
越近光柱在烟雾中摸索
它们似乎都在某地终结不会
说着这是最后一个你几乎
听不到狗停止吠叫在我们四周

都有人在公园里睡着了
醒着天空晴朗我躺着
望进天空穿过寒冷到达光
白色的时刻跋涉了如此久
它们每一个都会变得可见
接着仅仅是那一次
它们去了哪里黑暗中
随着不可见的黑暗寒冷从未
觉察或会被觉察它在何处
接着我躺着望进一切
经过的东西仍在
经过的东西有些星星到这时
不过是已离开它们的光
在地上有生命之前在它们之后
再无一物可见从其中一个
发出的光会已准时出发
当生命的初次觉醒意识到死亡
并开始它的延宕那光已
在路上经历后来发生的一切
经历痛苦的开始
痛苦的返回各种感官
返回各种感觉不着言语接着言语
朝我们行来在我们睡觉时也不例外
述说那些此刻不在那里的人的感觉的
言语以及我们为自己说的言语
接着脚步声穿过潮湿的草地
暗色的身影溜过朝着早晨

泛音

某种听是可靠的可以听到
琴弦召集的音符又一次
远远追随低沉却清晰
回声绝非事实的一部分
排练时不被留意
不会祈愿演出时出现然而在这里
它一直等待着第一个音符
默默拥有畏惧僵冷的小调
痛苦的调子来自之前的悼念
不在那里的人的名字被读出来
不再发出声响的声音
汇成和弦之后的一年
有人仍然相信他们能无意中听到
战争中奏响的音乐

任何时候

那一日是多久以前
我终于看到它
成为本身
所耗费的时间仍在它里面
此刻在透明的光中
声音中的飞逝
叶子里的开始
我记得的一切
在它面前在我面前
以光的速度呈现
远远地我是
不断接近它的人
一直望着越发迅疾
它尚未开始的地方
一片混沌
黑暗思索光

来客

天刚破晓它们就落在露台上
高悬在海上浪头起伏我起初以为
是麻雀如今似乎随处可见
跟着我们小小的扑腾对着我们
一块块影子叽喳忽然一起飞走
躲避我们的注意
迅疾得令人错愕它们
怡然自得自起初闪烁每一只眼睛都承载着
起初在它灰蒙蒙的脑袋里连叫声
听着也像麻雀半是叽喳半是争吵
并不是我凑近了看是朱顶雀聪明的
雀来自故事的另一部分的浪游者
头顶染着晚霞那受挫的
天赋尖锐婉转的歌声关在小贩的
笼子里时也不例外只因晨光触到它们

术语

在最后一分钟词在等待
之前没被那样唤过不会被
重复或是被记住
一直是个属于家的词
用来言说普通的
日常生命的反复
并非新近选择或经过长久思考
或事后为了评论
会想到它的人是
从一开始就说它的人说遍
它各种用法和语境
最终说出它自己的意义
许久以来它是唯一的词
虽然如今看起来任何词都适用

洪水之前

他为什么答应我
说我们会靠自己
建一艘我们的方舟
在屋外后院
在纽约大街上
新泽西的联合城
听着街车叮当
在诺亚的
故事之后没有人
相信洪水
会淹没一切
当我告诉我父亲
我想我们该建
一艘我们的方舟在那里
在后院厨房
下面我们能造出来吗
他告诉我说我们能
我想造我说我们开始吗
他答应我我们会造的
他为什么要那样答应
我想我们马上开工
没有人会相信我们
我说我们在造
一艘方舟因为暴雨
要来了千真万确
没有人相信

我们要在那里造一艘方舟
没有人会相信
洪水要来

呼唤

我父亲在给我讲撒母耳的故事
不是第一次讲也不是完全重复
不是排练也不是坚持他一直给我讲
在空荡荡的绿教堂里地毯和陈年的灰尘
他提醒注意先知的话用久远的语言咕哝
先知在引用与他们相识的上主的话
正在和他们谈话我父亲讲了神
说的话撒母耳听着听见有人在呼唤
撒母耳回答我在这里我父亲说
就该这样回答他告诉我
有人呼唤时就该这样回答
他讲的是想让我相信的故事
讲了正确的应答以及如何该如何说
在那个故事里他想相信的是有人在呼唤

路过时照亮

他们自己的脚步刚刚
在空屋外面的台阶上响起
他们或许已听到了它
那天的交谈下它对他们讲述
所用的语言他们假装
一点也听不懂

洞从这里开始

显得自己像是场小小的
胜利他还不到四十岁
这幢大房子十二间有回声的屋子
三十六扇窗需要
挂上窗帘我母亲立刻说道
街对面雄伟的教堂

起初一切都要
簇新的
那奶与蜜的日子
连新式的钢框玻璃窗
是在楼下教堂的厨房
长桌上制成铅
和灰玻璃的网等待着光

当时还为大房子做了一扇
牧师的房子窗户

位于楼梯中段缓步台
上方我母亲一直
不喜欢她没有多作解释
上面有盾形纹章中心
镶嵌红宝石一枚红点爬上
楼梯穿过下午
记录我们走上走下

我们一起生活的最后几年

春前的夜

春分前的两夜即将
在黑暗中变成春天下一次
在最后的春天前一千年里
我们数着它们我发觉自己
望着明澈的蓝色情绪
我们这样称呼夜在白日回来
我望向加速的那一边
每一道光在它自己的时间里完成
在动作的静止中静止
没有起始都蕴含在一瞬间里
朋友在我身旁我没有看着
不用言语让我明白
天堂的青春光的年纪
它们纷纷在静止的蓝里完整
各个有号码在未知中知悉
各个有它唯一的自我在独眼里
即使在我望着它时我们经过
数字在攀升如别人告诉我的一样
它们会攀升春天会再次来临
似乎我没有忘记任何事
我相信我不曾失去任何人

陌生的鸟

源于干旱的时日
穿越布满灰尘的树叶
从山谷另一侧传来
零星的音符此地
从未听过

一个有调子的词语
浮在它
游荡的秘密上
立刻膨胀吞了
别处

在继续前
已消逝落入
自己的回声穿过
空气留下一个洞
仍如之前一样干燥的空气

它来自哪里
至今似乎没有人
注意到
但是此刻
总会有人在听

它不是本地的鸟
这也许是我们

唯一确定的
它来自别的
地方也行落了单

于是不断呼喊
没有人在这里
希望被同伴
听见
一样不寻常的同伴

又试着发出同样的
音符黄鹂之歌的
开头最后一次听到
是数年以前以彼地的
另一个存在

它又叫着
没有人在这里
如我们般陌生
用我们自己的一种声音
填满时日

天光

听说他过了七十岁
安格尔回到自画像①
他在二十四岁时画过的
并且一直画自那遥远的起初尽管
没有模特镜子里
只有空窗户和灰色的天空
和他的手举起时沉浸其中的光
画中的眼睛起初会认不出的
手举起的姿势
眼睛不曾见过无论他把什么带来
眼睛也不曾看见他
如当时他注视着它们
把它们留在那里他向它们里面
望没有隔着距离他想着
举着画刷处在它们之间的一日

---

① 指法国画家让·奥古斯特·多米尼克·安格尔（Jean-Auguste-Dominique Ingres，1780—1867），24岁的自画像（现藏于法国尚蒂伊孔代美术馆），广受学者赞誉，安格尔在1850年却重新修改了这幅自画像。

顺流

这两个人的名字命名了两条河
却无人知道她们
无人见过她们似乎
谁也没有什么话想说
也许更谈不上相信她们存在
如果我问谁是胡妮埃塔谁
是玛丽埃塔① 又在地图上
找到她们的名字感觉喉咙发紧
我的胸膛里一天变得暖和
如果我听到她们的名字我便知道她们是
秘密我沉默在我们旅行时
在我们接近她们望见
水面的瞬间在弯曲的
树下不再隐藏弧线显现
每一次她们都不一样
都是秘密她们很美
一直在等候我在我
听说她们在那里之前她们知晓一切
胡妮埃塔时而老些
时而年轻夏日黄昏
渴望回家玛丽埃塔
在我前面等着
毫不羞涩拉起我的手

---

① 胡妮埃塔河,是萨斯奎哈纳河的支流,玛丽埃塔河已消失,曾流经今日的西弗吉尼亚州和俄亥俄州。

指给我看以及她们化成了什么
如今谁会相信她们曾经的模样
没有人记得住这河流

五月节前

昨晚我们还想着四月的寒冷
夜深了我们望着河
满载这个春天的一场场大雨
翻滚着经过裹进它压低的音符
经过街角的灰墙
穿透当季的灰色暮光
汽车一辆辆消失无人注意
被折叠如动物般最后
几个遛狗的身影进了屋百叶窗
关了灰色复灰色的房子剩下
空空的街巷笼罩褐雨燕的啼叫
在烟囱上方打转拖车
在岸边树下停着
伫立仿佛它们是熟睡的动物
动物站在车厢里
被惊醒在屠宰场里
等着的动物醒着
灌肥的鹅脚掌钉
在板上醒着门口上方的
小灯熄灭河
滑过黑暗的时间穿过石桥
拱顶在最近的战争结束后
又一次重建钟数着流逝的
光阴窗边有只麻雀整晚
叫着这个这个这个直到街巷
有了乌云的颜色

树下寒冷沿河而下
第一批板材堆在支架上
冰冷的手把它们撂好为下一天做准备

某年春天

三十年后句子接续
它在同一间屋子里苏醒四周安静
漫长的逗号后面跟随的词语
一直在四处闲逛
如光点不可见的移动穿越时空
它们本身就是准则最终
抵达以讲述经过的事物
在它们开始或具有意义之前

比那久远得多皮埃尔随自己
穿过樱桃树下的门说
雅克死了脚踩樱桃树黄铜色的叶子
窸窣作响十月的树叶落了
在他出门漫步它们弯曲的夏天之前
忽然皮埃尔消失没有打招呼
以及其他人其他所有通报到来的人
消失了带着他们夏天拥有的东西
樱桃树结束随它的叶子走了

它们在句子里苏醒时词语记得
可每次都是碎片也许是
那样它们沉默这是难以言说的
早晨春末晨曦初露
只听得到布谷鸟的叫声又有
金黄鹂一世又一世沉寂的
只听见过一次的声音一直渴望

夜歌

春末的长夜
细雨纷飞
沿着屋檐落进破损的
石洗涤槽窗外
一只黑鹂提醒夜晚
来临我又一次听到它的鸣叫
叫着它要来了
黑暗白昼即将消失
正如我多年前听到的
并不比我此刻更熟悉
我却又一次坐着
还是这间安静的屋子听雨
在春末又一次
在夜里听到黑鹂

初景

春天又一轮新月
挂在村庄屋顶上方
天空晴朗晚星下
寒冷的暮光薄薄的
壳下沉如此轻仿佛
并未移动没有声音
从村庄传出在这个瞬间
下方的山谷也一样
河流安静连鸟也
没有发出声音我
一直站在这里在这光中
望着这月亮和它的一颗星
挂着铃铛的牛群返家
羊群聚拢走远
接骨木沉默一个
接一个被爱着的灵魂
再也见不到我的头发
变白我抬头望过
自迟到的祝福的时间

六月一日

夜里南风唤醒猫头鹰
猫头鹰说夏天到了
即将是夏天
那启程的时候近了
虽然毯子是儿时的
无论你是谁都该
启程他们老了
他们每个人不再是
春天这是南风
你已听说会带来雨水
一次呼吸带走屋顶
和一季的葡萄在
冰雹无法预估
盲目的时刻这是白风
你无法相信它的来临
猫头鹰起飞去看看今晚
轮到谁经历改变

看不见的触摸

黑暗中竟然又听到雨声
缓缓地落下一种安慰
毕竟无需说任何话语
尽管有尘土的记忆和干旱的等待
绿色的丧失和山间缓慢的晒白
阅历丰富的手又来了在了解在记忆
在夜里在经历了怀疑和当下的新闻之后

夏

我们看见过它之后
知道没有了它我们难以生活
我们开始试着描述
什么是艺术似乎
我们相信的是人类
无论那是什么说我们
是何物的东西可是随后同样的
认知的光束在一只
企鹅面前停下选了一块卵石
要给企鹅他
期望着爱以及后来的尴尬
之舞捧着一枚蛋
在一只脚上躲避夏天的
雪单脚上的
平衡在一闪而过的夏

黑圣母 ①

你不是知识的一部分对不对
在楼梯最高的一阶在白色悬崖
在深深的山谷嗅闻着夏
你不是虚荣的一部分虽然
也许要跪着爬到你
并且换来路上刻下的名字
你不需要你面前的蜡烛
你不会望向它们我猜如果你
能睁开眼皮似乎
你也不会在可视之物里被看见
王冠不是你的一部分无论
由什么制成时日的袍子
色彩闪烁你不是
荣誉的一部分或亏欠或理解
一直伴随着你的问题
世世代代伏在你脚边不被发现
噢沉默的存在而褐雨燕
闪过伴着阳光下的一声呼号

---

① 黑圣母教堂位于法国西南部建在峭壁上、俯瞰阿尔祖河的中世纪古城霍卡曼都，供奉黑圣母雕像。

一天

像数个季节后
秋天重临石头上的
苔藓般归来
像幽黑的池塘表面
背后发光的
脸般重现在某天
在一年已过了
夏天之后它看到
第一批黄叶
从它渐渐的遗忘投来凝视
树枝愈发稀疏

会被唤醒后退
穿过静水
不曾触摸知晓
那里存在过的一切
已被忘记
认出不包含
名字或理解
不代表相信或
拥有或方向
我们看的方式
在每个瞬间空气

西蒙的视野

度过青春的西蒙向南出发
寻找它想着九月的
蜂群遍布百里香的山
灰色闪着光芒冬天的
光在长桌上玻璃下
在湿润的苗圃
野生老鹳草报春花
风铃草静悄悄的风铃
和美丽的女巫
他全都找到了此刻真希望
我能去看看它们峭壁上的
房子当时按照
他的指引
不多时西蒙抵达的
世界开始显现
他便看得到另一边
和这一边富有色彩
花朵绽开我们知晓
同样的词语的地方他说他的一生
在他看来就像正午的星星
虽然一切和之前一样
树的血黑暗中的糖
睡着的树叶的想法
掠过机场的鸟群
最终化作云
我们来不及看清

翅膀

我有位上了年纪的朋友名字
与破晓时第一道光相同
他教授飞翔也就是说他
自己能飞教过
别人飞这成了他们
唯一的特质可是他没教过我
虽然我梦想飞翔我在梦里飞翔
我们见面他和我讲起植物
特意为我留的它们来自何处
每次都不同它们长着翅膀一样的叶子
许多翅膀一样的叶子以及团状羽毛叶子
它们却从未飞过他说或者说几乎
如此尽管有的可以飞也确实飞过
它们飞翔时那就是它们唯一的特质
他说如果现在他教我飞翔
就像在诸多特质上再加一种
无非再多一种他说
他会等待他告诉我转而说起
他的老朋友他们偶尔
聚会回到很久以前他们
并肩作战的地方他们正年轻
也打赢了古老的森林
被摧毁他们返回战场
森林又长成了迎接他们仿佛
不曾经受炮火他们
待在那里树在头顶张开翅膀

秋晨

这里九月深了
我坐着石屋的
窗户敞开
李子树的枝头依然翠绿
下方的两片田已光秃秃
胡桃下面的土地刚刚犁过
望着茂密的白蜡树
和下方的河

听到鹰的呼号
飞过雾气弥漫的山谷
掠过片片森林
听到牧场上的羊羔
在山坡上还有苍头燕雀
在下方似在黑刺李树篱
身后寂静的
村庄寂静的岁月

可以听见小雨在下
一滴一滴落进
门槛旁的石头
我慢慢地倾听
突然快得
令我吃惊我听到了什么
觉得我记得它
过后会知道它

再过几天我
又长了一岁又一年
一年远了也近了
那里没有声音继续
缄默如故国
不复存在
此刻我听到核桃坠落
在我到达的土地

夜晚的李子

数年后在黑暗中
仲冬我又看到它们
露台上的黑刺李
在凌晨开放
经历了酷寒一季和夜晚
一年的光阴数年的光阴
那时我熟悉的人
几乎都已不在
晒谷场的石头在沉睡
埋葬动物不复再见
我望着白色花朵开放
在它们自己的时刻赤裸而发光
默默地迎接黑暗
散发古老的芳香

致总说自己失忆的朋友

可是你知道你记得我
无论我是谁你都是在和我
说话像以前一样我们都深信

你记得像是被妈妈救了
脱离险境的孩子
她坚持认为他绝不可能
做到其实轻松完成
光线并未变化照耀你面前的
一次落下你望着它

数十载的解释是一把
打开的扇子抵挡四处的光
使彼时重新变暗的事物显现
它们在手边甚至更近
是祖母的老贝戴克旅游指南
让你随身携带
参加诺曼底登陆证明了
具有力量有属于它自己的时间

而名字消逝留下脸孔
婚礼和匿名的仪式行进
它在何处泪水突然从那里涌出
如你看到面孔在沉默中打转
即使他们现在仍在这里你想
听见他们对你说了什么也仍不容易

你前倾身体向我吐露
就像从前你得出某个成熟的
结论那样
如今你最感兴趣的是鸟鸣
你打算遛鸟

致泰德·休斯的挽歌

那时伦敦有数不清的街
总是通往别的地方
走也走不完
有数不清的日子在街上穿行
明年我们还会回来
就像我们赶上接待日

我们不停地走有说不完的话
有时是我们三个有时是两个
一半的话飞舞没有结束
我们竖起衣领经历战争的衣领
秋天在公园春天在山上
冬天在桥上我们开始交谈

连波士顿也有这么多露水
哪怕是明媚的秋天这么多行星悬
在透明房子的门槛上它始终要从我们
周围经过在它发生以前
在心脏停止以前一个接一个
无声的悲鸣开始便不会停止

我们要补充某些句子
在法国或爱达荷我们要
把它们再次震摇出来并且倾听

未被历史或地理捕捉的东西
或完全不曾被有毒的天气触碰的东西
只需要确定地点和时间

沙漠里的死亡
致布鲁斯·麦克格鲁 [1]

你离开星星即刻启程
色彩归来却不见你
你留给我们色彩
沙漠岩石和夏末的影子

---

[1] 布鲁斯·麦克格鲁（Bruce McGrew，1937—1999），美国画家，是默温的挚友。

迟来的呼唤

噢发明舞蹈的白狐猴
此刻是后来的时间
你能听见我吗
我发明故事

部分故事

噢发明早晨的盲狐猴
触摸时日
趁它还早把它举过头顶
教它飞
你能听见故事吗

你现在能看见吗

噢发明开始的闪闪发光的狐猴
使它一路跟随你
把它高高抛起接住决不让它落地
把它向前抛抛向高空
跳到它身边攀爬它
打算睡在它里面闭上你的眼
它安全地待在里面
你在听吗

听这个故事
它没有开头

眠者

安装接近尾声的一天黑暗中
无光照亮的移动会继续它静止的跋涉
至世界尽头并且超越对着无物凝视
经历一场仪式期间嘴纷纷反复
张开却没有话语喊出唱出或说出
狗被带进坟墓两行抬棺人
后面跟着管弦乐队举着安静的乐器
被缓缓放进那日天光的遥远角落
一条睡着的狗不是守卫也不是活着的狗
不是活到彼时的狗或已出生的
在某段人生里了解的狗不会再被了解
雕塑家是一列抬棺人的第一个
雕塑家的手最后一个触碰塑像
在泥土里睡着在他们把它留给它自己的睡眠之前
被遮住双眼像行星般旋转他们摸索
沿着马匹马车盔甲的移动
到达他们记得的光烟和做饭的气味
以及声音狗在叫在跑在房子之间雕塑家
望着四处搜寻的狗知道它们在找什么
狗熟睡盯着别处他的眼盯着它们

及时

世界曾经终结的晚上
我们听到的爆炸离得不远
喇叭向我们播报
死水上的大火
消耗了没被披露的残余物
反复警告我们
待在室内不要发出信号
你站在敞开的窗前
身后的屋里一支蜡烛的光亮
我们穿上高筒靴准备好
也许不得不去哪里
我们拿来牡蛎坐在
小桌边先用叉子
互相喂食
接着用嘴互相递食
直到一个不剩我们站起来
开始跳舞没有音乐伴奏
我们慢慢地跳
转圈过了一会儿我们哼唱起来
世界即将终结
那么多年那么多夜晚以前

透过玻璃

我在火车车窗上的脸没有颜色
数年后令我惊讶
忆起时当然看起来老了
在它后面我深深了解的田野
透过它又一次闪过我没来得及
捕捉午后的光小路
晃动一个老人在散步
带着狗和他们的影子而脸孔
掠过并未移动天光
也一动不动它的景象也是如此
一次一条蛇把整条皮留在我的门口
仍然窸窣作响没有呼吸没有声音
完整的一条空气中褪下的影子
安静的环生命在中间行进

更早

在凉爽的时刻从高远处来
从桥下来光
那时的河
不是鸟如今我记得吗
也许从未听到它们的声音
除了街车的聒噪
在角落停下杂音不断
接着失灵的钟和大提琴
摇晃着遁入它本身

街向东奔林荫道
峭壁上面朝河
我能看到光在升起
越过白轮胎的歌声
似牙齿的屋顶和单薄的树林

下方远处港口就地
等待消息充斥
慢慢穿过连接世界的
高架路不曾被触摸或闻见
它们遥远的声音眼里的木刺

在它们东边流淌那寂静的闪烁
认得出却是陌生的

备忘 ①

先别说这些话
因为它们使你想起了什么
虽然你记不得
什么是感觉什么是部分
尘埃和部分早晨的光线

你想说出一个名字
它不在那里我也
忘记了它们我正在学习向
潘狄塔祈祷我当时
并未对她说什么如今她
听不到我据我
所知可是那一天继续张望

名字常常改变得比意义
缓慢整个家族
在它们中间生长然后消失
在匿名的天空中
啊潘狄塔希望会持续吗
在名字被遗忘之后

过去的痛苦完结了吗
当呼喊停止那些

---

① 这首诗是为西西里国王里昂提斯写的念白，里昂提斯是莎士比亚的剧作《冬天的故事》(1611) 的主人公，他怀疑妻子不忠，抛弃了女儿潘狄塔，她从小是被牧羊人抚养长大。

反反复复的背叛呢
被视作理所当然
如牧羊人对待羊群

致回声

他们有多了解你
如此确定的
它令他们害怕
吓得宣布对你的评判
自后来隔着一段距离

行踪莫测的漫游者开口说话
当声音在河流上
传递

或跨越一个湖
不被看见已被认出

遥远的美
超越人类

接着你去哪里
你是去
找答案吗

常常伴随声音
曾是为
聆听者讲出的声音

虽然仅仅是最终的事物

他们喊出
名字的结尾问候
问题是谁

荒野

透过树林见到水的第一眼
孩子的一瞥
接着是山上
湖的气息
已存在多久
一个整体不曾移动没有言语
本属于一只巨钟的声音
从未离开它

空气中的爪
指引
不见记载的古时候的杓鹬
在夜里飞入
夜的光阴
航行驶入黑暗

它的音调也是如此
还在跨越一年又一年
穿越死亡和死亡
燃烧和离去
缺席
内里携着它
自己的歌

歌唱明亮的水

经过 ①

怀亚特在返家的路上
使命在身
多少又被信任
可是他死在陌生的床上
但丁也一样
没能活着到家

不认识的脸孔
笼罩在他们上方
你在这里做什么
在世界的尽头
词语远离了树
和倾听的
绿色季节

这次不是接近死亡
不是计划那样
继续留下仍然有事情要做

对你无益的眼睛
依傍尘埃和谐的岸

---

① 本诗的主人公是英国诗人托马斯·怀亚特爵士（Sir Thomas Wyatt, 1503—1542），39岁死于高烧，当时他作为外交使节，前往法尔茅斯迎接代表神圣罗马帝国皇帝查理五世来访英国的代表团，并陪同他们去见英王亨利八世。意大利诗人但丁亦遭放逐，离开佛罗伦萨，在1321年客死他乡。

歌唱过后它的一切被从后面照亮

刹那间

冻原之家

也许是这个时刻雪
似乎从不停留如今
甚至也不冷从下面
滑走进入
过去滑走没有声音跟随
我听到的是狗的喘息
在我前面阴影中

其中两条已经远去
远远地消逝在阖上的书页的
黑暗中在视线和听觉之外
其中两条已经老了
一条听不见一条看不见

甚至在睡眠中它们也在奔跑
与我一同前行
裹在一天中我发现今天
我们知道我们在哪里因为我们
在一起在这里一起
在时刻中没有留下脚印

无论日志怎么说
谁也没有找到过极点

空气的名字

之后就会像那样相伴
多年的狗呼吸越来
越困难反应慢了去问
是否能
帮它再去
问后来站在那里无话可问

一年将尽致毛里

虽然我知道你再也不能听见我
你却会继续倾听
像以前听音乐一样
老朋友你听到了什么
我可听不到虽然我在听
穿过三万天的光
你仍能听到我听不到的东西

新诗
(2004)

致我的牙齿

所以尤利西斯的
同伴那些
仍然跟随他的在经历
那些夜晚在马腹里海上的航行
登上其他岛屿伙伴
一个接一个痛苦地失去
正在返家的那个
光秃秃的白昼迎向
他们自己后来的岁月
如今他们浑身伤疤
晒得黝黑衣衫褴褛有人
伤得难以辨认
仍然思念从他们身边
被带走的那些人
和他们一起长大的
一直任劳任怨
别无所求

在老地方围坐
穿过一个个山谷
提醒他们自己
他们是幸运儿
一起到达他们属于的地方

可是他会留在那里吗

致灵魂

在吗
倘若如此
你真实吗
是一个还是
几个
若是几个
是否一同出现
或者你
转身并不回答

你的回答
问题本身
让提问存活
没有尽头
是谁的问题
它如何开始
来自何处
如何弄清
你
在它自己的
声音上方
别无其他只有它自己的
傲慢相随

致年纪

是时候告诉你
这一路你也许
已经猜到的同时
不让它把你吓到
你是否记得你曾经
多么喜欢跪着向
后窗外张望
你的父亲正在驾驶
接着是愉悦的线
你望着世界出现
在两侧从下面出现
你们一起
进入地点自无有之地
变得越发漫长
你会对它哼唱
并非出于满足而是
为了记录既然没有时间
沿它涌出
看着世界变
小当它距离你
越来越远变得长了
更长了可是仍然在那里
哎它不像是那样
可是一旦它脱离视野
它就不在任何地方
以及那晚的梦

无论是否记得
无论它从
何处到达一路上
穿过你一定变得
更短即使你
看着它出现并消失
你仍然说不清怎么回事
你甚至无法分辨
从隧道准时
驶出的地铁
是来自过去
还是未来

致哲学的慰藉

谢谢但
并不仅限此刻

我知道你会说
我已经那样说过
我知道你到过
那里以及另一个时区的
某地

我曾经研究过
那些美丽的说明
我还年轻
离这里很远
它们当时看起来遥远
它们现在看起来遥远
离我记得的一切

我希望它们陪伴着你
当鼻子开始发紧
你再无话可说
在智慧之后
铁里的日子
自你的头开始的眼睛

我知道词语
定是已写下

部分为你自己
经历不错的人生
被不公地谴责

我知道世界的
设计超出
我们的理解
谢谢
可是悲伤是自私的
此刻
星星似乎静止
我没在听

我知道期待
好运伴她
永远并不明智
我知道

致语词

发生时你不在那里

噢你超越了数字
超越了收集
被传递着从呼吸到呼吸
再次被给予
从一日到一日从年月
到年月
由知识负责
一无所知

冷漠的长者
必需的无眠的

我们名字的看守人
我们还不曾
被它们叫过

被组成的你
即将开始
被呼喊的你
被说出的你
即将开始
说无法被言说的

古时候的珍贵的

无助的一个个

说它

2001年9月17日

致秋草

你恐怕绝不会相信
它会在这个
宁静的早晨来临
之前你注意到
鸟儿已经
纷纷飞远

即使年复一年
对它的排练
想必仍会让
你无言的父母惊讶
以及久远的陌生的
先人汇入尘埃
尽管连孩童
也被教授如何说
withereth 这个词

不你总被认为是
凉的数不胜数
在每座绿山上
明亮的视野
无边的浪泛起涟漪
穿越花朵里的光阴

此刻你如雾一般
撒在你周围

破晓的寒冷里显得灰暗
田鼠扒抓干涸的土
包围你的根
希望能在冬天之前
找到食物
当白色的空气激荡
你对自己低语
不抱期望
或了解的必要

2001 年 9 月 18 日

致灰烬

每棵绿树把
它们的年轮带给你
变宽的
年轮带给你
不久便向你抛下
它们的王冠
它们立刻消失
不再以
它们自己出现

噢你自己的季节

现在从谁开始连
火也从绿色的声音中
爬出
以及夏日
从被说出的
名字和它们之间的词语
互相混合的夜一双双手
希望一张张脸庞
那一圈圈的年月在火焰里
起舞我们此刻看着
事后
在这里在你面前

噢你没有

我们能够设想的开始
没有我们能够预料的结尾
我们建你的时候
还不了解我们自己

在这个我们自己的季节

           2001年9月19日

致急躁

别盼望你的日子快点儿过去
我母亲说过那一天我看着
她的话
刹那间已不在
之后的时日也不在了
甚至是我记得的时日

尽管手牵住猎狗
在去打猎的路上
它们面前跃动的
敏捷的鹿已经不见踪影
超越得无比迅速
她知道会是如此

如同她告诫我一样
总是喊我回家
注意包围我的时刻
正充分利用它的时间
并且愿意这样虽然我
听从她的话
又一次唤醒我
注意在那里的呼吸

你也一直贴近
我的耳朵低语
饥饿的秘密

为尚且不在那里的奖赏
脸孔的模样皮肤的触摸
另一座山谷里的光
劳作的欢欣或
故事的结尾词
若是没有这些你会觉得
世界尚未完成
快快你重复
它不可能太快

而你知道它能够
而且你知道它会是
你的尾声只要
它抵达
你发觉别的东西丢了
我知道我必须谢谢你
因你坦率地表达不满
那引我走向何处
是的是的你指引了我
可是如今难以看清的
是尘世匆匆

译后记

"我们不能一下子全部消失；活着的人会无法承受。"默温的同时代诗人，高威·金奈尔（Galway Kinnell，1927—2014）和约翰·阿什贝利（John Ashbery，1927—2017）相继离世后，默温曾在给好友的信中这样写道。

二〇一九年三月十五日，默温在夏威夷家中安详地去世。

那时，我尚未完成《迁徙》这部诗人自选集的翻译。两年前的三月开始着手翻译这部厚重的诗集，一直在努力尽快完成，让作者能看到这部诗集的中文版，突然听到诗人辞世的消息，竟一时愕然、默然。就在两周前，我还写了一封信寄到夏威夷毛伊岛，没等来诗人回信，等来的竟是作者在世间的消隐。

唯有文字依然在。唯有诗意留在纸上，经我这双拙笨的手，继续转换成一行行方块字。

六月下旬，终于完成全书的译稿。这部诗集从诗人出版过的十五部诗集中选了三百八十六首诗，时间跨度长达半个多世纪，另外还选了《瞳孔》（2001）之后写的八首诗。二〇〇五年出版后，《迁徙》荣获当年的美国国家图书奖，颁奖词说："《迁徙》中的诗歌传达着一种终身的信念：词语有能力唤醒我们昏睡的灵魂，促使我们以共情的视角观照这个世界。"

默温选诗有他自己的意图，他想为第一次认识他的新读者留下什么印象，又想提醒老读者哪些诗是他认为值得重读的；而更本质的问题是，他如何看待语言，看待世界，《迁徙》作为一部自选集，已经清晰展现了诗人的精神轨迹。

☆

一九五二年，默温的首部诗集《两面神的面具》被耶鲁青年诗人丛书主编 W. H. 奥登选中，出版时附有奥登的前言，其中写道：

《声明：大洪水的假面剧》是基于大洪水的故事，而且我觉得诗中蕴含的历史经验，即我们共同见证了一个文明的崩塌，它超越了各种政治差异，我们均对此负有责任。除了感觉这种崩塌尚未结束之外，灾难的另一边，也许会是某种重生，虽然我们还不能想象它的本质。

从这部诗集中，默温只选了奥登特意提及的这一首诗。接下来的诗集《起舞的熊》，也只选了两首。早期出版的另两部诗集，《野兽遍地》和《火窑里的醉汉》，默温从中选了四十二首。

这四部被评论者称为"静态雕塑"的诗，尤其体现了对西方传统诗艺的传承。而默温选择的这些诗，有相当一部分和"大海"有关，并不晦涩难懂，比如《波特兰号启程》，以一首诗的篇幅，还原了波特兰号倾覆的时刻。

五十年代末，在出版了四部诗集后，默温很少写诗，他这样解释："我感觉一种写作已经到了尽头……有大概两年的时间，我都不怎么写诗。"

此后，默温积极参加反核运动，参与游行和静坐请愿，并撰写相关的评论文章。一九六二年，古巴导弹危机爆发，他在一九八六年接受《巴黎评论》采访时谈及此时的内心转变："我记得就在我刚刚开始写《虱》的时候，古巴导弹危机发生了。我感到极其震惊。我一直参与反核运动，我走在街上，不断地听到人们说我们该向古巴投弹，正是时候，几年前我们就该这样做，诸如此类。每天早上醒来，我都感到真切的愤怒。最终我想：好吧，我知道什么是我不想要的、什么是错的、症结像是什么样，等等。可是如果有人问我，你觉得怎样生活才是好的，我也会哑口无言。我觉得我真该找到这个问题的答案。我在法国有住的地方，一个小小的农场，我想我该去那里。我发现我连如何种莴苣都不知道。我吃各种食物得以生存，我却辨认不出它们长什么样。我该学习简单、显而易见的此类知识。所以我去了法国乡下，花数年时间只为试着种出我吃的食物，并且弄懂这类知识。"

一九六三年春，默温离开了纽约，在法国西南部卢布雷萨克一座破败的农舍住下。这座农舍是九年前他和第二任妻子蒂朵驱车在法国乡间旅行时发现的。农舍以前被用来晒烟草，可以俯瞰多尔多涅河的上峡谷。他的积蓄，加上姑妈玛格丽特留给他的一小笔财产，恰好是房主索要的价格。这座农舍给了默温"持续一生的教育"，他住在这座扎根于传统的农舍，像当地人一样在那里生活。

☆

第五部诗集《移动靶》开启了新阶段：放弃使用标点，放弃其他结构上的惯用法。默温越来越觉得标点从属于书面语，它像是把诗歌钉在了纸面上。而他希望写出唤起口语的诗歌，"诗歌首先应该被听见"。

默温尊崇埃兹拉·庞德，称庞德有"无可比拟的耳朵"，而在法国西南部生活的经历，更让默温发现了用本地普罗旺斯语创作的中世纪行吟诗歌。

第六部诗集《虱》的后半部分就是在农舍写的，还有第七、八部诗集的大部分诗。在法国乡下的生活并非与世隔绝。默温能读到报纸、杂志和书信，满载时局新闻。越南战争在继续。他觉得人类的前景晦暗无明，"无论静寂的高原还是咄咄逼人的新闻，均不会使我觉得再为已卷帙浩繁的印刷品增添几页是多么重要的事。"诗人后来回忆道："我那时觉得未来是如此渺茫，写任何东西都失去了意义。我当时根本不想写诗。我只记得我去菜地里种菜，或是在乡间漫步，却突然发现自己在写诗，《虱》中的大部分诗都是这样写下。"

但他依然从事翻译，并得到了部分收入。他被四周古老的荒野深深吸引，同时感到与大自然的系连是那么脆弱，那么不稳定。

一九七〇年，出版诗集《扛梯人》，次年获得普利策诗歌奖。但默温拒绝领奖，以抗议美国的越南战争。此时，越南战争已进行到第十二年。对诗人来说，越南战争是一种耻辱，他严正表明自己的立场："这么多年来，听着从东南亚传来的战报，以及华盛顿发表的评论，身为一个美国人，我很难欣然接受一个公共奖项，即使去领奖，也只能表达许多美国人在日复一日的绝望和沉寂中感受到的羞耻。"

一九七七年，默温来到了夏威夷，在毛伊岛北端买下了一座废弃的木屋和一块三英亩半的地。这里以前是菠萝罐头工厂。从此，他和妻子保拉就一直住在夏威夷，从改良土壤开始，种下一棵又一棵棕榈树。这些棕榈树的品种正濒临灭绝，夫妇俩用两双手为它们建起了最后的"保留地"。

《张开手》(1983)和《林中雨》(1988)集中收录了写给夏威夷的诗。

☆

《旅行》(1993)是很特殊的诗集，默温尤其选择了"特殊的诗"收在《迁徙》中。诗的主人公有格奥尔格·艾博哈德·朗普（植物学家，为印尼安汶岛的植物编辑了目录）、马尼尼（夏威夷国王卡美哈梅哈一世的翻译官和顾问）、阿蒂尔·兰波（法国诗人）、弗兰克·亨德森（印第安画家）、格利高里奥·邦达尔（农学家，在巴西耕耘多年的俄国人）以及马努埃尔·科尔多瓦（秘鲁巫师、草药医生）。我在写给默温的信中说过，《旅行》是最难翻译的，因为"那些独一无二、无法重复的生命／生活"最难想象，更何况还要用另一种语言表述。

《雌狐》（1996）化用了挽歌体，主要记录了法国西南部那段生活经历以及当地的历史。就这一主题，默温还写了散文集《失落的高原》和《五月之诗》。

《河声》（1999）最引人注目的是长达两百三十三节的《遗言》，这是受法国中世纪诗人弗朗索瓦·维庸的《遗嘱集》的启发。诗人回顾了父母的人生，以及自己的人生，诗中的母亲形象尤其动人。

默温被认为是"深度意象"派诗人，而他觉得自己不属于任何流派、方法或运动。《迁徙》这部自选诗集足可以显示，默温无所拘泥。他如此多产，记录的却不是"大写的我"，而是在记录他认为值得留存的瞬间。尤其是历史的瞬间。一方面，是人类创造的、已然消失的文化传统，如亚马逊部落、印第安人；另一方面，是某些地域被人遗忘的历史，以法国西南部卢布雷萨克和夏威夷为代表。默温曾说："各种语言、文化以及我们自己的语言也正在遭受同样的命运。这不是不同的过程。它们不是书架上不同的书，它们就是同一本书。"

☆

早在读大学时，默温便在西班牙语教授的帮助下翻译西班牙诗人洛尔迦的戏剧，后来又翻译他的诗歌。庞德更是建议他，年轻时，没有那么多内容可写，就去翻译。最终，我们见到的、结集出版的译作，有十九部。既有中世纪史诗，如《熙德之歌》和《罗兰之歌》，也有聂鲁达、曼德尔施塔姆以及亚洲诗人的诗。我尤其推荐默温翻译的《罗兰之歌》、但丁的《炼狱》和西班牙小说《小癞子》。

感谢《默温诗全集》(1953—1993；1996—2011) 的编辑麦克拉奇（J. D. McClatchy），他辑录的相关注释和作者简要年表，对理解和翻译默温的诗歌非常有益。

最后，感谢默温，他始终怀有希望，并让我们看到希望：

在世界的最后一天
我会想种一棵树

为什么
不为果实

结了果实的树
不是种下的那棵

我想让这棵树
第一次扎根在土里

太阳已
西沉

水
触摸它的根系

土里到处是死者
云朵掠过

一片又一片
掠过它的枝叶

二〇一九年九月十九日